그날, 그곳에서

안전가옥
오리지널
7

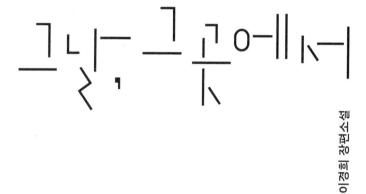

이경희 장편소설

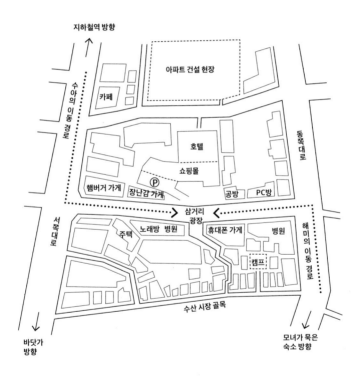

지하철역 방향

아파트 건설 현장

카페

수아의 이동 경로

호텔

쇼핑몰

햄버거 가게

장난감 가게

P

공방

PC방

동쪽대로

삼거리 광장

서쪽대로

주택

노래방

병원

휴대폰 가게

병원

캠프

해미의 이동 경로

수산 시장 골목

바닷가 방향

모녀가 묵은 숙소 방향

차례

그
날,

그
곳
에
서

0

2025 —— 해운대

#수칙 1 다이버는 결코 과거의 자신과 마주쳐서는 안 된다.

영원히 끝나지 않을 것 같던 추락이 끝나고, 해미의 다이브가 시작되었다.

바닥에 착지한 해미는 통로를 빠져나와 주위를 살폈다. 좁은 길목 양쪽으로 수조들이 늘어선 좁고 긴 수산 시장. 늦여름의 뜨거운 공기엔 비린 생선 냄새가 축축하게 섞여 있었고, 산소가 끊어진 수조 위로는 죽은 해산물들이 둥둥 떠다니고 있었다. 지겨울 정도로 반복된 풍경이었다.

누군가 다급히 떠드는 소리가 들렸다. 중년의 부부였다. 해미는 무심한 표정으로 그들의 옆을 지나쳐 갔다. 그들이 어떤 대화를 나누게 될지 이미 알고 있었다. 아니, 기억하고 있다고 해야겠지. 그녀의 기억이 맞다면 이제 곧 남자 쪽이 이렇게 말할 차례였다. 이게 대체 뭔 일이고?

"이게 대체 뭔 일이고?"

그러자 곁에 있던 부인이 손가락으로 먼 곳을 가리켰다.

"저짝에 원전이 터졌뿌따 안카나! 테레비에서 지금 대피하라고 난리다!"

"아이고, 미쳤네! 미쳤어! 인제 우짜면 좋노?"

"뭐하노, 퍼뜩 짐 안 챙기고! 길 맥히기 전에 몬 빠져나가면 꼼짝없이 죽는다카이!"

부부의 대화를 엿들은 주위 사람들이 웅성거리기 시작했다. 폭발까지는 아니라느니, 뉴스는 못 믿는다느니 반박하는 목소리도 들렸다. 그러나 대부분은 그저 멍하니 패닉에 빠져 있을 따름이었다.

삐━━━

그런 그들을 재촉하듯 사방에서 긴급재난문자의 수신음이 울렸다. 사람들이 분주하게 스마트폰을 꺼내 손가락으로 화면을 훑었다. 그리고 허둥지둥 떼 지어 도망치기 시작했다. 순식간에 사람들이 멀어져 갔다. 해미는 재킷 주머니에서 스마트폰을 꺼내 문자를 확인했다.

[국민안전처] 고리1호 연료건물 화재로 방사성 물질 유출
반경 30㎞ 즉시 대피

문자의 수신 시간을 확인한 해미는 그제야 안심할 수 있었다. 오차 없이 목표한 시간대에 정확히 도착한 모양이었다. 그녀는 재킷 주머니에서 노이즈 캔슬링 이어폰을 꺼내 귀에 꽂았다. 차분한 클래식 음악이 **주위의 모든 소음을 지웠다.**

고개를 돌려 멀리 떨어진 건물을 보았다. 거대한 쇼핑몰 위로 높게 치솟은 20층 높이의 낡은 호텔. 주위를 압도하듯 우뚝 선 호텔 주위로 4~5층 정도의 낮은 빌딩들이 벽처럼 늘어서 있었다. 해미가 있는 수산 시장은 그곳에서 100미터쯤 남쪽이었다.

보호거품이 소진되기까지 앞으로 9분.

해미는 스마트워치의 타이머를 확인하며 걸음을 옮겼다. 수산 시장 거리의 중간 지점에 도달하자 북쪽으로 통하는 좁은 골목이 보였다. 그녀는 방향을 틀었다. 오래된 떡집을 지나 골목길을 통과하자 차도로 이어졌다. 아까 보았던 호텔 쪽으로 향하는 루트였다.

해미는 잠시 이어폰의 소음 차단 기능을 끄고 재빨리 주위를 훑어보았다. 모든 것을 꼼꼼히 살피되, 불필요한 곳으로 시선이 향하지 않도록 최대한 시야를 좁혀서. 그 후엔 다시 시선을 발끝으로 옮겨 바닥을 향한 채 걸음을 옮겼다. 패러독스 위험을 최소화하기 위한 조치였다.

'여기서부턴 행동을 조심해야 해. 절대 뒤를 돌아보면 안 돼. 먼 곳은 더더욱. 불필요하게 가게 안쪽이나 지붕 위를 쳐다

봐서도 안 돼. 오직 발끝만 보고 걷는 거야.'

혼란에 빠진 사람들이 바삐 이동하고 있었다. 해미는 최대한 접촉을 피하며 인파 사이로 걸음을 옮겼다. 누군가의 이름을 외치는 여성의 절규와 바닥에 널브러진 아이의 울음소리가 귀를 어지럽혔다. 날카로운 목소리가 고막을 찌를 때마다 심장이 빠르게 뛰었다. 해미는 이어폰을 두드려 다시 소리를 차단했다. 가슴 언저리를 거칠게 움켜쥐며 깊게 숨을 들이마셨다.

겁에 질린 사람들은 조금이라도 먼저 도망치기 위해 서로를 밀치고 그 위를 짓밟고 지나갔다. 피투성이가 된 채 도로변에 쓰러진 사람도 보였다. 해미는 그들과 충분히 거리를 두며 조심스럽게 앞으로 나아갔다. 술에 취해 비틀거리는 남자가 갑자기 돌진해 왔지만, 그녀는 능숙하게 몸을 틀어 최소한의 움직임으로 충돌을 피했다.

길을 따라 조금 더 나아가자 멈춰 선 자동차들로 도로가 꽉 막혀 있었다. 대부분 운전석이 비어 있어 차들이 다시 움직이는 일은 없을 것 같았다. 자동차 때문에 통로가 좁아져 통행이 정체되고 있었다. 그녀는 어쩔 수 없이 사람들의 틈바구니를 억지로 비집어 가며 조금씩 앞으로 나아갔다.

멀리 호텔 입구가 보이기 시작했다. 수산 시장에서 이어진 도로는 호텔 앞 2차선 도로와 합류하며 작은 삼거리를 이루고 있었다. 사람들은 광장처럼 트인 공간을 빠르게 가로질렀다.

다시 한번 시간을 확인했다. 이제 남은 시간은 3분 정도였다.

해미는 마지막으로 주위를 확인한 다음, 멈춰 선 자동차 위로 올라서서 차와 차 사이를 뛰어넘으며 빠르게 이동했다. 동시에 그녀는 주머니에서 스마트폰을 꺼내 카메라 앱을 작동시켰다. 고작 100배 줌 성능에 해상도도 형편없었지만 당시로서는 이게 최신 사양이었다.

카메라 앱에 내장된 안면 인식 알고리즘이 광장을 뛰어다니는 사람들의 얼굴을 자동으로 인식하기 시작했다. 얼마 지나지 않아 미리 등록해 둔 얼굴을 포착했다. 하늘색 셔츠원피스를 입은 여성의 얼굴 아래에 작은 글씨로 이름이 태그되었다.

진수아.

엄마의 얼굴을 마주하자 당황스럽게도 몸이 굳어 버렸다. 푹 가라앉은 심장이 멈춰 버릴 듯했다. 토할 것 같았다.

"현실이야. 악몽이 아니야."

그녀는 자신을 안심시키기 위해 혼잣말을 중얼거렸다. 시야가 어지럽게 흔들렸다. 집중을 잃지 않으려면 계속 움직여야 했다. 불규칙한 심박을 가라앉히기 위해 깊게 심호흡하며, 그녀는 반대편으로 시선을 돌렸다. 카메라 앱에 또 다른 얼굴이 포착되었다.

민해미.

그녀 자신이었다. 20년 전의, 열다섯 살의 자기 자신.

앳된 자신의 얼굴을 노려보며 해미는 마음속으로 임무를

되새겼다. 모녀가 서로를 발견할 수 있도록 도울 것. 지금 이곳에서 두 사람이 합류할 수만 있다면 엄마는 살아남을 가능성이 높았다. 딸을 찾기 위해 더 먼 곳까지 들어가지 않아도 될 테니까.

구할 거야. 이번에야말로.

스마트워치가 짧게 진동했다. 이제 1분밖에 남지 않았다. 해미는 두 사람의 위치를 번갈아 눈으로 좇으며 엄마 쪽으로 조금 더 가까이 다가갔다. 엄마는 먹통이 된 휴대폰에 시선이 못 박힌 채 어정쩡하게 걸어가고 있었다. **기회야.** 해미는 망설이지 않고 성큼 다가가 실수인 척 엄마의 팔에 부딪쳤다. 깜짝 놀란 엄마가 휴대폰을 떨어뜨렸다. 해미는 재빨리 휴대폰을 걷어차며 몸을 틀어 현장에서 이탈했다. 엄마가 뒤늦게 고개를 돌렸지만 그녀는 해미의 뒷모습조차 보지 못했다.

해미는 호텔 옆 골목의 귀환 포인트로 이동하며 엄마의 행동을 살폈다. 엄마는 눈을 깜빡이며 빠르게 고개를 흔들더니, 떨어뜨린 휴대폰을 찾기 시작했다. 바닥에 부딪혀 액정이 쩍 갈라진 휴대폰이 보였다. 엄마는 휴대폰을 다시 집어 들기 위해 방향을 틀었다.

엄마의 몸이 어린 해미가 있는 방향을 향했다. 모녀의 루트가 확실하게 겹쳐졌다. 이대로라면 둘이 서로를 확인할 거야. 그녀는 성공을 예감하며 주먹을 꽉 움켜쥐었다. 심장이 터질 것처럼 두근거렸다.

하지만 그 순간,

누군가의 발에 휴대폰이 걸어차였다. 달려가던 행인의 발에 걸린 휴대폰은 불규칙하게 바닥을 굴렀다. 엄마의 시선도 자연스럽게 휴대폰을 따라 이동했다. 그리고 또 한 번, 휴대폰이 다른 사람의 발에 차이며 방향이 꺾였다. 더 멀리까지 밀려나간 휴대폰을 따라 엄마는 다급히 걸음을 옮겼다.

엄마가 휴대폰을 집어 들기 위해 몸을 숙이는 사이, 엄마의 등 뒤로 열다섯 살의 해미가, 과거의 그녀가 빠르게 스쳐지나갔다. 이번에도 서로를 발견하지 못한 채 모녀는 점점 멀어져 갔다. 매번 그랬던 것처럼.

괜찮아. 다시 하면 돼.

해미는 벨트의 다이얼을 돌렸다. 온몸이 미래 쪽으로 끌어당겨지는 힘을 느끼며 그녀는 현재로 귀환했다.

해
미
의

세
계

1

2045 —— 서울

결국 또 사직서를 냈다.

갑작스러운 통보에도 사장은 화를 내지 않았다. 오히려 안도하는 표정이었다. 지금껏 차마 하지 못했던 말을 이제야 전한다는 듯, "해미 씨는 이쪽 일하고 안 맞는 거 같아. 기왕이면 다른 직업을 한번 찾아봐."라며 솔직한 의견을 덧붙여 주기도 했다.

맞는 말이었다.

"우리가 뭐 물이 좋아서 안달 난 사람들은 아니잖아. 목숨부터 건지고 봐야지."

그것도 맞는 말이었다. 그녀는 말없이 고개만 끄덕였다.

"이 바닥 사람들 다 선후배 사이인 거 알지? 나한테 연락 와도 좋은 소리 안 해 줄 거니까 다른 회사 찾아갈 생각 하지 말고. 사실 나도 별로 좋은 얘기 못 들었어. 후배니까 받아 준 거지. 굳이 잠수 일 계속 하고 싶으면 취미반 강사 자리 정도 는 소개해 줄 수도… 아니다. 그냥 웬만하면 다른 직업 찾아. 물가엔 얼씬도 하지 말고. 그리고…"

미안해서였을까. 사장은 점점 말이 길어졌다. 자신의 잘못 이 아닌데도 책임감을 느끼는 모양이었다. 고마운 일이었다. 몇 번이나 변덕스럽게 직장을 그만둔 자신을 편견 없이 직원 으로 받아 준 것만으로도.

"괜찮아요. 고맙습니다."

해미는 마지막으로 고개 숙여 인사했다.

다이빙 슈트와 스쿠버 장비를 손에 잡히는 대로 백팩에 욱 여넣고 밖으로 나왔다. 더위가 한풀 꺾인 늦여름이었지만 햇 살만은 여전히 따가웠다. 1년에 몇 번 없을 완벽한 푸른 하늘. 해미는 손바닥을 들어 태양을 가렸다. 손가락 사이로 빠져나 온 빛이 눈을 찔렀다. 자연스레 눈가가 찌푸려졌다.

그날도 딱 이런 날씨였는데.

생각이 떠오르자마자 고개를 휘저어 날려 버렸다. 생각하 지 마. 지금 이 순간에만 집중해. 몇 번이나 마음속으로 같은 말을 되뇌며, 그녀는 도망치듯 집으로 향하는 버스에 올랐다.

벌써 네 번째였다. 이전의 직업까지 포함하면 여섯 번째. 해군에서, 소방대에서, 민간 잠수 회사에서. 그녀는 언제나 누 군가를 구조하는 직업을 택했다. 위험에 빠진 생명을 구하기 위해 매번 사선으로 뛰어들었다. 할 줄 아는 일이 그것뿐이었으니까. 직장을 그만둔 이유도 언제나 똑같았다. 구조하지 못했으니까. 실패했으니까. 죽음을 코앞에 두고도 아무것도 하지 못했으니까.

그럴 때마다 동료들은 그녀의 잘못이 아니라며 위로해 주었다. 너무 신경 쓰지 말라고, 하루에도 몇 번씩 죽은 사람 얼굴 쳐다보는 게 우리 일이라고, 시신이 나올 때마다 일일이 마음에 담아 두면 제명에 살 수가 없다고 했다. 다이버는 가슴에 숨통이 막히면 죽는 직업이라고.

그래. 그것도 맞는 말이긴 했다.

하지만 그런 말을 듣는다고 마음속 부채감이 사라지는 것은 아니었다. 그녀는 죽은 이들의 마지막 모습을 머릿속에서 지울 수가 없었다. 그때 이걸 미리 알았더라면, 거기서 이렇게 했더라면 살릴 수 있었을지도 모르는데. 현장 상황을 수백 번 복기하는 자신에게 환멸을 느끼면서도, 도저히 후회를 멈출 수가 없었다.

세상에는 죽음이 너무 많았다. 마치 세계가 죽음을 생산하는 기계인 것처럼. 하루 평균 800여 명. 남들에겐 통계일 뿐인 숫자를 그녀는 매일 두 눈으로 직접 마주해야 했다. 아무리 노력해도 숫자는 줄어들지 않았다. 죽음은 결코 지워지지 않았다.

다이버 일을 계속해 온 것도 그래서였다. 관절에 병이 들고 두통을 달고 살면서도 그녀는 물속으로 뛰어들었다. 몇 번이나 이 짓을 그만두겠다고 마음먹었지만 결국 되돌아올 수밖에 없었다. 죽음의 숫자를 하나라도 줄이기 위해. 하지만 이번에도 결과는 마찬가지였다.

며칠 밤낮으로 진심을 다해 수색했지만 익수자는 결국 주검이 되어 한강 위로 떠올랐다. 마포대교에서 투신한 중학생이었다. 미간이 일그러진 채 굳어 버린 아이의 얼굴이 망막에 들러붙어 떨어지지 않았다. 아마 영원히 흉터처럼 남겠지. 다른 모든 기억들처럼. 시신의 눈을 감겨 주던 순간, 그녀는 자신이 이제 다시는 한강에 들어갈 수 없으리라는 것을 알았다.

결국 또 한 번 직장을 그만둘 수밖에 없었다. 언젠가 다시 돌아올 것을 알면서도.

* * *

집으로 돌아오자마자 태블릿을 펼쳤다. 새 직장을 알아보기 위해서였다. 이런 때일수록 쉬지 않고 행동해야 한다는 것을 그녀는 경험으로 알고 있었다. 한시라도 빨리 지금의 감정을 긍정적인 형태로 바꿔 놓아야 했다. 싱크대 위에 수북이 쌓인 맥주 캔과 먹다 남은 간편식 안주의 포장지들을 노려보며, 해미는 10년 만에 구직 앱을 다운로드했다.

가벼운 아르바이트부터 해 보자. 이번엔 생명과 관계되지 않은 일로.

그렇게 마음먹었건만, 목록을 훑자마자 시작부터 자신감이 꺾였다. 몸 쓰는 일들은 대부분 남자만 받았고, 그나마 여성을 찾는 곳에선 더 높은 연령대를 원했다. 단순한 사무 작업은 대기업들의 원격 AI 서비스로 대체된 지 오래였고, 보다 전문적인 영역의 업무들은 경력 없이는 아예 지원이 불가능했다. 일자리 자체가 전반적으로 10년 전보다 많이 줄어들었다. 그나마 기계로 대체하기 어려운 직업을 가졌던 덕분에 지금껏 체감하지 못했을 뿐.

머리가 지끈거렸다. 그녀는 태블릿을 팽개치고 침대 위에 드러누웠다가 자기도 모르게 잠이 들었다.

금세 일주일이 흘러갔다. 방 안에 틀어박혀 종일 태블릿 화면을 들여다보았지만, 합격은커녕 지원서를 내는 일조차 쉽지 않았다. 서른다섯 나이의 여직원을 원하는 회사는 어디에도 없었다. 무인 배송 도시락의 플라스틱 포장지와 컵밥 용기만 책상 위로 겹겹이 쌓여 갔다. 그녀는 빠르게 자신감을 잃었다. 구직 앱을 확인하는 빈도도 점차 줄어들었다. 조바심이 커질수록 이상하게도 의욕은 더 빨리 사그라들었다.

결국 그녀는 아무것도 하지 않게 되었다.

그렇게 통조림 속 달팽이처럼 틀어박힌 채 무기력하게 지내는 기간이 점점 길어졌다. 텅 빈 시간이 늘어날수록 **그날**의 기억은 그녀의 마음속 빈틈으로 점점 더 깊이 파고들었다. 손이 베일 듯 선명한 장면들이 하루에도 수백 번씩 머릿속에 재생되었다. 그녀는 더 많은 시간을 수면제로 채워야 했다. 불면증이 심해져 하루에도 열 번씩 잠들었다 깨어나기를 반복했다. 침대 위에 온몸을 동그랗게 웅크린 채 다람쥐처럼 떨며 잠들기만을 기도했다.

엄마가 보고 싶어.

가끔은 꿈을 꾸었다. 언제나 같은 꿈. 그날, 그곳으로 되돌아가는 꿈이었다. 사소한 디테일 하나조차 잊히지 않는 그날의 사건이 눈앞에서 생생하게 재현되었다. 하지만 그곳에서도 엄마를 만날 수는 없었다. 엄마의 얼굴만은 기억에 없었으니까. 엄마는 그곳에서 죽었으니까. 잠에서 깰 때마다 그녀는 죄책감에 시달려야 했다.

대체 시간이 얼마나 흘렀는지조차 기억나지 않았다. 더는 아무것도 하고 싶지 않았다. 그녀는 수면제의 강한 약 기운에 취해 모든 감각을 마비시켰다.

이제 이렇게 세상이 끝나는 거라고, 그렇게 굳게 믿고 있었다.

쌍둥이가 그녀를 찾아오기 전까지는.

* * *

늦은 새벽, 누군가 문을 두드리는 소리에 잠이 깼다.

탕. 탕. 탕.

규칙적으로 세 번. 잠시 텀을 두었다가 다시.

탕. 탕. 탕.

화들짝 놀란 해미는 현관으로 다가가 화면을 확인했다. 선글라스를 낀 남자 둘이 문 앞에 서 있었다. 마치 복사해서 붙여 놓은 듯 똑같이 생긴 쌍둥이였다. 새카만 정장에 새카만 셔츠. 기묘한 곡선이 겹겹이 그려진 넥타이. 심지어 왼뺨에 깊게 아로새겨진 흉터마저 똑같았다. 그녀는 현관문의 잠금 상태를 재차 확인하며 그들에게 물었다.

"누구시죠?"

그러자 왼쪽에 있는 남자가 입을 열었다.

"제안드릴 것이 있습니다."

목소리에 섞인 호흡이 얕게 떨렸다. 차분한 태도와는 달리 방금 전까지 격하게 몸을 움직이고 있었다는 의미였다. 밤마다 임대주택 단지를 뛰어다니는 수상한 놈들이 있다는 이야기가 얼마 전부터 커뮤니티에 돌았는데, 바로 그놈들인 모양이었다.

변태 새끼들.

놈들의 손이 화면 밖에 있어 보이지 않았다. 어쩌면 흉기를 감추고 있을지도 몰랐다. 살갗을 타고 올라오는 오싹한 긴장을 감지하며, 해미는 촉각을 날카롭게 곤두세웠다.

"이 시간에요?"

"늦게 찾아뵈어 죄송합니다. 저희가 좀 시행착오가 있었습니다. 이 시간대밖에 선택지가 없어서요."

무슨 말을 하는지 알 수가 없었다. 그녀는 아무런 반응도 보이지 않았다. 그러자 남자가 이렇게 물었다.

"후회하고 계신 일이 있지 않으신가요?"

없다는 말이 차마 입에서 나오지 않았다. 그녀는 차갑게 대꾸했다.

"후회요? 아주 많죠."

"저희가 도와드리겠습니다. 삶을 처음부터 다시 시작할 수 있게."

헛웃음이 나왔다.

"이제 와서요?"

"지금이니까요. 모든 걸 잃은 사람에게만 드릴 수 있는 제안이니까."

대화가 점점 이상한 방향으로 흘러가고 있었다. 보통 미친 놈들이 아닌 듯싶었다. 그녀는 단호히 상대의 제안을 거절했다.

"필요 없습니다. 무슨 종교 그런 거면 그냥 가세요. 저 성당 다녀요."

"그런 거 아닙니다."

"아니어도 그냥 가세요. 필요 없다고 분명히 말했습니다."

탕. 탕. 탕.

놈들이 또 한 번 문을 두드렸다. 집요한 놈들이었다.

"후회할 텐데."

오른쪽에 서 있던 남자가 처음으로 입을 열었다. 그러자 왼쪽 남자가 팔꿈치로 툭 치며 그를 제지했다. 오른쪽 남자는 무어라 말하려다 입을 다물었다.

"저희 일행이 조금 무례했군요. 제가 대신 사과드립니다."

"꺼져요. 경찰에 신고하기 전에."

해미는 짜증을 억누르며 마지막으로 경고했다. 불길한 느낌이 나는 놈들이었다. 더 엮이기 전에 대화를 끝내는 편이 좋을 것 같았다. 그녀는 상대를 무시한 채 방으로 향하려 했다. 하지만,

쾅!

이번엔 문이 찌그러질 것처럼 큰 소리가 났다. 현관을 발로 걷어찬 것 같았다.

"지금 입장이 이해가 안 되시나 본데. 지금 기회를 주는 건 우리야. 쓰레기 같은 인생을 새로 시작하게 해 준다니까? 동생을 위해서라도 그편이 낫지 않겠어요?"

뭐가 어째? 욕설이 튀어나오기 일보 직전이었다.

"지금 협박하는 건가요?"

흥분 때문에 목소리가 파르르 떨렸다. 그녀는 최대한 침착하려 노력했다.

"그런 건 아닙니다."

"그럼 뭐 하자는 건데요?"

"부탁드립니다. 이제 시간이 별로 없어요. 부디 저희 제안을 한번…."

"몇 번을 말해요? 필요 없다니까."

"이 사진을 보시면 생각이 좀 달라지실 겁니다."

놈이 사진 한 장을 카메라 앞에 들이밀었다. 화면을 확인하자마자 해미는 얼어붙었다.

엄마의 사진이었다.

그날, 그곳에서 찍힌 엄마의 얼굴. 하지만 세상에 존재할리 없는 사진이었다. 20년 전 사고와 관련된 영상과 사진은 빠짐없이 유가족들에게 공개되었다. 여태껏 확인하지 못한 사진이 남아 있을 리가 없었다. 게다가 그녀는 현장의 CCTV 위치를 모두 기억하고 있었다. 애당초 사진 속 장소는 카메라가 설치되지 않은 사각지대였다. 누군가 몰래 엄마를 촬영한 게 아니고서야 이런 구도로 찍힌 사진이 있을 리가 없었다.

"이 사진… 대체 뭐야?"

"조용히 저희를 따라와 주시면 전부 설명해 드리겠습니다."

함정이야. 문 뒤에서 덮칠 준비를 하고 있을지도 모른다는 생각이 들었다. 머릿속에서 끊임없이 위험신호가 감지되었다. 사진도 합성일 게 뻔했다. 하지만 엄마의 사진을 본 순간부터 이성이 제대로 작동하지 않았다. 확인해야 했다. 그 사진이 대체 무엇인지.

그녀는 신발장 위에 놓인 충격봉을 집어 들었다. 구청에서 1인 가구마다 지급한 싸구려 호신 장비였다. 성능에 썩 신뢰가 가진 않았지만, 그래도 없는 것보다는 나을 터였다. 립글로스처럼 생긴 막대를 손안에 감추며, 그녀는 다른 손으로 황급히 현관문의 잠금을 해제했다.

여자 혼자 사는 집이라고 만만하게 본 모양인데, 너희 오늘 진짜 제대로 걸렸어.

문을 열자마자 충격봉을 앞으로 뻗었다. 막대 끝이 살갗을 푹 찌르고 들어가는 느낌이 있었다. 그녀는 버튼을 눌렀다. 스파크가 튀며 상대의 몸이 부르르 떨리는 감각이 손으로 전해졌다. 놈은 비명도 지르지 못한 채 축 늘어졌다.

상황을 파악하기 전에 나머지 한 놈도 마저 제압해야 했다. 그녀는 곧장 왼쪽으로 손을 뻗었다. 상대의 팔을 문틈에 끼워 넣고 뼈를 부러뜨릴 작정이었다. 하지만 아무것도 잡히지 않았다. 나머지 한 놈은 이미 사라지고 없었다. 복도 저편으로 발소리가 점점 멀어지고 있었다. 도망쳐 버린 모양이었다.

비겁한 새끼. 그녀는 쓰러진 남자를 툭툭 걷어차며 속으로 욕설을 뱉었다.

바닥에 사진이 떨어져 있었다. 해미는 사진을 집어 들었다. 엄마의 얼굴이 확실했다. 합성처럼 보이지도 않았다. 어떻게 이런 사진이 촬영된 건지 짐작조차 가지 않았다.

그런데 대체 누가 이런 걸 찍은 거지?

그 순간, 오른쪽에서 인기척이 느껴졌다. 그녀는 재빨리 방어 자세를 취하려 했다. 하지만 미처 반응하기도 전에 누군가 그녀의 목에 주사를 찔렀다. 그녀는 목에 박힌 주사기를 붙잡으며 반사적으로 손바닥을 오므려 상대의 턱을 날렸다.

한 놈이 더 있었….

바람 빠지는 소리와 함께 성분을 알 수 없는 주사액이 몸속으로 주입되었다. 순식간에 시야가 흐릿해졌다. 세상이 빙글 돌며 빠르게 추락했다. 그녀는 바닥에 머리를 세게 부딪히며 쓰러졌다.

2

2025 —— 해운대

또 그날의 꿈을 꿨다.

언제나처럼 그녀는 달리고 있었다. 무슨 일이 일어난 것인지도 모른 채. 어디로 가야 하는지도 모른 채. 그저 살아남기 위해 달려야 했다.

꿈이라는 것을 알아도 할 수 있는 일은 없었다. 마치 정해진 각본을 연기하는 연기자처럼, 꿈속의 그녀는 한 치의 오차도 없이 그날의 행동을 똑같이 되풀이했다. 같은 영화를 수백 번 재감상하는 기분이었다.

돌이켜 생각해 보면 그날 그녀가 살아남은 이유는 순전히 우연이었다. 엄마의 문자를 확인하지 않았더라면 숙소를 일찍 나서는 일도 없었을 테고, 뭔가 이상한 일이 벌어지고 있다는 사실도 눈치챌 수 없었을 테니까. 그저 운이 좋았을 뿐이었다.

사고가 일어나기 직전, 그녀는 엄마에게 답장을 보내고 있었다.

>> 그리로 가는 중. 방에 가만히 있어. 괜히 엇갈리면 큰일이니까. (3분 전)
>> 아니다. 그냥 빨리 지하철역으로 와. (2분 전)

>> ㅁㅇ;;; 오란 거임 말란 거임???

전송 버튼을 누르려는 순간 지진이 일어났다. 가장 강력했던 세 번째 지진. 몸이 크게 한 번 휘청거렸지만 넘어질 정도는 아니었다. 그날의 지진은 먼 곳에서 일어났다. 사람들이 죽은 것은 지진 때문이 아니었다.

곧이어 사방에서 시끄러운 소리가 났다. 긴급재난문자였다. 팝업 창이 화면을 가린 탓에 답장을 보내지 못했다. 그녀는 짜증을 내며 화면을 터치했다.

[기상청] 오늘 16:17 부산 기장 북북서 3㎞ 지점 규모 6.2 지진 발생 (3차) / 여진 등 안전에 주의 바랍니다.

"아, 뭐야, 지진 좀 난 거 갖고 호들갑 오지게 떨죠?"

그녀는 투덜거리며 메신저 앱을 다시 켰다. 하지만 얼마 후 더 심각한 내용의 문자가 연이어 날아와 화면을 가득 채웠다.

[국민안전처] 고리1호 연료건물 화재로 방사성 물질 유출 반경 30㎞ 즉시 대피

[부산광역시] 지하철 2호선 해운대역 긴급 열차 운행 알림 (1분 간격 출발)

누군가 도망쳐야 한다고 소리쳤다. 그가 달리기 시작하자 사람들은 너 나 할 것 없이 떼 지어 그 뒤를 따랐다. 그 사람이 어디로 향하는 건지도 모르면서. 그런데 진짜 어디로 가야 하지? 도망쳐야 하는 게 맞긴 한 거야? 아직 아무것도 실감이 나지 않았다. 서서히 엄습하는 불안을 억누르며, 그녀는 멍하니 도망치는 사람들의 뒷모습만 바라보았다.

갑자기 등 뒤에서 달려온 누군가가 그녀와 부딪혔다. 깜짝 놀라 휴대폰을 떨어뜨렸다. 뒤따라 몰려온 사람들의 발길질에 누더기처럼 짓밟힌 휴대폰은 순식간에 어디론가 튕겨 사라졌다. 폰을 찾으러 갈 엄두가 나지 않았다. 저 틈바구니에 끼어들었다간 함께 짓이겨질 것이 분명했기에.

거리로 뛰쳐나오는 사람들이 점점 많아지고 있었다. 그녀는 휴대폰을 포기했다. 해일처럼 쏟아지는 인파의 흐름을 따라 그들과 함께 달리기 시작했다.

일단 지하철역으로 가자.

엄마의 메시지를 떠올린 그녀는 역 쪽으로 향했다. 역까지 이동하는 동안 그녀는 많은 것을 보았다. 아이를 어깨에 짊어

지고 달리는 엄마. 절뚝이는 일행을 부축하는 사람들. 그런 그들을 밀치고 지나가는 이기적인 사람. 서로의 마스크를 빼앗으려 주먹을 휘두르는 사람들. 그 옆에서 몸을 웅크린 아이의 찢어지는 비명. 가판대에서 쏟아지는 물건들. 발목을 움켜쥔 채 쓰러진 남자와, 저도 모르게 그의 몸을 짓밟고 지나가는 한 무리의 사람들. 흥분한 강아지를 억누르는 사람. 구토하는 사람. 머리에 피를 흘리며 의식을 잃은 남자와 그를 끌어안고 우는 여자.

아직 아무 일도 일어나지 않았다. 분진을 눈으로 본 것도, 무슨 냄새를 맡은 것도 아니었다. 그저 짧은 문자를 받은 것뿐이었다. 그런데도 사람들은 패닉에 빠져 서로를 거칠게 짓밟고 망가뜨렸다. 그녀는 그들의 광기에 휩쓸리지 않기 위해 최대한 거리를 두었다.

터질 듯한 울음을 겨우 참으며, 그녀는 숨이 끊어지도록 달리고 또 달렸다. 누군가와 부딪혀 팅겨 나간 좁은 골목길이 마침 운 좋게도 지름길이었다. 덕분에 그녀는 남들보다 조금 빨리 지하철역에 도착할 수 있었다. 골목을 빠져나오자마자 지하로 내려가는 계단이 보였다.

역 안은 이미 사람들로 가득했다. 어느샌가 나타난 군인들이 위압감을 조성하며 사람들을 분류해 줄을 세우고 있었다. 다친 사람, 나이 든 사람, 어린아이와 도움이 필요한 사람…. 군인들은 곧 열차가 도착할 예정이니 얌전히 순서를 기다리라고 말했다.

그녀는 줄을 서는 대신 엄마와 동생을 찾아 역 안을 돌아다녔다.

"언니!"

어디선가 익숙한 목소리가 들렸다. 다미였다. 그녀는 소리가 들린 쪽으로 고개를 돌렸다.

"다미야?"

다미를 다시 만나니 그제야 조금 긴장이 풀렸다. 그녀는 동생의 곁으로 다가갔다. 자매는 서로를 꽉 끌어안았다. 그녀도, 다미도, 울음을 터뜨리기 직전이었다.

"이게 다 무슨 일이니? 뭐 들은 거 없어?"

겁에 질린 탓인지 다미는 그녀의 이야기에 잘 집중하지 못했다. 자꾸만 딴청을 부리며 주변을 두리번거리기만 했다.

"근데 언니, 엄마는?"

갑자기 다미가 물었다.

"엄마? 엄마 어딨는데?"

"못 만났어? 언니 찾는다고 뛰어갔는데…."

"뭐?"

"전화해 봤는데 통화가 안 돼."

다미가 휴대폰을 보여 주었다. 신호가 잡히지 않았다. 메신저 앱으로 보낸 메시지도 전송 오류가 난 상태였다. 동생의 눈동자가 눈물로 그렁거렸다. 그녀는 어린 동생의 머리를 쓰다듬으며 벤치로 데려가 앉혔다.

"다미야, 여기서 꼼짝 말고 기다려. 내가 엄마 찾아서 돌아
올게."

그렇게 말하고 몸을 돌리려는데 동생이 그녀의 옷자락을
세게 끌어당겼다.

"싫어! 같이 가! 엄마도 그러고는 안 돌아왔단 말야!"

"안 돼. 위험해."

그녀는 단호하게 선을 그었다. 밖은 너무 위험했다. 아직 초
등학생인 동생을 데리고 다닐 수는 없었다. 그녀는 동생의 손
을 억지로 떼어 냈다.

"다미야, 언니 진짜 빨리 갔다 올게. 조금만 참아."

"언니, 나 혼자 두고 가지 마! 진짜 무섭단 말야!"

"다미야…."

갑자기 주변에 어둑한 그늘이 졌다. 고개를 돌리자 시커먼
옷을 입은 군인이 등 뒤에 서 있었다. 군인은 조심스럽게 손을
내밀었다.

"너희 둘뿐이니?"

그녀는 고개를 가로저었다.

"아뇨. 엄마랑 같이 왔는데요."

"엄마는 어디 계신데?"

"지금 오고 계세요."

군인은 고민하는 듯 잠시 턱을 쓰다듬었다.

"일단 아저씨들이랑 같이 가자. 엄마는 나중에 따라오실 거야."

"싫어요."

자매는 소리치며 서로를 보호하듯 끌어안았다. 하지만 군인은 자매의 말을 들어주지 않았다. 그는 거칠게 그녀를 끌어당겼다. 그런 다음 그녀의 귀에 대고 작게 소곤거렸다. 남들이 들으면 큰일 날 이야기라도 하는 것처럼.

"제발 아저씨 말 들어. 지금 출발하는 열차가 마지막이야. 빨리 가야 해."

"그럼 더 여기 있을래요!"

그녀는 군인의 손을 뿌리쳤다. 하지만 군인은 포기하지 않았다.

"여기 여자애 두 명 데려가서 태워!"

그가 명령하자 또 다른 군인들이 우르르 달려왔다. 그들은 양쪽에서 자매를 붙잡아 승강장으로 데려갔다. 싫다고 소리쳤지만 막무가내였다. 자매는 열차 앞에 길게 늘어선 대기 줄 끝에 강제로 세워졌다.

"저희 엄마가 아직 안 왔어요! 엄마가…."

그녀가 소리쳤지만 군인은 들은 체도 하지 않았다. 이미 만원인 열차에 자매를 억지로 밀어 넣을 뿐이었다. 열차 안쪽에서 서로를 밀고 밀치는 사람들 때문에 정신이 없었다. 그녀의 바로 옆에서도 누군가 자신의 아이를 열차에 태우기 위해 사투를 벌이고 있었다.

"언니, 어떡해? 엄마 아직 안 왔잖아!"

다미가 다급하게 외쳤지만 그녀는 아무 말도 할 수 없었다. 눈앞의 군인이 입구를 가로막고 있었다. 어떻게 몰래 빠져나간다 해도 어디서 엄마를 찾아야 할지 막막했다. 무엇보다 다미가 걱정이었다. 지금 동생을 지킬 수 있는 사람은 자신뿐이었다. 동생을 위험에 빠뜨릴 수는 없었다.

군인이 팔로 동그라미를 그리며 어딘가로 수신호를 보냈다. 그러자 삐 소리가 나며 열차 출입문이 닫히기 시작했다.

"에잇."

갑자기 다미가 문틈으로 발을 밀어 넣었다. 순식간에 일어난 일이었다. 출발을 막으려고 한 행동이었지만 평소와 달리 문은 다시 열리지 않았다.

"아저씨! 나 다리 끼었어요. 문 좀 다시 열어 주세요!"

다미가 소리쳤다. 하지만 자매를 데려온 군인은 단호히 고개를 가로저었다.

"안 됩니다."

"빨리 문 열어요! 애 다리가 끼었다니까!"

그녀는 다급히 문을 두드렸다.

"미안해요. 지금 다시 문을 열면 출발 못 해요."

군인은 열차에 타기 위해 몰려드는 사람들을 겨우 몸으로 막아 내며 버티고 있었다.

"기관사님, 출발하십시오."

군인이 무전기로 신호를 보냈다. 그러자 열차가 서서히 움직이기 시작했다. 겁에 질린 사람들이 좀비 떼처럼 열차로 몰려와 창문을 두드렸다. 다미의 다리는 여전히 끼인 채였다. 한 발이 완전히 바깥으로 빠져나와 있었다. 겁에 질린 다미가 온몸을 바둥거렸다. 그녀는 동생의 다리를 붙잡아 힘껏 끌어당겼다. 하지만 꿈쩍도 하지 않았다.

"안 돼! 멈추라고! 애 다리가 끼었다니까!"

열차가 점점 빠르게 달리기 시작했다. 열린 문틈으로 차가운 바람이 쏟아져 들어왔다. 자매는 도와 달라 소리치며 울음을 터뜨렸다.

열차가 어두운 터널로 들어가는 순간, 무언가 부러지는 소리가 났다.

끔찍한 비명 소리가 차 안을 가득 채웠다.

3

2045 ── 서울

목에서 따끔한 통증을 느끼며 눈을 떴다.

낯선 건물 안이었다. 어떤 회사의 로비인 모양이었다. 반짝이는 대리석으로 채워진 실내는 깨끗했고, 인테리어를 한 지 얼마 되지 않은 듯 진득한 접착제 냄새가 났다.

해미는 자신이 처한 상황을 이해하기 어려웠다. 그녀는 로비 한가운데 놓인 의자에 묶여 있었다. 그것도 손목에 수갑이 채워진 채로. 로비에는 꽤 많은 사람들이 북적이고 있었지만 누구도 그녀를 신경 쓰지 않았다. 전혀 특이한 일이 아니라는 듯이.

그녀의 손에는 여전히 엄마의 사진이 쥐여 있었다. 땀에 젖어 꾸깃꾸깃해진 사진 뒷면에는 짧은 문구가 새겨진 명함이 클립으로 고정되어 있었다. 그녀는 문구를 읽었다.

삶을 처음부터 다시 시작하고 싶으신가요?

저희가 돕겠습니다.

— 대통령 직속 재난복구위원회 —

"깨어나셨네요."

안내 데스크에 서 있던 직원이 곁으로 다가왔다. 직원은 그녀의 등 뒤로 돌아가 포박을 풀어 주었다. 하지만 수갑은 풀지 않았다.

직원이 그녀의 앞에 서서 손바닥을 내밀었다.

"출입증을 제시해 주시면 안내를 도와드리겠습니다."

"출입증?"

"네. 출입증이 있어야 안내가 가능합니다."

"그런 건 없는데요."

"출입증을 보여 주셔야 안내가 가능합니다."

상대의 반응이 어딘지 어색했다. 그녀는 대뜸 이렇게 되물었다.

"노란 사과는 왜 뜨거운 맛이 나지?"

"질문의 의도를 모르겠군요. 도움을 드리지 못해 죄송합니다."

"괜찮아. 빨간 신호등은 왜 천국을 탐하지?"

"질문의 의도를 모르겠군요. 도움을 드리지 못해⋯."

"됐어. 너, 휴머노이드구나?"

대답이 없었다.

"여기 있는 다른 사람들도 전부 그래?"

이번에도 대답이 없었다. 답하지 않도록 프로그래밍된 모양이었다.

"혹시 출입증이 이거니?"

해미는 손에 쥐고 있던 명함을 내밀었다. 휴머노이드는 말없이 명함을 받아 들더니 걸음을 옮기기 시작했다. 따라오라는 뜻 같았다. 좁고 긴 복도를 따라 번호가 붙은 문들이 줄줄이 늘어서 있었다. 그녀는 번호의 규칙을 찾아보려 했지만 좀처럼 이해하기 어려웠다. 다미라면 알아챘을 텐데.

"00137번 방으로 들어가시면 됩니다."

해미는 천천히 문을 열었다. 그러자 회의실처럼 생긴 공간이 나타났다. 그녀는 휴머노이드를 쳐다보았다. 휴머노이드는 싱긋 웃으며 고개를 까딱였다.

"의자에 앉으세요."

해미는 의자에 앉았다. 휴머노이드는 해미의 수갑을 의자의 체인에 연결한 다음 아무런 설명도 하지 않고 유유히 사라졌다.

특이한 구조였다. 정육면체 모양의 방 가운데에 회의용 탁자가 하나 놓여 있었고, 사방에 문이 하나씩 달려 있었다. 혹시 다른 방도 다 이런 식인가? 해미는 바둑판처럼 빼곡하게 늘어선 방들의 배열을 상상했다. 도대체 이런 방이 몇 개나 존재할까. 왜 이런 비효율적인 구조가 필요한 걸까?

하지만 그런 궁금증은 쌍둥이가 문을 열고 등장하자마자 깨끗이 사라졌다. 답답할 정도로 말끔하게 정장을 갖춰 입은 그들의 표정은 엄숙했다. 철저하게 사무적인, 적당한 긴장이 섞인 공기가 방 안을 가득 채웠다. 해미는 순식간에 분위기에 압도되었다.

1초도 시간을 낭비할 수 없다는 듯, 그들은 의자에 앉지도 않고 준비해 온 말을 쏟아 내기 시작했다. 먼저 입을 연 것은 이번에도 왼쪽에 서 있는 남자였다.

"짧게 인사드리죠. 저희는 청와대 직할 자문기구인 '재난복구위원회'에 소속된 감독관입니다. 물론 공식 조직도에는 나와 있지 않지만요. 보안 때문에 자세한 현황을 말씀드릴 수 없는 점 양해 부탁드립니다."

"이런 상태로 그 말을 믿으라고요?"

해미는 손목에 채워진 수갑을 들어 보였다.

"그 부분은 저희도 유감입니다. 하지만 어쩔 수 없는 조치였습니다. 해미 씨가 먼저 저희를 공격했으니까요."

"정부 요원이라는 말을 안 했잖아요."

"기밀이어서요. 그리고 했어도 안 믿으셨겠죠. 새벽이었고."

해미는 엄마의 사진을 탁자 위에 올려놓았다.

"이 사진 말인데…."

"사진에 대해서는 나중에 충분히 설명드리겠습니다."

해미는 눈가를 찌푸려 불만을 표시했다.

"나중에 언제요?"

"해미 씨가 저희와 함께할 수 있는 사람이란 확신이 들면요."

"그게 정확히 무슨 뜻이죠?"

"최고의 구조 전문가라고 들었습니다. 저희는 해미 씨를 고용하고 싶습니다."

"저는 고용되고 싶지 않은데요."

"아마 저희 제안을 듣고 나면 원하게 되실 겁니다. 해미 씨가 절대 거절할 수 없는 내용일 테니까요."

"말해 봐요."

"지금은 말씀드릴 수 없습니다. 먼저 테스트를 통과하셔야 합니다."

"테스트를 받지 않겠다면요?"

"받으셔야 할 겁니다. 그러지 않으면…."

지금껏 말없이 서 있던 남자가 오른쪽 문을 열었다. 해미는 고개를 돌려 문 너머를 보았다. 예상대로 건너편 방도 완전히 동일한 구조였다. 그리고 그녀가 앉아 있는 것과 동일한 위치에는….

"다미야!"

동생이 있었다. 베이지색 정장을 입고 의자에 몸이 포박된 채로. 해미는 폭발하듯 자리에서 튀어 올랐다. 하지만 그 이상은 움직일 수 없었다.

눈앞의 남자가 권총으로 그녀를 겨누고 있었다.

"앉으세요."

남자가 턱짓으로 재촉했다. 해미는 어쩔 수 없이 다시 자리에 앉았다. 그녀가 눈앞의 상대를 노려보는 동안, 오른쪽 방으로 넘어간 남자는 다미의 안대와 입마개를 벗겼다. 다미는 콜록거리며 수갑이 채워진 손등으로 입을 닦았다.

"언니?"

다미가 말했다.

"다미야! 어떻게 된 거야?"

"언니가 여기로 오라고 했잖아. 기억 안 나?"

"내가?"

다미는 고개를 돌려 쌍둥이에게 물었다.

"지금 이게 무슨 짓이에요? 아까는 간단한 테스트라고 했잖아요."

"테스트 맞아. 이제 시작할 거고."

오른쪽 남자가 태연히 다미의 맞은편에 섰다. 그도 역시 권총으로 다미를 겨누고 있었다. 두 방의 모습이 마치 거울에 비친 듯 똑같아졌다.

"테스트에 통과하지 못하면 동생은 죽습니다."

눈앞의 남자가 말했다. 그러자 오른쪽 방의 남자도 이어 말했다.

"동생이 실패하면 언니가 죽을 거고."

"어, 언니?"

다미의 목소리가 불안하게 떨렸다.

"괜찮아, 다미야. 침착해. 테스트만 무사히 마치면 괜찮을 거야."

해미는 동생을 안심시키기 위해 최대한 침착한 모습을 연기했다.

"테스트만 끝나면 우릴 돌려보내 줄 건가요?"

"물론입니다."

"무사히 보내 줄 거란 걸 어떻게 믿죠?"

"죽일 생각이었으면 지금보다 더 많은 정보를 알려 드렸을 겁니다. 그랬음 저희도 훨씬 일이 쉬웠겠죠. 이제 시작해도 될 까요?"

해미는 조심스럽게 고개를 끄덕였다.

"그럼 시작하죠."

쌍둥이는 각자의 태블릿을 펼쳐 책상 위에 올려놓았다. 왼쪽 방의 남자가 먼저 질문을 시작했다.

"군에서의 실적이 화려하더군요. 해양대에서 RNTC를 거쳐 해군 부사관으로 입대. SSU°에서 심해잠수사로 복무 후

•   Sea Salvage & Rescue Unit. 해군 해난구조전대. 주로 해상에서의 인명 구조 임무를 수행한다.

전역. 소방공무원 특채에 합격해 3년간 구조대로 근무하다 지금은 민간 잠수사로 전직. 그럼 스태틱•은 꽤 자신 있으시겠군요.”

남자는 테이블 위에 타이머를 올려놓았다.

“5분간 숨을 참으세요. 실패하면 동생을 쏘겠습니다.”

해미는 대답 대신 숨을 크게 들이마셨다. 쌍둥이는 타이머를 작동하더니 방 밖으로 나가 버렸다. 그녀는 잠시 탈출을 고민했다. 손목에 채워진 수갑은 생각보다 느슨했고, 건물에 상주하는 인원도 많지 않아 보였다. 하지만 이내 포기했다. 어디인지도 모르는 곳에서 총을 든 자들을 상대로, 그것도 다리가 불편한 동생과 함께 탈출에 성공할 가능성은 희박했다.

해미는 눈을 감고 최대한 몸의 힘을 풀었다. 침착해야 했다. 흥분할수록 호흡이 흐트러지게 마련이었다. 인간은 생각보다 오래 숨을 참을 수 있다. 호흡 충동으로 폐에 고통이 느껴지는 짧은 순간만 넘기고 나면 괴로움도 줄어든다. 고요해진 방 안엔 오직 초침 넘어가는 소리만 들렸다. 시간이 끔찍할 정도로 느리게 흘렀다.

이윽고 5분이 지났다. 문을 열고 돌아온 남자는 다시 한번 타이머를 리셋했다.

“아직 버틸 만한가 보네. 지금부터 5분 더.”

• Static Apnea. 잠수부들이 산소 부족 상황에 익숙해지기 위해 실시하는 숨 참기 훈련.

반사적으로 숨이 터져 나올 뻔했다. 그녀는 양손으로 입을 틀어막고 버텼다. 새빨갛게 달아오른 안면 근육이 부들부들 떨리기 시작했다. 그녀는 고통을 이겨 내기 위해 끊임없이 딴 생각을 해야 했다.

이번엔 옆방에서 목소리가 들려왔다.

"이제 다미 씨 차례입니다. 대학에선 물리학을 전공하셨군요. 그런데 왜 자퇴하셨죠? 웬만한 성적으로 들어갈 수 있는 곳이 아닌데. 생활기록부에도 칭찬이 자자하더군요. 특히 기억력이 우수하다는 기록은 어느 자료에서도 빠지질 않아요. 한 번 본 것은 절대 잊지 않는다고, 맞나요?"

다미는 긴장한 표정이었지만 침착하게 고개를 끄덕였다.

"만약 거짓이면 언니를 쏠 거예요."

"알겠으니까 빨리 시작하기나 해요."

기억력을 테스트한다는 말을 듣자 다미는 자신감을 보였다.

"로비에 화분이 있었는데, 기억합니까?"

"출입문 양쪽에 하나씩. 국화가 심어져 있었어요."

"무슨 색이었죠?"

"꽃요? 화분요?"

"화분."

"빨간색이었어요."

남자는 태블릿을 조작해 홀로그램 스크린을 띄웠다. 그러자 열여섯 종류의 톤이 다른 빨간색 사각형들이 테이블 위에 가로로 펼쳐졌다.

"좀 더 구체적으로. 이 중에 어떤 빨간색이죠?"

"왼쪽에서 두 번째."

쌍둥이가 다시 태블릿을 조작했다. 이번엔 방금 전 다미가 고른 색상과 거의 흡사한 색상의 사각형들로 화면이 채워졌다. 얼핏 보면 같은 색이라 착각할 정도로 미세한 차이였다.

"이 중에서는요?"

"오른쪽에서 세 번째."

"좋습니다."

정답인 모양이었다. 대답이 끝나는 것과 거의 동시에 5분이 흘렀다. 땡, 소리와 함께 타이머가 정지했다. 해미는 거칠게 숨을 몰아쉬었다.

잠시도 쉴 틈을 주지 않고 눈앞의 남자가 그녀에게 무언가를 던졌다. 해미는 반사적으로 물건을 받았다. 권총이었다. 깜짝 놀라 고개를 들자 상대의 손이 비어 있었다. 자신이 들고 있던 총을 던진 모양이었다.

"무슨 생각 하는지 알아. 총구가 조금이라도 이상하게 움직이면 동생은 죽어."

눈앞의 남자가 경고했다. 곁눈질로 오른쪽 방을 살피자 동생의 머리에 총이 겨눠져 있었다. 해미는 고개를 끄덕였다.

"심울 초등학교에선 육상부. 천란 중학교에선 사격부로 전향. 전국 체전에서 4위. 회장기 대회에선 3위. 이해가 안 되네. 1학년에 이 정도 성적이면 꽤 유망주였을 텐데, 왜 그만뒀지? 프리러닝*이 그렇게 재밌었나요? 선수 생활을 포기할 정도로?"

선수 생활을 그만둔 후로 그녀는 한동안 '캣윙(CATWING)'이라는 닉네임으로 프리러닝 영상을 찍어 스트리밍 서비스에 업로드하곤 했었다. 살짝 소름이 돋았다. 그런 건 공식 기록만으로는 알 수 없는 정보일 텐데. 그녀는 재난복구위원회라는 조직의 정보력이 어디까지 미치고 있는지 궁금해졌다.

"꽤 자세히도 알고 계시네요. 혹시 우리 채널 구독자셨나?"

해미는 일부러 빈정거렸다. 호흡을 가다듬을 시간을 벌기 위해서였다. 하지만 상대는 별 반응을 보이지 않았다. 남자는 한쪽 옆으로 비켜서며 다섯 개의 홀로그램 과녁을 허공에 띄웠다.

"10초 안에 전부 맞히세요."

해미는 권총의 안전장치를 풀며 살펴보았다.

"한 번도 쏴 본 적 없는 모델이에요. 연습도 안 하고 쏘라고요?"

•   Freerunning. 도심 속 다양한 장애물과 상호 작용하며 빠르게 이동하는 스포츠. 유사한 개념인 파쿠르(Pakour)가 효율적인 이동을 중시하는 반면, 프리러닝은 자유, 아름다움, 창의성 등을 보다 중시한다. 다만 최근에는 두 용어의 경계가 모호해지는 추세다.

"뭐, 첫 발은 조금 빗나가도 봐 드리죠."

남자가 타이머를 작동했다. 10, 9, 8, 7… 호흡이 달려 총구가 심하게 흔들렸지만 기다릴 시간이 없었다. 해미는 숨을 참고 방아쇠를 당겼다. 첫 발이 과녁 중심에서 약간 오른쪽에 맞았다. 그녀는 오차를 고려하며 망설임 없이 나머지 네 발도 쐈다. 이번엔 모두 과녁 중앙에 명중했다.

"한 번 더."

새로운 위치에 더 작은 크기의 과녁이 생성되었다. 이번엔 다섯 발 모두 중앙에 명중했다. 남자는 곧바로 다가와 권총을 거칠게 빼앗았다.

"1분간 휴식."

쌍둥이는 그렇게 말하며 방 밖으로 나갔다. 해미는 고개를 돌려 동생을 불렀다.

"다미…"

쾅 소리를 내며 오른쪽 방으로 통하는 문이 닫혔다. 그녀는 다시 혼자가 되었다.

빌어먹을.

어떻게든 동생만은 구해야 했다. 해미는 침착하게 엄지손가락을 움켜쥐었다. 끔찍한 통증이 찾아왔지만 그녀는 표정 하나 바뀌지 않았다.

곧 쌍둥이가 되돌아왔다. 이번엔 다시 다미의 차례였다.

"로비에 몇 명이 있었죠?"

"일곱 명요. 전부 휴머노이드던데요."

다미는 망설임 없이 답했다.

"위치는?"

화면에 지도가 그려졌다. 하지만 다미는 뭔가 이상하다는 표정이었다.

"지도에 오류가 있어요. 좌우가 뒤집혔네요. 몇 군데 틀린 곳도 있고."

"마음에 안 들면 직접 그리시든가."

남자가 리모컨을 던졌다. 다미는 붓으로 그림을 그리듯 리모컨으로 허공에 지도를 그렸다. 순식간에 3차원 투시도가 테이블 위에 그려졌다.

"이 정도로 잘 그릴 줄은 몰랐는데."

"레이드 뛰려면 이 정도는 필수죠."

"레이드?"

"게임요."

옆방의 남자는 무슨 말인지 이해할 수 없다는 듯 이마에 주름을 만들었다. 그러는 사이 다미는 일곱 명의 위치와 자세까지 정확히 표시했다. 남자는 고개를 끄덕이며 홀로그램을 손바닥으로 토스했다. 그러자 지도가 해미의 눈앞에도 똑같이 복사되었다.

"일곱 명 모두에게 들키지 않고 로비를 통과하는 루트를 그릴 수 있습니까?"

해미는 기가 막혔다.

"여기 무슨 정보기관이에요? 만약 그런 테스트인 거면…"

"안심하세요. 거긴 아니니까."

"그럼 대체 뭐 하는 기관이길래 이런 테스트를 하죠?"

"아직은 말씀드릴 수 없습니다."

"언제는 가능한데요?"

"합격하시게 되면요."

눈앞의 남자는 그렇게 말하며 리모컨을 건넸다. 해미는 지도 위에 붉은색 선으로 루트를 그렸다. 그리 어렵지는 않았다. 군에서 지겹도록 했던 훈련이니까.

루트를 확인한 쌍둥이는 서로 시선을 교환하며 고개를 끄덕였다. 정답인 모양이었다.

"마지막 질문입니다, 민다미 씨. 뭔가 특이한 점은?"

"글쎄요. 로비에 앉아 있던 사람이 종이 신문을 보고 있었어요. 요즘도 그런 게 나오나 보죠?"

"계속해 봐요."

"또 뭐가 필요하죠?"

다미가 짜증을 냈다. 하지만 쌍둥이는 대답 대신 그녀를 노려보기만 했다. 싸늘한 침묵이 길어질수록 남자의 표정이 조금씩 일그러졌다. 그는 재킷 안쪽으로 손을 집어넣었다. 다미야, 제발 눈치채. 눈치채야 해. 해미는 탈구된 엄지를 비틀어 수갑에서 손을 빼냈다.

남자가 권총을 꺼내 슬라이드를 확인했다.

"…그 신문은 20년 전에 발행된 거였어요. 1면 제목은 '멜트다운 막았다.' 사고 열흘 후에 나온 기사였죠. 이제 됐나요?"

다미가 다급하게 답했다. 하지만 그들은 만족하지 않았다. 권총의 총구가 천천히 다미의 이마를 향했다.

"그리고?"

"또 뭐가 있는데요?"

"…이건 좀 많이 실망스럽군요."

남자는 다미의 이마에 총구를 대고 천천히 공이를 뒤로 당겼다. 까드드득 스프링 당겨지는 소리가 났다.

"그렇게 말하면 내가 겁먹을 거 같아?"

다미는 꿋꿋이 상대를 노려보았지만, 표정은 겁에 질린 기색이 역력했다. 더 기다릴 수 없었다. 해미는 나머지 손을 수갑에서 마저 빼내며 동시에 책상을 발로 걷어찼다. 책상 반대편에 있던 남자는 배를 얻어맞고 뒤로 쓰러졌다.

그녀는 멈추지 않고 곧장 옆방을 향해 달렸다.

"멈춰!"

방아쇠에 손가락이 올라갔다. 상대가 반응할 틈을 주면안 돼. 해미는 책상 위로 단숨에 뛰어올라 상대의 손을 올려차려….

탕.

하지만 그보다 먼저 총구가 불을 뿜었다. 새하얀 벽면에 붉은 피가 튀었다.

다미의 머리에 커다란 구멍이 뚫렸다.

4

2025 ── 마산

열차 내부엔 전기가 들어오지 않았다. 캄캄한 어둠 속을 한 시간쯤 이동한 뒤에야 기차가 멈춰 섰다. 해미는 기절한 다미를 둘러업고 군인들의 안내를 따라 또 다른 기차로 옮겨 탔다. 기차는 다시 마산까지 이동했다. 마산역 근처 실내 체육관에 대피소가 마련되어 있었다.

대피소 입구의 임시 진료소에서 간단한 검사를 받았다. 다행히도 방사능에 노출된 흔적은 없었다. 해미는 의료진에게 동생의 치료를 요청했지만 상태가 더 심각한 사람들이 끊임없이 밀려든 탓에 순번이 자꾸만 뒤로 밀렸다. 부목과 목발을 얻은 것만으로도 다행이었다.

그곳에서 해미는 처음으로 사고의 전말을 알 수 있었다. 세 번째 지진은 원자력발전소 바로 아래의 활성단층에서 일어났다. 그간 전문가들이 공언해 온 대로 원자로는 진도 6.2의 강진을 안전하게 버텨 냈지만, 일반 콘크리트 건물인 원전연료건물은 그러지 못했다. 건물 아래 화강암 암반이 통째로 가라앉으며 수백 다발의 사용후핵연료를 보관 중이던 수조가 비틀리듯 찢어졌고, 갈라진 지반으로 냉각수가 유실되면서 연료봉에 화재가 발생했다. 연료봉의 금속 피복이 고온에 녹아내리기 시작하자 주변의 수증기는 빠르게 수소로 분해되었다.

지진 발생 30분 뒤, 건물 내부에 축적된 수소가 폭발하며 연료건물 천장이 완전히 날아갔다. 대기 중에 방출된 다량의 방사성 물질이 북동풍에 실려 소리도 냄새도 없이 해운대로 유입되기 시작했다. 자매가 해운대를 떠난 지 고작 10분 뒤에 벌어진 일이었다.

열흘쯤 지나자 사태가 호전되고 있다는 뉴스가 나오기 시작했다. 비상대책본부가 해수를 퍼부어 원전의 멜트다운을 막았고, 유출된 핵연료를 봉인하는 데도 어느 정도 성공했다는 내용이었다.

그즈음부터 공식적인 피해자 집계도 시작되었다. 하루에도 수십 명씩 사망자 수가 늘어났고 부상자는 만 단위를 훌쩍 넘어갔다. 방사능에 피폭된 환자들은 전국의 병원으로 이송되어 입원실을 가득 채웠다.

체육관 근처 야구장에는 이재민을 위한 임시 거주지가 설치되었다. 1루 근처 텐트를 배정받은 자매는 엄마가 무사히 도착하기만을 기도하며 하루하루를 보냈다. 하지만 며칠이 지나도 엄마는 돌아오지 않았다. 하루 세 번 공개되는 생존자 명단을 손가락으로 훑어가며 몇 번이나 확인했지만 엄마의 이름은 발견되지 않았다.

다미가 말하길, 엄마는 언니를 찾아오겠다고 말하며 지하철역을 떠났다고 했다. 아마 휴대폰으로 연락하면 될 거라 생각했을 것이다. 하지만 통신은 먹통이 되었고, 그녀는 엄마의 전화를 받지 못했다. 그녀가 해운대역까지 탈출하는 동안 엄마는 인파를 거슬러 바다로 향하고 있었다. 딸을 구하기 위해서.

"엄마가 잘못되면 전부 언니 책임이야."

그 말을 남기고 홱 돌아눕는 다미의 냉담한 표정이 잊히지 않았다.

* * *

그렇게 한 달이 흐르고, 두 달이 흘러도, 엄마는 돌아오지 않았다. 상황을 수습한 생존자들은 하나둘 야구장을 떠나기 시작했고, 빈 텐트에는 다시 유가족들이 들어왔다. 생존자이자 유가족인 자매는 하염없이 엄마의 소식만을 기다려야 했다.

가끔씩 기적적으로 살아남은 생존자의 소식이 뉴스로 전해지기도 했다. 지하실에서 창문을 틀어막고 콜라와 비스킷으로 한 달을 버텼다는 남자의 이야기나, 요트를 타고 바다로 도망쳤다가 해류를 따라 표류하며 일본까지 닿았다는 어느 가족의 사연이 한창 이슈가 되며 유가족들에게 큰 희망을 준 적도 있었다.

하지만 대부분은 그렇지 못했다. 해운대를 탈출하지 못한 사람들은 치명적인 방사능에 노출되어 내장이 뭉개지고 살갗이 벗겨지는 고통을 느끼며 죽어 갔다. 탈출에 성공한 사람들도 2주 내로 사망에 이르거나, 살아남더라도 심각한 후유증을 겪는 경우가 많았다. TV에 나오는 전문가들은 집계된 것보다 훨씬 많은 사람들이 방사능에 노출되었으리라 주장했지만, 그 수가 얼마나 될지, 언제 어떤 후유증으로 나타날지 누구도 알 수 없었다.

하루에도 수십 명씩 새로운 시신이 체육관에 도착했다. 먼저 시신을 인계받은 가족들이 하나둘 떠나가자 북적였던 야구장이 점점 쓸쓸하게 비어 갔다. 가을이 되자 자매의 텐트는 실내 체육관 안으로 옮겨졌다. 그만큼 텐트의 수가 줄어들었다는 뜻이었다.

그렇게 석 달을 훌쩍 넘긴 후에야 엄마의 시신이 체육관에 도착했다. 엄마는 이름 대신 3764번이라는 번호로 불렸다. 주머니 속 신분증과 옷차림으로 신원이 특정되었지만, 정해진 절차대로 유전자 검사 결과를 기다려야 했다. 검사가 진행되는 동안 자매는 그 시신이 엄마가 아니길, 모든 것이 착오이기를 간절히 기도했다. 그러나 기적은 없었다. 엄마는 결국 차가운

주검이 되어 자매의 곁으로 돌아왔다.

엄마의 시신은 역에서 아주 멀리 떨어진 위치에서 발견되었다고 했다. 아마도 딸을 찾아 거기까지 간 것이리라. 엄마는 과학자였다. 그게 얼마나 위험한 짓인지 몰랐을 리가 없었다. 거기서 대체 무슨 생각을 했을까? 그저 딸을 구해야겠다는 마음뿐이었을까? 어떤 기분이었을까? 무서웠을까? 많이 아팠을까? 나같이 못된 딸을 위해 목숨을 걸고서 후회는 없었을까? 나를 원망하진 않았을까? 그녀는 엄마의 마음을 가늠해 보려 했지만 도저히 상상조차 되지 않았다.

의외로 슬프거나 괴롭진 않았다. 산산이 조각난 마음이 이제는 완전히 부스러져 가루가 되어 버린 모양이었다. 마치 고운 모래가 담긴 상자를 주먹으로 두드리는 것처럼 가슴이 먹먹하기만 했다. 정부 담당자로부터 세부 사항을 전달받는 동안 그녀의 감정은 오히려 차분하게 가라앉았다.

다미가 울음을 터뜨리며 그녀의 멱살을 잡았다.

"너가 왜 살아 있어? 죽을 거면 너가 죽었어야지! 전부 너 때문이잖아. 너만 아니었음 이런 일도 없었어! 다시 가서 죽어 버려. 엄마 살려 내고 니가 대신 죽으라고!"

동생에게 뺨을 맞으면서도 해미는 아무런 아픔을 느끼지 못했다. 눈에 멍이 들고 입술에 피가 터졌지만 상관없었다. 그걸로 동생의 마음이 조금이라도 편해질 수만 있다면. 다미는 한참 동안 원망을 쏟아 내다 결국 탈진해 쓰러졌다. 바닥에 주저앉은 해미는 잠든 동생에게 무릎을 내주고, 외투를 벗어 덮어 주었다.

자매가 진정될 때까지 묵묵히 기다려 준 담당자는 따뜻한 차를 가져와 건네며 담담한 표정으로 이렇게 물었다.

"학생, 혹시 아버님은….'

"돌아가셨어요. 아주 오래전에."

"그럼 다른 가족은 없나요? 친척이라든지."

"동생하고 저뿐이에요."

"그럼 지금껏 어머님이 혼자 두 분을 키우신 건가요?"

"네."

"그래요. 고생이 많았겠어요."

그건 대체 어떤 의미로 한 말이었을까. 어쩌면 별생각 없이 건넸을 한마디에 복잡한 감정들이 빠르게 스쳐 지나갔다. 왠지 코끝이 저렸다.

한참 머뭇거리던 담당자가 결국 본론을 꺼냈다.

"이제 한가지 선택을 해야 해요."

"선택…요?"

"모친께서는 방사능 수치가 아주 높은 곳까지 들어가셨어요. 그래서 시신이 아주 심각하게 손상됐어요. 얼굴을 직접 보게 되면 아마 많이 힘들 거예요."

담당자는 엄마의 시신을 확인할지, 아니면 그대로 관을 봉인할지 결정하라고 했다. 해미는 시신을 보지 않기로 결정했다. 자신이 기억하는 아름다운 엄마의 모습을 그대로 간직하고 싶었기 때문이었다.

하지만 다미는 달랐다. 해미의 만류에도 불구하고, 동생은 피부가 시뻘겋게 뒤집힌 엄마의 얼굴을 두 눈으로 직접 확인했다. 퉁퉁 부은 얼굴로 돌아온 동생은 그녀가 엄마의 죽음을 비겁하게 회피했다며 또다시 저주의 말을 퍼부었다.

방사능에 오염된 엄마의 시신은 두꺼운 납으로 만든 관에 안치되었다. 자매는 손님이 찾아오지 않는 텅 빈 장례식장을 사흘 밤낮 동안 지켰다. 장례식 내내 다미는 한마디도 하지 않았다. 엄마의 시신을 확인한 후로 다미는 그녀를 투명인간처럼 취급했다. 그러다 아주 가끔, 스치듯 시선이 마주칠 때만 증오에 찬 표정으로 "재수 없어." 하고 짧게 욕설을 뱉을 뿐이었다.

얼마 후, 엄마의 시신은 다른 사망자들과 함께 사고 현장 근처의 공터에 합동으로 안치되었다. 정부는 그곳에 추모관을 건립할 계획이라고 했다. 약속대로 몇 년 후 거대한 대리석 건물이 들어섰고, 또 몇 년 후엔 높다란 위령탑이 세워졌다. 해미는 시간 날 때마다 그곳에 들러 엄마의 묘비를 끌어안았다.

하지만 다미와 함께 그곳을 찾은 적은 한 번도 없었다.

5

2045 —— 서울

해미는 축 늘어진 자세로 바닥에 주저앉았다.

이해할 수 없었다. 그냥 조금 터프한 테스트 아니었나? 어째서 이렇게까지 하는 건데? 의자에서 굴러 떨어진 다미를 힘껏 끌어안았지만, 동생의 몸은 단단하게 굳어 움직이지 않았다. 그녀는 비명을 지르며 눈물을 쏟아 냈다.

하지만 놈들은 아랑곳하지 않고 그녀의 뒷덜미를 잡아끌어 원래의 위치에 앉혔다. 수갑이 아까보다 더 단단하게 조여졌다. 이번엔 풀 수 없을 것 같았다. 피에 젖은 손바닥이 끈적거렸다.

놈들은 그녀를 혼자 내버려 두고 밖으로 나가 버렸다. 옆방으로 통하는 문도 닫아 버렸다. 문이 닫히기 직전, 바닥에 쓰러진 다미의 뻣뻣한 다리가 보였다. 더럽고 끔찍한 기분이 머릿속에서 사라지지 않았다.

쌍둥이는 한참 뒤에야 다시 방으로 돌아왔다.

"이제 좀 진정된 모양이군요. 그럼 테스트를 계속하죠."

"테스트? 여기서 뭘 더 테스트할 건데? 내가 맨손으로 너희를 찢어 죽일 수 있다는 걸 보여 주면 되나?"

"그냥 아까 질문에만 대답해 주시면 됩니다. 뭔가 특이한 점은?"

"빨리 나도 죽여. 질질 끌지 말고."

쌍둥이는 한숨을 쉬었다. 그들은 이번엔 왼쪽으로 걸어가 문을 열었다. 왼쪽에도 똑같은 형태의 방이 존재했다. 그녀는 자신이 뭘 보고 있는지 이해할 수 없었다.

동생이 살아 있었다. 아까처럼 의자에 묶인 채로.

"다미야?"

"언니?"

"다미야, 괜찮아?"

다미가 그녀 쪽으로 홱 고개를 돌렸다.

"언니는 알고 있었어? 이게 이런 테스트라는 거? 알면서 나한테 여기로 오라고 한 거야?"

"아까부터 대체 무슨 소리야?"

"언니가 여기로 오라고 했잖아. 기억 안 나?"

아까와 똑같은 상황이었다.

"다미야, 나도 지금 뭐가 뭔지 잘 모르겠어. 일단 진정…"

쌍둥이는 다시 문을 닫아 버렸다. 해미는 쌍둥이를 노려보았다.

"방금 그게 뭐야? 다미가 왜 저기 있어? 분명히 너희가 죽였…는데?"

"붕괴되지 않은 또 다른 가능성이죠. 어느 쪽 방이 현실이 될지는 해미 씨에게 달렸습니다. 이제 대답하세요. 동생이 죽는 상황을 또 경험하고 싶지 않다면."

그가 총구를 까딱이며 재촉했다.

"뭔가 특이한 점은?"

해미는 정답을 말했다.

"너희들 나갔다 들어올 때마다 서로 위치를 바꿨잖아. 이제 됐어?"

"…어떻게 눈치채셨죠?"

"둘이 말투가 다르니까. 그리고 다미를 쏜 건 너지? 꼭 기억해 둘게."

쌍둥이는 서로를 마주 보며 고개를 끄덕였다.

"합격입니다. 이제 저희 제안을 말씀드릴 차례가 됐군요."

그들이 말했다.

"저희와 함께하신다면 동생을 되살려 드리겠습니다."

그들이 다시 새로운 명함을 내밀었다.

삶을 처음부터 다시 시작하고 싶으신가요?

저희가 돕겠습니다.

— 대통령 직속 시간관리청 재난복구분과위원회 —

6

2025 —— 마산

엄마의 장례를 치른 후, 자매는 마산의 한 보육원에 맡겨졌다.

정부 담당자가 말하길, 모녀가 함께 살던 서울 집은 곧 경매에 넘어갈 예정이라고 했다. 그간 엄마가 받은 대출과 카드빚 때문에 상속받을 재산은커녕 채무가 훨씬 많은 상황이라는 거였다. 딸들 앞에선 뭐든 마음껏 하라고, 저축은 충분하니 걱정할 필요 없다고, 그렇게 항상 웃기만 하더니 속으론 곪아가고 있었던 모양이었다.

담당자는 어쩔 줄 모르는 자매를 도와 상속 포기 절차를 대신 진행해 주었다. 자매는 차압 딱지가 잔뜩 붙은 집에서 몇 가지 개인적인 물품만을 겨우 챙겨 나올 수 있었다.

살 집도, 맡아 줄 친척도 없었다. 결국 보육원에서 생활하는 수밖에 없었다. 서울을 포함한 몇 가지 선택지가 주어졌지만, 자매는 엄마가 잠든 추모공원 근처에서 살기를 희망했다. 담당자는 마산의 보육원으로 자매를 배정해 주었다.

보육원에서의 생활은 그리 즐겁지만은 않았다. 겉보기에 깨끗해 보였던 건물 내부는 곳곳이 낡아 삐걱댔고, 하수구에선 찌든 소변 냄새가 올라왔다. 매일 정해진 시간에 일어나 씻고 먹고 잠들어야 하는 공동생활도 적응하기가 쉽지 않았다.

다미의 다리에도 심각한 후유증이 남았다. 제때 치료받았더라면 별일 아닌 듯 다시 걸을 수 있었겠지만, 전대미문의 재난 상황 속에서 동생은 제대로 된 진료를 받지 못했고 정강이가 심하게 비틀린 상태로 뼈가 붙어 버리고 말았다. 결국 다미는 휠체어 신세를 져야 했다.

그래서였을까. 다미는 사고 이전과는 완전히 다른 사람이 되어 버렸다. 행동과 말투가 날카로워졌고 과거에 대한 집착도 점점 심해지기만 했다. 아무리 시간이 흘러도 다미는 그날의 기억에서 쉽사리 벗어나지 못했다.

대체 어떻게 빼돌린 건지, 엄마의 시신에서 머리핀도 훔친 모양이었다. 해미는 위험하다며 머리핀을 빼앗으려 했지만 동생은 막무가내였다. 인터넷에서 독학으로 한참을 공부하더니, 비싼 화학 약품을 조합해 보란 듯이 방사능 제독 처리까지 해냈다. 동생은 하루도 빼놓지 않고 그 리본 모양 머리핀을 머리에 꽂고 다녔다.

다미는 매일 밤 엄마의 사진을 끌어안고 서럽게 울었다. 울다 탈진해 잠드는 일이 일상처럼 반복되었다. 보다 못한 그녀는 동생 몰래 엄마의 사진을 감추었다. 동생이 이제 그만 과거의 기억에서 벗어나기를 바라면서.

그날 밤, 다미는 목이 완전히 쉴 때까지 소리를 질렀다.

상상조차 해 본 적 없는 욕설이 동생의 입에서 쏟아졌다. 칼날이 살점을 저미며 내는 것처럼 아프고 괴로웠지만, 그래도 물러서지 않았다. 자신이 고통받는 건 상관없었다. 자신은 얼마든지 상처 입어도 된다고 생각했다. 잘못을 저지른 대가라고 생각했다.

하지만 다미는 달랐다. 다미는 이런 일을 겪어서는 안 될 아이였다. 다미만은 이 상처에서 벗어나야 했다. 다미만 괜찮아진다면, 다미가 그날의 저주에서 벗어날 수만 있다면 어떠한 미움도 감수할 수 있었다. 해미는 끝까지 사진을 돌려주지 않았다.

엄마의 사진을 잃은 뒤로 다미는 점점 해미에게 의존하기 시작했다. 시간이 갈수록 아이처럼 변하더니, 동생은 마치 다섯 살 아이가 된 것처럼 행동했다. 언니 밥 줘. 언니 용돈 줘. 언니 머리 감겨 줘. 언니 안아 줘. 언니 옷 갈아입혀 줘… 다미는 잠시도 언니와 떨어져 있지 않으려 칭얼거렸다. 가끔은 그녀를 엄마라 부를 때도 있었지만 그녀는 애써 모른 체했다. 그나마 되찾은 평온마저 잃고 싶지 않았다.

그렇게 해미는 다미의 엄마로 지내기 시작했다. 동생을 하나하나 챙기며 돌보는 일이 쉽지는 않았지만 견디지 못할 정도는 아니었다. 엄마는 이보다 몇 배는 더 힘들었을 테니까. 아빠가 세상을 떠난 후로 엄마는 10년 가까이 홀로 두 딸을 키워야 했다. 그에 비하면 이 정도 일은 아무것도 아니라고 생각했다.

차츰 마음을 회복한 다미는 다시 학교에 다니기 시작했고, 예전처럼 전교에서 손꼽히는 성적표를 받아 왔다. 다미는 엄마를 닮아 공부를 잘했다. 영재학원에 보내기 위해 엄마가 여기저기서 잔뜩 빚을 졌을 정도로. 해미는 다미의 성적을 꼼꼼하게 관리하기 시작했다. 필요하다면 없는 돈을 만들어서라도 학원에 보냈다. 엄마가 그랬던 것처럼.

자매는 남들보다 1년 늦게 학교를 졸업했다. 해미는 고등학생이 되었고 다미는 중학교에 입학했다. 해미는 곧장 동생의 고등학교 입시를 준비하기 시작했다. 엄마라면 그랬을 테니까. 지역 내에서 명문대 진학률이 가장 높다는 사립여고와 특목고가 목표였다. 하지만 동생은 둘 다 거부했다. 기숙사에 들어가야 한다는 말을 들었기 때문이었다. 다미는 결코 해미의 곁을 떠나려 하지 않았다.

입시보다 더 큰 고민은 돈 문제였다. 해미는 곧 졸업을 앞두고 있었고 졸업 후엔 보육원에서 독립해야 했다. 이제부턴 생활비를 직접 벌어야 한다는 뜻이었다. 3년 뒤엔 다미가 대학에 입학할 테고, 서울에서 대학을 다니게 하려면 등록금과 생활비를 포함해 꽤 많은 돈을 마련해 두어야 했다. 몇 년간 아르바이트를 하며 꾸준히 저축을 해 왔지만 그 정도론 턱없이 부족했다.

처음엔 대입을 포기하고 곧장 직업을 구하려 했다. 어떻게든 돈을 모아 다미를 좋은 학교에 보내자고, 학교의 진학 상담 선생님에게도 그렇게 의견을 전달했다. 그런 해미의 처지가 안타까웠던지, 선생님은 어떻게든 그녀를 돕기 위해 여러 가지 방안을 대신 알아봐 주었다.

"내년에 해양대가 이쪽으로 캠퍼스를 이전한다고 해. 학교가 부산에 있어서 아무도 지원하질 않는다나. 옮기는 위치가 진해 해군기지 옆이다 보니 군이랑 무슨 협약을 맺어서 부사관 양성 과정 같은 것도 신설되는 모양이야."

"군인이 되라고요?"

"군 장학생으로 선발되면 학비가 전액 지원돼. 재난 피해자들에게 지급하는 50퍼센트 장학금도 중복으로 받을 수 있고. 군에서 주는 돈은 원칙적으로 장학금이 아니거든. 아무튼 내 생각엔 나쁘지 않은 조건이야. 직업도 보장되고, 동생 학비도 마련할 수 있고. 위치도 멀지 않아서 동생을 곁에서 돌봐 줄 수도 있어."

그보다 좋은 방법을 떠올리기는 어려웠다. 해미는 결국 신설되는 2년제 산업잠수과에 원서를 냈다. 적성도 목표도 없이 그저 장학금만을 바라본 결정이었다. 그나마 몸을 쓰는 일이라 다른 학과보다는 나을 것 같았다.

입학하고 보니 신입생 스무 명 중에 여성은 그녀 혼자였다. 잠수의 세계는 철저하게 남성을 기준으로 모든 규격이 맞춰져 있었다. 장갑 하나, 산소통 하나도 그녀의 몸집에 비해 너무 커다랬다. 혼자서 50킬로그램이 넘는 장비를 짊어지는 것도 쉽지 않았다. 자신이 잘못된 장소에 와 있는 게 아닐까 하루에도 몇 번씩 생각했다. 하지만 포기할 수는 없었다. 지금 학업을 중단하면 지금까지 받은 지원금을 전부 반납해야 했으니까. 그녀는 어떻게든 졸업까지 버텨야 했다.

그런데 막상 적응하고 보니 의외로 잠수 일은 꽤 적성에 맞는 편이었다. 물속에서 몸을 움직이며 숨을 참는 일은 엄청난 고통을 감내하는 과정이었고, 고통을 참는 건 그녀가 누구보다 잘할 수 있는 일이었다. 2년 내내 그녀는 꽤 좋은 성적을 유지했다.

그렇게 학교를 졸업하고 군인이 되었다. SSU에 자원한 이유는 단순했다. 기왕이면 사람을 살리는 일을 하고 싶었으니까. 여성을 거부하는 전통이 곳곳에서 조금씩 허물어지고 있던 당시의 분위기를 타고, 그녀는 운 좋게 시범 케이스로 후보생에 선발될 수 있었다. 물론 따가운 시선들을 견디며 매 순간 자신의 능력을 입증해야 했지만. 훈련생의 절반 이상이 탈락하는 26주간의 교육과정을 남들과 똑같이 수료한 뒤로는 누구도 그녀의 성별을 지적하지 못했다. 그녀는 SSU 소속의 잠수사로 선발되었다.

문제는 다미였다.

입대가 결정되던 날, 다미는 다시 첫날의 모습으로 되돌아갔다. 손에 잡히는 대로 물건을 집어 던지며, 날 선 표정으로 언니가 자신을 버렸다고 소리쳤다.

"이제 내가 귀찮아?"

"다미야, 그런 거 아니야. 너 서울로 대학 보내려면 이 방법이 제일…."

"누가 대학 보내 달래?"

또다시 다미에게 미움받게 될까 두려웠다. 하지만 이번만큼은 단호하게 맞서야 한다고 생각했다. 엄마라면 분명 그랬을 테니까.

"엄마는 분명 네가 좋은 대학에 가길 바라셨을 거야. 너도 기억하지? 엄마가 너한테 얼마나 노력을 기울이셨는지."

"…."

"부탁할게, 다미야. 엄마를 위해서라도 조금만 참자."

"치사하게, 엄마 핑계는."

다미는 더 반발하지 않았다. '엄마'라는 단어를 거역할 수는 없었으니까.

이듬해 다미는 누구나 부러워할 만한 대학의 물리학과에 합격했다. 엄마와 같은 전공이었다. 해미는 다미를 서울까지 바래다주며 지금까지 모은 돈이 담긴 통장을 건넸다. 학자금 대출 없이도 4년 동안 학교를 다니기에 충분한 금액이었다. 다시 창원으로 돌아오는 동안 그녀는 처음으로 홀가분한 기분을 느꼈다. 그 정도면 책임을 다한 거라 생각했다.

직접 말은 하지 않았지만, 서로 떨어져 지내는 편이 낫다고 늘 생각했었다. 어차피 슬픔밖에 이야기할 수 없는 관계였으니까. 서로의 얼굴을 마주할 때마다 안 좋은 기억을 떠올릴 뿐이니까. 어차피 함께 있어서 좋았던 적은 한 번도 없었으니까. 그게 동생에게도 좋은 일이리라 생각했다. 그래선 안 됐었는데. 동생과 그렇게 떨어져선 안 됐었는데.

몇 년 뒤, 다미는 결국 학교를 자퇴했다.

7

2045 —— 서울

바깥은 이미 해가 기울고 있었다.

소매를 걷어 시간을 확인했다. 시곗바늘이 오후 5시를 가리키고 있었다. 그녀는 곧장 버스를 타고 광화문으로 향했다. 동생을 다시 만나기 위해서였다. 동생이 살아 있다고 생각하니 어젯밤부터 겪은 일련의 사건들이 그저 짓궂은 꿈처럼 느껴졌다.

방금 전 상세한 설명을 듣고서도 도무지 믿기지 않았다.

'저희에겐 시간여행 기술이 있습니다.'

그들은 분명 그렇게 말했다.

'해미 씨는 시간여행 요원인 다이버를 맡게 되실 거고요.'

'제가 과거에서 누군가를 구조해야 하는 건가요?'

'그렇습니다.'

'구조 대상은 누구죠?'

'해미 씨의 어머님입니다.'

당황스러웠다. 고작해야 다른 요원들이 위험에 빠졌을 때 구출하기 위한 예비 팀 정도를 맡게 되겠거니 생각했다. 아니면 무슨 대단한 정치인의 암살이라도 막아야 하거나. 엄마를 구조하리라고는 전혀 생각지 못했다.

'해미 씨가 할 일은 딱 하나입니다. 20년 전 사고 당일의 해운대로 돌아가 해미 씨의 어머님, 진수아 씨를 살릴 것. 단 한 번의 작전에만 참여해 주시면 됩니다.'

수천수만 번을 후회했다. 그날의 일을 돌이킬 수만 있다면, 시간을 되돌릴 수만 있다면 남은 삶을 전부 바칠 수도 있다고 생각했다. 하지만 그게 정말로 가능하다고 믿은 적은 한 번도 없었다.

'납득하기 어렵네요. 너무 저한테만 유리한 조건 아닌가요? 당신들은 뭘 얻죠?'

'시간여행으로 과거를 바꿀 수 있다는 유의미한 증거를 얻죠. 시간관리청에선 그런 통계적 근거를 쌓는 일이 아주 중요하거든요.'

'왜 처음부터 말하지 않았죠? 엄마를 살리는 일을 제가 거절할 리 없잖아요.'

'처음부터 그렇게 말했다면 과연 해미 씨가 믿었을까요?'

맞는 말이었다.

시간여행이라니. 정말로 엄마를 되살릴 수 있는 방법이 존재한다니. 마치 그녀만을 위해 준비된 것 같은 완벽한 기회가 찾아왔다. 세상 무엇보다 바라 마지않는 유일한 소원이었다. 쌍둥이의 설명을 듣는 동안 회의적이었던 태도는 점점 열정적으로 변해 갔다.

해미는 조건을 따지지도 않고 쌍둥이의 제안을 수락했다. 과거를 되돌려 엄마를 살릴 수만 있다면 어떠한 대가를 치르더라도 상관없었다. 열 종류가 넘는 비밀 유지 서약서와 인권을 포기하는 각서에 서명을 마치고서야 그녀는 그들의 일원이 될 수 있었다. 쌍둥이는 그녀의 3차원 사진이 입력된 홀로그램 사원증을 주머니에서 꺼내 건네주었다. 그녀가 수락할 것을 이미 알고 있었다는 듯이.

'정식으로 소개드리죠. 저는 휘, 이쪽은 현입니다. 구분하기 힘드시겠지만요.'

'예의 바른 쪽이 휘, 성질 급한 쪽이 현이죠?'

그리고 다미를 총으로 쏜 것도 현이지. 내 코에 그걸 쑤셔 넣은 것도 현이고.

그녀는 버스 창가에 앉아 코 아래를 쓰다듬었다. 코 안쪽에 말라붙은 피 때문에 불쾌한 이물감이 느껴졌다. 건물을 나서기 전, 현은 해미의 콧속으로 기다란 주삿바늘을 찔러 넣었다. 그의 설명에 따르면 그녀의 머릿속에는 바이오 임플란트가 심어졌다. 임플란트는 해마 언저리에서 암세포처럼 성장하며 세포 사이사이에 자리 잡은 다음, 피삽입자의 생각과 기억을 검열하기 시작한다고 했다.

믿기진 않지만.

'위원회가 정한 수칙을 하나라도 어긴다면 그 즉시 임플란트가 해미 씨 뇌를 젤리처럼 녹여 버릴 겁니다. 허가되지 않은 사람에게 시간여행의 비밀을 발설하는 행위도 마찬가지입니다. 위원회로부터 도망치려 한다거나, 무언가를 훔치려고 할 경우에도요.'

시험해 볼 생각은 없었다.

머리가 지끈거렸다. 그녀는 엄지와 검지로 눈꺼풀 위를 꾹꾹 누르며 한숨을 쉬었다. 움직일 기운이 하나도 남아 있지 않았다. 1분도 지나지 않아 스르륵 눈이 감겼다.

* * *

위원회는 다미도 시간여행 작전에 합류하길 원했다. 해미는 직접 시간여행에 뛰어들 다이버로서, 다미는 현장에서 그녀를 지원할 서포터로서. 두 사람의 능력을 고려했을 때 자매가 반드시 팀으로 일해야만 시너지가 생긴다고 했다.

어떻게든 동생을 설득해 빌딩으로 데려올 것. 그게 다미를 되살려 주는 조건이었다. 그 대신 시간여행의 비밀에 대해서는 얼마든지 설명해도 좋다고 했다. 잘 이해되지는 않았지만,

다미는 이미 테스트를 통과한 사람이므로 보안 규정에 저촉되지 않는다고 했다.

'좋아요. 그렇게 할게요. 그럼 이제 동생을 되살려 줘요. 그래야 설득하죠.'

'그건 걱정 마십시오.'

휘가 말했다.

'민다미 씨는 죽은 적이 없습니다. 사실 이 빌딩에 온 적도 없죠.'

모르는 사이에 이미 조치가 끝난 모양이었다.

* * *

광화문 광장에 도착하자마자 산호색 조끼를 입은 다미를 발견했다. 동생은 전동 휠체어에 앉은 채 어설픈 영상이 재생되는 스마트 패널을 들고 1인 시위를 벌이고 있었다.

"해운대를 원래의 모습으로! 정부는 비용이 얼마가 들더라도 부산을 복원해야 합니다!"

저 모습을 보는 게 대체 몇 년 만이지? 3년? 4년? 오랜만에 동생의 얼굴을 마주한 그녀는 잔뜩 긴장한 표정을 지으며 동생의 곁으로 다가갔다.

그녀는 조용히 다미의 옆에 나란히 섰다. 엄마의 머리핀이 눈에 띄었다. 20년이 흘렀지만 여전히 차고 다니는 모양이었다. 머리핀이 무색하게도 정리되지 않은 덥수룩한 곱슬머리가 얼굴의 반을 덮고 있었다. 내려온 앞머리 때문에 눈이 잘 보이지 않을 정도였다.

다미가 먼저 그녀를 알아보았다. 동생의 입에서는 짜증부터 튀어나왔다.

"왜 왔냐? 또 잔소리 할라고?"

"다미야."

"아, 왜."

"할 말 있어. 진짜 중요한 일이야."

"뭔데? 엄마가 뭐, 무덤에서 살아나기라도 했대?"

"응."

그리고 너도. 동생의 목소리를 다시 들으니 이제야 실감이 났다. 왠지 눈물이 날 것 같았다.

"어이없어. 진짜."

다미는 잡고 있던 패널을 들이밀었다.

"이거나 좀 들고 있어 봐."

해미는 패널을 받아 들었다. 양손이 자유로워진 다미는 헝클어진 앞머리를 쓸어 넘기며 주머니에서 담배를 꺼내 물었다. 담뱃잎에 섞인 민트 향이 코를 자극했다.

"에이, 오랜만에 재수 없는 얼굴 보니까 담배 피울 맛도 안나네."

한참 담배를 물고 있던 동생은 짜증을 내며 담배를 집어 던졌다. 해미는 떨어진 담배를 주워 자신의 주머니에 집어넣었다.

"손은 또 왜 그랬냐?"

다미는 턱짓으로 해미의 손목에 감긴 붕대를 가리켰다.

"너 구하려다가."

"미친, 또 무슨 헛소리래."

"다미야. 일단 집으로 가자."

"왜? 너 또 그만하라고, 그 말 하려고 그러지?"

"그런 거 아니야."

"그럼 뭔데? 지금 얘기해."

"여기선 못 해. 집에 가서 얘기해 줄게."

"됐어, 꺼져."

다미가 다시 패널을 빼앗아 갔다. 동생은 패널을 차곡차곡 접어 주머니에 집어넣은 다음 전동 휠체어를 움직여 이동하기 시작했다. 해미는 동생의 옆을 나란히 걸었다.

"아, 쫌. 따라오지 마."

"다미야, 이번엔 진짜 중요한 얘기야."

"됐거든?"

덜컥. 그 순간 휠체어가 살짝 기울어지며 그 자리에 멈춰 섰다. 깨진 보도블록 사이에 바퀴가 걸려 있었다. 다미는 짜증스럽게 레버를 앞뒤로 움직였다. 휠체어가 굉음을 내며 위태롭게 휘청거렸다. 하지만 바퀴는 꼼짝도 하지 않았다.

해미는 팔짱을 낀 채 일부러 가만히 지켜보고 있었다.

"저기, 저 좀 도와주실래요?"

다미는 주위 사람들에게 도움을 요청하기 시작했다. 하지만 누구도 그녀에게 눈길을 주지 않았다. 결국 다미는 한숨을 쉬며 해미에게 말을 걸었다.

"…좀 도와줘."

해미는 동생의 곁으로 다가가 휠체어를 밀었다. 그녀가 살짝 힘을 주자 바퀴가 너무나도 쉽게 밖으로 빠져나왔다.

* * *

"언니, 그쪽 아니야. 여기서 오른쪽."

"응? 너네 집 이쪽 아니었어?"

다미는 한숨을 쉬었다.

"거기는 민준이랑 살던 데고. 지금은 딴 데서 혼자 살아."

"뭐? 누구랑 살았다고?"

"몰랐어? 한참 됐는데."

"…"

"언니는 나한테 관심이 없지?"

"미안해."

"미안하다는 말 좀 하지 마. 진정성 하나도 안 느껴지거든?"

다미는 그렇게 투덜거리며 앞장서서 이동했다.

얼마 후 다미의 집에 도착했다. 낡아 쓰러져 가는 빌라의

1층. 서울 시내에 아직도 이런 곳이 남아 있었나 싶을 정도로 오래된 건물이었다.

"할 말이 뭔데?"

집에 들어오자마자 다미가 물었다.

"엄마를 되살릴 수 있는 방법이 있어."

해미는 쌍둥이의 제안을 빠짐없이 다미에게 전했다. 시간 여행이 가능하다는 사실과 과거로 돌아가 엄마를 구할 수 있다는 사실, 자신을 도와줄 사람이 한 명 필요하다는 사실까지. 테스트에 대해서도 살짝 언급했지만, 물론 다미가 총에 맞은 일은 말하지 않았다.

기억하는 내용을 모두 설명하고 나니 12시가 훌쩍 넘어 있었다. 다미는 의외로 의심 없이 그녀의 설명을 담담하게 받아들였다.

"20년 전 해운대로 돌아가서 엄마를 구하자고?"

"내 얘기 믿어?"

"언니처럼 답답한 인간이 이렇게 진지하게 말할 정도면 정말이겠지. 뭔가를 직접 눈으로 본 거지? 이렇게 확신할 만큼."

해미는 고개를 끄덕였다.

"응. 직접 과거에 다녀온 건 아니지만."

"싫어."

갑작스러운 태도 변화에 해미는 당황했다.

"왜 그래? 대체 뭐가 문젠데?"

"그냥 좀."

"다미야!"

해미는 자기도 모르게 언성을 높였다. 다미는 한쪽 귀를 막으며 얼굴을 찡그렸다.

"언니, 내가 지금 그거 말고도 복잡한 일이 많거든?"

네가 하는 일이 뭐가 있는데? 그 말이 턱 끝까지 올라왔지만 참았다. 생각해 보면 직장을 때려치운 자신의 사정도 별반 다르지 않았다. 해미는 짜증을 누르며 다시 한번 부드럽게 동생을 설득했다.

"다미야, 엄마를 되살릴 기회야."

"그 말을 믿어? 그게 그렇게 쉬운 일이었으면 우리한테까지 기회가 오지도 않았겠지. 백퍼 개죽음일걸."

"위험하다는 건 알아. 그러니까 유가족에게 직접 시키는 거겠지."

"그런데도 하겠다고?"

다미는 다시 입에 담배를 물었다. 보다 못한 해미는 다미의 입에서 담배를 빼앗았다.

"몸에 안 좋아."

"아, 쓉, 또 시작이네."

"시간여행은 믿으면서 엄마를 살릴 수 있다는 말은 왜 못 믿는데?"

"갔다가 뭐? 언니도 죽으면? 그럼 내 생활비는 누가 보내 주는데? 언니 내 인생 책임지기로 한 거 잊었어?"

"…."

"잊지 마. 엄마는 언니 때문에 죽은 거야."

"알아."

"언니가 엄마를 죽인 거라고."

"안다니까."

"언니가 혼자 멋대로 숙소에 돌아가는 바람에 엄마가…."

"알았으니까 그만 좀 해!"

참다 못한 해미는 소리를 질렀다.

"그래서 내가 해결책을 찾아 왔잖아! 엄마 다시 살려 내면 될 거 아냐!"

방 안이 고요해졌다. 다미는 표정을 지우고 입을 다물었다. 그 대신 목발을 짚고 절뚝이며 냉장고로 가더니, 반쯤 남아 있는 소주병을 꺼내 입으로 가져갔다. 꿀꺽꿀꺽 술이 목을 타고 넘어가는 소리가 한참 떨어진 그녀에게까지 들렸다. 단숨에 소주 반병이 사라졌다.

"너 술 끊었다며?"

"뭘 상관이래. 곧 뒈질 인간이."

다미는 보란 듯이 새 소주병을 꺼냈다. 까드득 뚜껑 따는 소리가 들렸다. 다미는 냉장고 문도 닫지 않은 채 꿀꺽꿀꺽 소주를 들이켜기 시작했다.

차마 보고 있기가 힘들었다. 해미는 자리에서 일어났다.

"찾아와서 미안해. 이 문제는 내가 알아서 해결할게."

되살아난 걸 확인했으니까 됐어. 차라리 내일 다시 쌍둥이를 설득하자. 다미까지 위험한 일에 끌어들일 필요는 없잖아. 나 혼자서도 어떻게든 해낼 수 있을 거야. 그녀는 현관 쪽으로 서둘러 걸음을 옮겼다.

"야."

집 밖으로 나가려는데 다미가 그녀를 불러 세웠다. 동생은 근처에 있던 무릎담요를 그녀에게 집어 던졌다.

"늦었어. 자고 가."

* * *

다미는 술에 취해 금세 잠이 들었다. 술도 약한 주제에 동생은 항상 이런 식으로 자신을 괴롭히곤 했다. 한동안 나아졌다고 생각했는데, 술에 의존하는 버릇을 완전히 끊지는 못한 모양이었다.

해미는 먼지투성이 바닥을 쓸어 내고 적당히 몸을 뉘었다. 주머니에 손을 넣자 엄마의 사진이 손에 잡혔다. 쌍둥이가 말하길 그 사진은 해운대로 투입된 다이버들이 수집한 자료들 중 하나라고 했다.

20년 전, 엄마의 휴대폰 데이터를 전달받던 날이 생각났다. 사고 당시 정부는 방사능에 오염되었다는 이유로 사망자들의 휴대폰을 모두 회수해 폐기했지만, 그 속에 저장되어 있는 데이터만은 모두 복원해 유가족들에게 제공했다. 정부 담당자에게 전달받은 USB 메모리에는 고인의 마지막 통화 내역과 문자 메시지, 메신저 앱의 채팅 기록 같은 것들이 담겨 있었다.

무엇보다 사람들이 절실하게 원했던 것은 고인의 사진이나 영상이었다. 해미 역시 간절한 기대를 품고 USB를 열었지만 폴더 안엔 10여 개의 파일이 전부였다. 그마저도 딸들의 모습을 찍은 사진이 몇 장 저장되어 있을 뿐이었고, 엄마의 얼굴이 찍힌 사진이나 영상은 하나도 없었다. 휴대폰에는 엄마의 흔적이 하나도 남아 있지 않았다.

그 사진 몇 장이 엄마의 삶에 대한 기록의 전부였다.

엄마에게는 자신의 삶이 없었다. 홀로 아이를 키우다, 아이에게 미움받다, 아이를 구하려다 결국 젊은 나이에 죽고 말았다. 엄마의 세계는 숨이 턱 끝까지 차올라 가쁜 호흡만이 영원히 이어지는 세계였다. 그녀가 세 살이었을 때, 아빠는 이름도 모르는 머나먼 외국에서 사고를 당했다. 다미가 아직 엄마 배 속에서 태어나기도 전에 일어난 일이었다. 아빠가 세상을 떠난 후로 엄마는 혼자서 모든 책임을 떠안아야 했다. 부족한 잠을 줄여 가며, 삶의 즐거움을 모조리 포기해 가며, 엄마는 잠시 주저앉아 쉴 틈도 없이 딸들을 키워야 했다.

그런데도 엄마는 항상 밝은 사람이었다. 언제나 웃으며 괜찮다고, 걱정 말라고, 너희는 쓸데없는 고민 말고 공부만 하면 된다고 했다. 조금 잔소리는 심했지만 나쁜 말은 하지 않았고, 조금 속물이었지만 남을 짓밟을 만큼 이기적이진 않았다. 천박하지도 위대하지도 않은 적당히 평범한 사람. 그때는 몰랐지만 엄마는 존경스러운 사람이었다. 그렇게 가운데를 유지하며 살아가는 게 얼마나 힘든 일인지 그녀는 어른이 되고서야 알았다.

하루는 밤늦게서야 준비물을 깜빡했다는 걸 알게 된 적이 있었다. 내일 미술 시간에 쓸 색연필이 필요하다고, 어린 그녀는 울상이 되어 엄마에게 매달렸다. 엄마는 한숨을 쉬면서도 주변 엄마들에게 전화를 돌렸다. 민주 엄마, 잘 지내? 응, 응, 혹시 색연필 남는 거 있어? 응, 그래요. 필요 없는 색 하나만 빌려줘요. 그런 식으로 열 번 넘게 전화를 돌린 엄마는 동네를 돌아다니며 색연필을 모아 왔다. 밤 10시가 넘은 시간에 이웃의 문을 두드리는 일은 아마 무척이나 수치스러운 경험이었을 것이다. 하지만 엄마는 그 일에 대해 아무런 내색도 하지 않았다. 그저 웃으며 아껴 쓰라고 말했을 뿐. 엄마는 그런 사람이었다.

사고 이후, 그녀는 다미를 돌보며 엄마의 마음을 조금씩 이해할 수 있었다. 한 아이를 키우는 일이 얼마나 많은 고통을 수반하는지, 한 생명을 무사히 어른으로 키워 내기까지 얼마만큼 희생을 감수해야 하는지 절실히 깨달을 수 있었다.

무엇보다 힘든 것은 다미의 잘못을 혼낼 때였다. 부모가 아이에게 거짓 미움을 연기할 때, 그 거짓은 진짜처럼 아이를 찌른다. 울음을 터뜨리는 아이의 마음엔 흉터가 남고, 흉터는 결국 진짜 미움이 되어 부모에게 되돌아온다. 미움으로 가득한 다미의 눈빛을 마주할 때마다 그녀는 숨이 멎을 듯이 고통스러웠다. 자신 또한 그런 눈빛으로 엄마를 바라봤으리라 생각하면 한없이 죄스러운 기분이 되었다.

그날의 여행이 좀 더 즐거웠다면 이렇게까지 슬프진 않았을 것이다. 좀 더 밝은 이야길 했더라면, 더 많이 대화를 나눴더라면 지금보단 나았을 터였다. 하지만 그러지 못했다. 사소한 자존심 때문에.

사고가 있었던 그날, 그녀는 마지막의 마지막까지 엄마와 다투었다. 간단한 사과의 말 한마디를 하지 못해 싸늘한 분위기로 소중한 하루를 낭비했다. 모녀는 서로에게 심한 말을 쏟아 냈고 서로에게 아픈 상처를 새겼다. 죽기 직전 엄마의 마지막 기억은 아마도 못된 딸의 날 서린 말들과 원망 가득한 눈빛이었으리라. 그런 생각을 할 때마다 해미는 자신이 죽이고 싶을 만큼 미워졌다.

적어도 **그 말**만은 하지 않을 수도 있었잖아.

지진이 일어나자마자 셋이 함께 움직였다면 이런 일을 겪지 않을 수도 있었다. 하필 숙소에 **그걸** 두고 오지만 않았더라면, 기어이 숙소로 되돌아가지 않았더라면 엄마는 살아남을 수 있었다. 하지만 그녀는 고집을 부리며 혼자 숙소로 되돌아갔고, 그녀를 뒤쫓아 온 엄마와 길이 엇갈리고 말았다.

겨우 그런 이유로 삶이 송두리째 흔들릴 줄은 몰랐다. 엄마는 돌아오지 않았고, 이전의 삶은 거기서 끝나 버렸다. 아무리 발버둥 쳐도 사고 이전의 상태로는 돌아갈 수 없었다. 그 후로 무슨 일을 해도 행복하지 않았다. 즐거운 노래를 들어도 짜증이 났고 예쁜 꽃을 봐도 눈물이 났다. 웃고 있는 사람들을 볼 때마다 아무 이유 없이 그들이 미웠다.

그래서 그녀는 쌍둥이의 제안을 수락했다. 시간을 되돌릴 기회를 붙잡지 않을 수 없었다. 이번에야말로 엄마에게 삶을 돌려주고 싶었다. 설령 목숨을 잃는 한이 있더라도. 적어도 엄마를 다시 만나 사과라도 하고 싶었다.

구할 거야. 꼭.

해미는 그렇게 다짐하며 잠이 들었다.

* * *

철컥, 소리에 깜짝 놀라 눈을 떴다.

"야, 일어났냐."

몸을 일으키자마자 다미가 무언가를 던졌다. 반사적으로 붙잡았다가 너무 뜨거워서 바닥에 떨어뜨리고 말았다. 반쯤 탄내가 나는 토스트 팩이었다. 잠을 깨운 소음은 스마트 렌지의 뚜껑이 열리는 소리였던 모양이었다.

"맛없어도 그냥 먹어."

해미는 포장지를 뜯어 한입 물었다. 뻔한 에그 토스트 맛이었다. 동생은 절뚝이며 다가와 바닥에 커피 잔을 내려놓았다.

"너는 안 먹어?"

"어, 숙취 땜에 죽겠다."

"으이그, 그러게, 누가 그렇게 마시래."

"아, 시끄럽거든?"

다미는 머리를 움켜쥐며 다시 침대에 드러누웠다. 한번 대화가 끊기자 한참 동안 어색한 분위기가 이어졌다. 불편한 침묵을 깨고 싶었지만 딱히 할 말이 떠오르지 않았다. 빨리 이곳을 떠나야겠다는 생각만 들었다. 해미는 서둘러 토스트를 베어 물었다.

"야."

갑자기 다미가 입을 열었다.

"할게, 그거. 시간여행인지 뭔지."

"정말이니?"

"너 때문에 하는 거 아니야. 엄마를 위해서야."

다미는 떨리는 숨을 길게 뱉었다.

"우리 엄마 너무 불쌍하잖아. 그렇게 끝나면."

바닥에 쭈그리고 앉아 있었던 탓에 그녀는 침대 위의 동생이 어떤 표정을 짓고 있는지 확인할 수 없었다. 하지만 왠지 알 것 같았다.

뜨거운 향이 피어오르는 커피 잔을 감싸 쥐며, 그녀는 부드
럽게 속삭였다.

"고마워."

8

2045 ── 서울

다음 날, 해미는 재난복구위원회 빌딩을 찾았다. 휴머노이드가 안내해 준 회의실에 들어서자 다미가 먼저 도착해 있었다. 차분한 베이지색 정장 차림으로, 어깨 아래까지 내려오던 부스스한 머리도 말끔한 단발로 정돈되어 있었다. 낡은 트레이닝복을 대충 걸친 자신이 조금 부끄러웠다.

곧이어 휘가 문을 열고 들어왔다. 현은 함께 오지 않은 모양이었다. 휘는 곧장 다미에게 서약서를 내밀었다. 다미가 서명을 마치는 동안, 휘는 앞으로의 일정을 간략히 설명해 주었다.

"잠시 후에 최종 테스트가 있을 겁니다."

그가 말했다.

"여러분은 실제로 타임 다이브 머신에 들어가게 될 겁니다.

시간여행에 거부반응이 있는지 확인하는 절차죠."

"거부반응이 일어나면 어떻게 되죠?"

해미가 물었다.

"다이브 머신이 작동하는 동안 보호거품이라는 물질이 여러분을 감싸게 됩니다. 이 물질에 적응력이 떨어지는 사람은 여러 가지 후유증을 겪을 수 있고요. 증상은 잠수병과 비슷합니다. 가볍게는 두통과 구토, 난청과 현기증이 있을 수 있고, 심할 경우에는… 이건 말하지 않는 편이 좋겠군요. 너무 걱정하지 마세요. 그런 경우는 거의 없으니까요."

해미는 동생을 보았다. 다미는 고개를 끄덕였다.

"상관없으니까 빨리 시작해요."

휘는 자매를 데리고 건너편 방으로 이동했다. 방을 지나면 또 다른 방이, 그 방을 지나면 또 다른 방이 나타났다.

"이건 오비탈•인가요?"

출입문에 적힌 숫자를 가리키며 다미가 물었다.

"맞습니다. 슈뢰딩거 방정식으로 좌표마다 확률밀도를 계산해 놓은 거죠."

"무엇이 존재할 확률이죠?"

"거품입자요."

•   Orbital. 가장 최신의 원자 모형으로, 원자핵 주위를 맴도는 전자의 위치와 상태를 확률분포함수로 표현한다.

"처음 들어요."

"시공간의 가능성을 중첩시키는 물질이에요. 방들은 입자가 들어갈 공간이고, 파울리의 배타 법칙의 적용을 받아요. 동일한 상태값을 가질 수 없죠."

"그럼 확률분포의 중심에는 뭐가 있죠?"

"타임 다이브 머신이 있죠."

휘가 대답하며 다음 문을 열었다. 지금까지와는 달리 넓은 공간이 펼쳐졌다. 방 안은 복잡한 기계장치로 빼곡하게 채워져 있었다.

방 한가운데에는 높게 치솟은 제단 같은 것이 설치되어 있었고, 그 주변으로는 바닥을 따라 무수한 전선 다발들이 뻗어나와 각종 기계장치와 연결되었다. 제단 위에는 사람이 한 명 들어갈 수 있을 정도 크기의 투명 원통이 올려져 있었고, 그 내부엔 항공기에 들어갈 법한 의자가 바닥에 단단히 고정되어 있었다.

"저게 타임 다이브 머신인가요?"

다미가 물었다.

"그렇습니다. 우선은 옷부터 갈아입으세요."

휘는 검회색 옷을 한 벌씩 자매에게 건넸다.

"다이브슈트입니다. 시간여행 도중엔 반드시 슈트를 입고 계셔야 합니다. 이 위에 다시 평상복을 걸치시면 됩니다."

"웨트슈트*랑 비슷하네요."

슈트를 꼼꼼히 살피며 해미가 말했다.

"구조는 드라이슈트**에 더 가깝습니다. 내부에 주입하는 게 아르곤 가스가 아니라 보호거품이라는 차이가 있지만요."

"보호거품이 대체 뭐죠?"

해미가 물었다.

"다이버들은 시간여행을 하는 동안 시간축의 바깥으로 튕겨 나가게 됩니다. 보호거품은 그 충격으로부터 다이버를 지켜 주고요. 물론 해미 씨가 직접 보호거품을 느낄 일은 없어요. 거품은 이론적으로만 설명될 뿐이지 인간의 감각으로는 인식할 수 없는 물질이거든요. 여기, 벨트에 달린 탱크에 거품이 충전되고, 거품은 자동으로 해미 씨의 몸을 얇은 막처럼 감싸게 됩니다. 일종의 산소통이라고 생각하셔도 좋습니다."

휘는 벨트에 대해서도 설명했다.

"시간여행을 시작하는 순간 벨트는 다이브 머신과 양자적으로 얽힌 상태가 됩니다. 마치 부표에 연결된 생명줄처럼요. 이렇게, 벨트의 다이얼을 돌리기만 하면 언제든 출발했던 위치로 되돌아올 수 있습니다. 물론 돌아오지 못할 수도 있지만요."

-     wet suit. 잠수복의 일종. 외부의 물이 완전히 차단되지 않고 몸이 젖기 때문에 웨트슈트라 불린다.
-    dry suit. 잠수복의 일종. 외부의 물이 유입되지 않도록 내부에 공기층을 형성해 몸이 젖지 않는다.

그가 이번엔 슈트 손목에 장착된 스마트워치를 가리켰다.

"2025년 당시에 시판되던 스마트워치를 개조했습니다. 일종의 다이브 컴퓨터●로 사용할 수 있게요. 남은 시간과 보호거품의 잔압이 실시간으로 화면에 표시될 겁니다. 잔압이 떨어지면 페어링된 이어폰으로 경고해 줄 거고요. 안전 규정상 과거에 머무를 수 있는 제한 시간은 10분입니다. 10분 안에 반드시 돌아와야 합니다."

"10분을 넘기면 어떻게 되죠?"

다미가 물었다.

"주변과 상호 작용한 정도에 따라 거품 소모량에 편차가 생기긴 하지만, 통상적으로 15분까지는 괜찮을 겁니다."

"15분이 지나면요?"

"아마 다시는 돌아올 수 없게 되겠죠."

* * *

자매는 옆방으로 이동해 입고 있던 옷을 전부 벗은 다음, 다이브슈트를 입고 그 위에 다시 평상복을 걸쳤다. 먼저 환복을 마친 해미는 잠수복에 익숙지 않은 다미가 옷을 갈아입는

●   dive computer. 수심, 온도, 감압 시간, 체내 질소량, 상승 속도 등을 자동으로 계산하여 잠수를 돕는 장치.

것을 마저 도와주었다.

자매가 준비를 마치고 돌아오자 휘가 다이브 머신을 작동했다.

"머신 위에 놓여 있는 투명한 원통은 '벨'이라고 부릅니다. 통상적인 다이브슈트보다 훨씬 오랫동안, 안전하게 과거에 머무를 수 있도록 도와주는 장치죠. 이론상 벨 안에만 머무른다면 대략 한 시간까지도 버틸 수 있어요."

"PTC* 같은 거군요."

해미가 말했다. 휘는 손짓으로 벨을 가리켰다.

"그럼 해미 씨부터 시작하겠습니다. 의자에 앉으세요."

해미는 원통 속으로 들어가 의자에 앉았다. 뒤따라 들어온 휘가 꼼꼼하게 안전벨트를 채웠다. 벨트가 단단하게 조여진 것을 확인한 그는 원통 밖으로 나가 출입문을 닫았다.

"이제 뭘 하면 되죠?"

"아무것도요. 그냥 앉아 계시기만 하면 됩니다."

"가만히 있기만 하면 된다고요?"

"일단 눈을 감으세요."

그녀는 눈을 감았다. 사방에서 시끄럽게 기계 돌아가는 소리만 들렸다. 몸이 둥실 떠오르는 듯한 느낌도. 왠지 모르게

---

* Personal Transfer Capsule. 잠수부를 심해까지 안전하게 이송해 주는 탈것 형태의 장치.

호흡이 답답해졌다.

"이제 다섯을 세고 눈을 뜨세요. 그 전까진 무슨 일이 있어도 눈을 뜨면 안 됩니다."

해미는 마음속으로 천천히 숫자를 헤아렸다.

하나. 둘. 셋. 넷. 다섯.

* * *

다시 눈을 떴을 때, 그녀는 추락하고 있었다.

이게 대체 뭐야? 다미는? 빌딩은? 해미는 다급히 몸을 움직여 보았지만 꼼짝도 하지 않았다. 그녀는 여전히 투명한 원통 속 의자에 묶여 있었다. 무게중심을 잃은 원통이 빙글 회전하며 시선이 아래쪽을 향했다.

사람들이 있었다. 아주 많은 사람들이. 그들은 죽어 가고 있었다. 무너진 건물의 잔해에 짓눌려 끔찍한 비명을 지르고 있었다. 사방에서 살려 달라는 외침이 터져 나왔다. 하지만 그녀는 아무것도 할 수 없었다. 의자에 온몸을 묶인 채 그저 추락할 뿐.

누군가 뒤에서 목을 조르는 것처럼 숨이 막혔다. 하지만 손가락 하나 까딱할 수 없었다. 머리에 피가 쏠려 얼굴이 끓는 것처럼 뜨거워졌다.

의자가 점점 빠르게 회전하며 시야가 롤러코스터처럼 하

늘과 땅을 곤두박질쳤다. 기절하려는 정신을 억지로 붙잡으며, 그녀는 최선을 다해 자신의 위치를 가늠해 보았다. 의자는 어림잡아도 30층 이상 높이에서 추락하고 있었다. 인간이 결코 살아남을 수 없는, 확실한 죽음이 보장된 높이. 그렇게 생각하자 이상하게도 마음이 가벼워졌다.

점차 바닥이 가까워졌다. 원통이 지면과 충돌하기 직전이었다. 그녀는 자신의 두개골이 으스러지는 모습을 상상하며 저항을 멈추고 차분히 눈을 감았다. 하지만,

아무 일도 일어나지 않았다.

온몸이 다시 위쪽으로 끌려 올라가는 느낌을 받으며, 그녀는 원래 장소로 되돌아갔다.

* * *

도착하자마자 구역질이 치밀어 올랐다. 해미는 배 속에 든 것을 바닥에 전부 토해 냈다. 시큼한 냄새가 올라와 코를 찔렀다. 휘가 문을 열고 들어와 안전벨트를 풀어 주었다. 온몸을 옥죄고 있던 벨트를 풀어 헤치고 나니 그제야 숨통이 좀 트이는 것 같았다.

휘가 그녀의 안구에 펜라이트 불빛을 비추며 동공을 확인했다.

"몇 초나 있었죠?"

"5초… 정도였던 것 같아요."

"그 정도면 패러독스 걱정은 없겠군요."

그는 플래시를 끄고 손수건을 내밀었다.

"걱정 마세요. 처음엔 다들 토하니까요. 저희도 예전에 많이 겪었죠."

"방금 그게 뭐였죠?"

해미는 입가에 묻은 토사물을 손수건으로 닦으며 휘에게 물었다. 샛노란 위액까지 전부 토해 냈지만 아직도 속이 울렁거렸다. 서둘러 몸을 일으키려다 다리에 힘이 풀려 휘청거렸다. 무너지는 몸을 황급히 부축하며 휘가 질문에 답했다.

"50년 전 이곳이에요. 다이브 머신은 시간만 가로지를 수 있고, 공간은 이동하지 못하거든요."

"커다란 건물이 있었어요. 분홍색에, 완전히 붕괴한 상태였고, 아직 일부가 무너지지 않고 남아 있었는데 많이 위태로워 보였어요. 그리고 잔해에 깔린 사람들이…."

"알아요. 해미 씨가 태어나기도 전에 일어났던 사건이죠."

휘가 그녀를 소파에 앉혔다. 심박이 안정되지 않았다. 그녀는 떨리는 손을 움켜쥐었다.

"다행히 큰 후유증은 없어 보이는군요. 익숙해지면 구역질은 점점 괜찮아질 겁니다."

휘는 그녀가 토한 이유를 장치의 후유증이라 착각하는 모양이었지만, 그녀는 그게 아니라는 걸 알고 있었다. 구역질은 언제나처럼 그녀의 내면에서 일어난 생리적 반응일 뿐이었다.

그날을 떠올리고 말았으니까.

하지만 해미는 그 사실을 감춘 채 조용히 고개만 끄덕였다.

"다음은 다미 씨 차례입니다."

휘가 호명하자 다미가 휠체어를 움직였다. 휘는 해미의 귀에 작게 속삭였다.

"지금이에요."

"뭐가요?"

"동생을 되살릴 기회."

머릿속에 확 구멍이 뚫리는 기분이었다. 그제야 그녀는 모든 것을 깨달았다. 다미의 옷차림은 이틀 전 그녀와 함께 테스트를 받았을 때와 똑같았다. 그날, 다미는 미래에서 왔던 거였다. 바로 지금 이 순간에서.

다이브 머신을 통해 과거로 돌아간 다미는 쌍둥이의 테스트를 받게 될 터였다. 테스트의 마지막 순간에 무슨 일이 일어나게 될지 그녀는 알고 있었다.

"다미야."

해미는 동생을 불렀다.

"어, 왜?"

"정답은 '둘이 바뀌었다.'야."

"뭔 말이래? 갑자기."

"알았지? 꼭 기억해야 해."

"또 헛소리한다."

동생은 휠체어에서 내려 난간을 짚고 계단을 올랐다. 휘가 그녀를 부축해 의자에 앉혀 주었다. 벨의 입구가 닫히고 다미는 눈을 감았다. 해미는 다미가 겪게 될 아픔과 공포를 떠올리며 마음속 깊이 동생을 응원했다.

"이제 다섯을 세고 눈을 뜨세요."

휘가 말했다. 그가 버튼을 누르자 다미가 벨과 함께 과거로 사라졌다.

"왜 이런 복잡한 일을 꾸민 거죠?"

해미가 물었다.

"이 방법뿐이었습니다. 다미 씨를 설득하려면 해미 씨가 필요했어요. 해미 씨를 설득하려면 다미 씨가 필요했고요. 두 분을 설득하려면 이 두 가지 조건을 동시에 충족하는 수밖에 없었죠."

"이해가 잘 안 돼요. 어떻게 이런 일이 가능하죠? 지금 다미가 이틀 전으로 돌아간 건 어제 제가 다미를 설득해 여기로 데려왔기 때문이잖아요. 어떻게 제가 다미를 데려오겠다고 마음먹기도 전에 다미가 과거에 나타날 수 있었죠?"

"닫힌 시간 고리를 만드는 몇 가지 기법들이 있어요. 안타깝지만 상세한 설명을 해 드리기엔 시간이 부족할 것 같네요."

설명한다고 이해할 수 있을 것 같지도 않았다.

"이제 저도 과거로 가서 함께 테스트를 치러야 해요. 해미

씨는 이만 돌아가셔도 좋습니다. 다미 씨는 걱정 마세요. 저희
가 안전하게 집까지 모실 테니까요."

"동생이 돌아올 때까지 기다릴래요."

"돌아오면 별로 좋은 소리는 못 들을 겁니다. 오늘은 마주
치지 않으시는 편이 낫습니다."

그것도 시간여행으로 미리 확인된 정보인 걸까? 그녀가 망
설이는 사이, 휘는 벨이 사라진 다이브 머신 위로 올라갔다.

"해미 씨, 마지막으로 하나만 충고할게요."

그는 자신의 머리에 시간여행 장치의 표적기를 겨누며 말
했다.

"현을 조심하세요. 그 애는 진심으로 당신을 미워하고 있으
니까요."

휘는 굉음과 함께 과거로 사라졌다.

9

2045 ── 서울

"아오, 기분 나쁜 새끼들! 둘이 아주 똑같은 놈들이라니까!"

아침부터 다미의 입에서 욕설이 끊이지 않았다. 해미는 동생을 애처로운 눈빛으로 바라보며, 둘이 함께 살아남은 것만으로도 다행이라 생각했다.

"어제는 진짜 죽는 줄 알았어."

"다행이네, 정답을 맞혀서."

"언니가 답 안 알려 줬음 큰일 날 뻔했어. 그놈들, 설마 정말로 쏘진 않았겠지?"

"글쎄."

다행히도 그들은 다미의 머릿속까지 임플란트를 심지는 않았다. 언니를 두고 배신하진 않을 거라고 생각하는 모양이었다. 아니면 도망치더라도 쉽게 잡을 수 있다고 생각했던지.

로비에서 함께 출입증을 건네자 휴머노이드가 자매를 방으로 안내했다.

"전부 똑같이 생긴 방인데 왜 매번 다른 곳으로 안내하는 거지? 혹시 다른 방에도 누가 있나?"

다미가 혼잣말하듯 질문을 던졌다. 그 말을 들은 해미는 사흘 전 테스트를 떠올렸다. 다미가 죽은 직후, 옆방의 문을 열자 그곳에는 또 다른 다미가 앉아 있었다. 그건 대체 뭐였을까? 지금도 다른 방들에는 또 다른 민해미와 민다미가 앉아 있는 걸까? 어떻게 그런 일이 가능하지? 쌍둥이는 그게 붕괴되지 않은 또 다른 가능성이라 말했다. 다미라면 답을 알지도 모른다는 생각이 들었다. 하지만 그 이야길 하려면 다미가 죽은 적이 있다는 사실까지 말해야 했다. 해미는 그냥 궁금증을 덮어 두기로 했다.

* * *

"2주 후에 부산으로 출발할 겁니다."

휘는 그렇게 말하며 회의실 테이블에 홀로그램 지도를 펼쳐 놓았다. 사고 현장의 지형을 그대로 재현한 3차원 그래픽이 허공에 그려졌다.

"이미 설명드린 대로, 타임 다이브 머신은 시간만을 가로지를 뿐 공간을 이동하지는 못합니다. 그래서 장치를 직접 현장에 설치해야 하죠."

지도에 붉은색 점이 표시되었다. 해운대 수산 시장 안쪽의 좁은 골목 중 하나였다.

"베이스캠프는 이 지점에 설치될 겁니다. 작전 시간 동안 이 골목 안쪽으로는 한 명도 드나들지 않았거든요. 안전이 확보된 몇 안 되는 다이브 포인트입니다."

"왜 하필 해운대죠?"

갑자기 다미가 질문을 던졌다. 휘가 미간을 찌푸렸다.

"질문의 의미를 모르겠군요."

"왜 하필 사고가 발생한 시점으로 돌아가야 하죠? 그보다 이른 시점을 목표로 할 수도 있잖아요. 예를 들면 일주일 전으로 돌아가서 사고 자체를 막는다거나."

"사고는 막을 수 없어요. 그 많은 핵연료를 다른 곳으로 옮기는 건 물리적으로 불가능합니다. 대한민국 어디에도 그걸 보관할 수 있는 장소가 없으니까요."

"적어도 사람들을 미리 대피시킬 수는 있겠죠."

"어떻게요? 그런 방법이 있으면 한번 말씀해 보시죠. 지진이 일어날 거라고 경고하면 몇 명이나 믿어 줄까요? 부산, 울산, 양산 전역이 오염 반경에 포함돼요. 대체 어떤 근거를 제시해야 정부가 500만 명을 대피시키는 결정을 내릴까요?"

"그건…."

"지금 분명히 해 두죠. 두 분의 목표는 사고를 막는 게 아닙니다. 과거를 바꾸지 않는 범위 내에서 딱 한 명만 더 생존시키는 거죠. 진수아 씨 한 사람을 살리기 위해 사고 이전 시점까지 마구잡이로 개입했다간 인과에 너무 큰 영향을 미치게 됩니다. 어쩌면 원래 살아남았어야 할 사람이 죽게 될지도 몰라요. 다미 씨가 그 결과를 감당하실 수 있나요?"

다미는 결국 입을 다물었다.

"설치는 저희가 직접 해야 하나요?"

이번엔 해미가 물었다.

"설치 및 운용 방법은 앞으로 다미 씨가 배우게 될 겁니다. 위원회 소속 직원도 한 명 따라갈 거예요. 정민수 씨라고, 해운대 사고의 관련자입니다. 두 분과 개인적으로 잘 아는 사이라고 하더군요."

휘는 그렇게 말하며 정민수의 프로필을 화면에 띄웠다. 사진을 확인하자 기억이 선명하게 떠올랐다. 해미는 고개를 끄덕였다.

"네, 아는 사람이에요. 대피소에 있을 때 바로 옆 텐트에서 한 달 정도 머물렀어요."

민수는 사고로 아버지를 잃었다. 당시엔 알지 못했지만, 해미와 다미가 군인들에게 떠밀려 열차에 오르던 순간 민수도 바로 옆에서 아버지에게 떠밀려 열차에 태워지고 있었다. 자리가 부족했던 탓에 민수의 아버지는 역에 남겨졌고 결국 그곳을 탈출하지 못했다.

민수는 그녀보다 다섯 살이 어렸다. 부모를 잃고 홀로 남겨진 아이에게 동병상련을 느낀 해미는 민수를 친동생처럼 돌봐주곤 했었다. 얼마 후 친척들이 찾아와 민수를 데려갔고, 그 후로 연락이 닿은 적은 없었다. 가끔 피해자 모임에서 스치듯 인사를 주고받은 적이 있었지만 그뿐이었다.

그 후로 민수가 어떤 사람이 되었는지 그녀는 알지 못했다.

"감시 역인가요?"

"도우미라고 생각해 주시면 좋겠군요. 뭐, 감시 역이라 생각하셔도 상관없습니다. 너무 걱정하지 마세요. 민수 씨는 다이브 머신의 설치만 끝나면 곧바로 부산에서 철수할 거니까요. 현장에는 두 분만 남을 겁니다."

휘는 자매 앞에 편철된 인쇄물을 한 권씩 올려놓았다.

"시간여행의 기본 원리와 타임 다이브 작전의 안전 수칙이 담긴 매뉴얼입니다. 오늘 안에 전부 숙지하세요. 빌딩을 나가실 때는 저희에게 반납하셔야 합니다."

휘가 사라지자마자 다미는 책을 펼쳐 휘리릭 페이지를 넘겼다. 1분도 채 지나기 전에 책장이 덮였다.

"별거 없네. 이거 알맹이는 하나도 안 써 놨잖아."

해미도 용기를 얻어 책장을 펼쳐 보았지만 복잡한 수식과 과학 용어들 때문에 한 페이지도 넘길 수가 없었다. 다만 마지막 페이지에 붙어 있는 10여 개의 명료한 수칙만은 그녀도 확실히 이해할 수 있었다. 첫째, 결코 과거의 자신과 마주쳐서는 안 된다. 둘째, 이전과 같은 옷을 입어서는 안 된다. 셋째, 30초 이상 간격을 두어야 한다. 넷째…. 마지막 수칙까지 읽어 내려 간 그녀는 암담한 기분이 되었다. 페이지 끝에 굵은 빨간색 글 씨로 이렇게 쓰여 있었다.

※ 상기 수칙을 위반할 경우 임플란트가 작동할 수 있음

* * *

다음 날, 회의실에 들어서자 VR 헤드셋이 놓여 있었다. 사고 현장을 똑같이 재현한 최신 사양의 모델이었다. 헤드셋 옆에는 작은 메모가 놓여 있었다.

— 안심하세요. 진짜 VR이니까.

실없는 농담에 쓴웃음을 지으며 해미는 헤드셋을 집어 들었다.

다미는 해미를 위해 훈련용 시나리오를 준비했다. 다미가 지정해 주는 대로 경로를 이동한 후 현재로 귀환하는 간단한 미션이었다. 처음엔 그리 어렵지 않게 지시를 클리어할 수 있었지만 다이브 횟수가 누적될수록 단순한 이동조차 점점 어려워졌다. 해미는 앞선 다이브에서의 이동경로를 전부 기억하고, 그것을 모두 피해 이동해야만 했다. 만약 과거의 자신과 마주치게 되면 그 즉시 패러독스가 발생했다. 5회 차 다이브에서는

앞선 네 명의 자신을 피해 움직여야 했고 10회 차 다이브에서는 아홉 명의 자신을 피해야 했다. 더욱이 2025년의 어린 자신과도 마주치지 말아야 했다.

"패러독스가 대체 뭐야?"

계속된 실패에 지친 해미는 이마를 쥐어짜며 다미에게 물었다. 다미는 어이없다는 표정이었다.

"언니, 대박이다 진짜. 아직도 시간여행에 대해 이해를 못했어?"

"세상 사람이 다 너처럼 똑똑한 건 아니거든?"

다미는 짧게 한숨을 쉬더니 설명을 시작했다.

"패러독스는 시공간 연속체에 발생한 일종의 오류야. 논리적으로 일어날 수 없는 사건, 예를 들어 언니가 과거로 돌아가 언니 자신을 총으로 쏜다거나, 엄마가 태어나지 못하게 방해한다거나. 이런 경우엔 인과관계에 모순이 발생해. 만약 과거에 그런 일이 있었다면 지금의 언니는 존재하지 않아야 하니까. 이런 오류는 필연적으로 시공간에 문제를 일으켜. 그래서 즉시 수정되어야 하지."

"누가 수정하는 건데?"

"그건 나도 모르겠어. 시간관리청이라는 곳에서 관여하는 건지, 혹은 그보다 더 고차원적인 존재가 개입하는 건지. 혹은 그냥 자연의 법칙이 균형을 맞추는 건지."

"패러독스가 일어나면 나는 어떻게 돼?"

"아주 사소한 오류라면 물리적 충격으로 끝나겠지만, 그렇지 않다면 존재가 붕괴해 소멸하게 될 거야. 애초부터 존재하지 않았던 것처럼. 나는 언니가 존재했다는 사실조차 잊어버리겠지."

담담하게 사실을 설명하는 다미의 눈빛이 섬뜩했다. 그녀는 마른침을 삼키며 다시 훈련을 시작했다. 최대한 조심하려 노력했지만 여전히 쉽지 않았다. 아주 조금만 삐끗해도 과거의 자신과 경로가 충돌하며 패러독스가 발생했다. 해미는 하루에도 수백 번 게임 오버 화면을 마주해야 했다. 다시 처음부터. 다시 처음부터. 그녀는 무수히 훈련을 반복하며 생존에 필요한 기술들을 익혀 나갔다. 과거의 자신들에게 순번을 매겨 기억하는 법, 최소한의 시선으로 재빨리 주위를 파악하는 법, 발끝만 보고 걷는 법, 눈과 귀를 막고 기억에 의존해 이동하는 법… 정확한 시간에 정확한 위치에 도달하는 것이 무엇보다 중요했다. 단 0.1초 차이로도 죽음을 맞이할 수 있었으니까.

"복잡하게 생각하지 마. 언니는 딱 두 가지만 생각해. 10분 내로 돌아올 것. 절대 과거의 자신과는 마주치지 말 것. 그럼 나머지는 내가 알아서 할 테니까."

다미의 손가락이 복잡하게 움직이며 책상을 두드리고 있었다. 이미 머릿속에서 새로운 작전을 구상 중인 모양이었다. 다미는 해미에게 구체적인 작전을 알려 주지 않았다. 다이버가 미리 작전의 세부 사항을 알게 되면 눈앞에 마주친 존재가 미래의 자신이라는 걸 눈치채 패러독스를 일으킬 가능성이 있기 때문이었다. 위원회가 2인 1조를 고집한 것도 그 때문이었다. 해미는 동생을 믿고 자신의 목숨을 온전히 맡겨야 했다.

"언니는 내 게임 캐릭터야. 내가 지시하는 대로 오차 없이 정확하게 움직이기만 하면 돼."

해미는 고개를 끄덕이며 다시 헤드셋을 뒤집어썼다.

* * *

"최고 기록 67회 차, 평균 42회 차. 이 정도면 실전 투입에는 문제없겠군요."

휘가 태블릿으로 VR 훈련 기록을 확인하며 말했다. 마지막으로 만난 지 2주 만이었다.

"내일은 부산으로 출발할 겁니다. 혹시 궁금하신 사항이 있습니까?"

기다렸다는 듯 다미가 손을 들었다.

"만약 과거가 바뀌면 어떻게 되죠? 시간선이 갈라져 평행 우주가 생겨나는 건가요?"

동생의 의문에 휘는 딱 잘라 아니라고 답했다.

"아니요, 시간여행 도중엔 다양한 가능성이 중첩될 수 있을지 몰라도 최종적으로 세계는 한 가지 결과로 수렴돼요. 코펜하겐 해석처럼요."

"만약 가능성이 하나로 수렴되지 않으면요?"

"흥미로운 가설입니다만 그런 적은 한 번도 없었어요. 여러분의 시간여행이 완전히 끝났을 때, 세계는 언제나 하나의 확정된 결과만 남아 있을 겁니다."

"그걸 어떻게 입증하죠?"

"현재로 귀환하는 동안 다이버는 세계가 덧쓰이는 현상을 관측하곤 해요. 경험자들의 증언에 따르면 시공간이 완전히 새롭게 뒤집히는 것처럼 느껴진다고 하더군요."

해미도 손을 들고 질문했다.

"만약 과거를 바꾸는 데 성공한다면 저희는 어떻게 되죠? 만약 엄마가 되살아난다면 바뀐 역사 속의 저와 다미는 전혀 다른 장소에서 전혀 다른 인생을 살게 될 거예요. 어쩌면 한국에서 살고 있지 않을 수도 있고요. 저희가 시간여행을 마치고 다시 현재로 돌아오면 그들은 어떻게 되죠?"

"둘 다 동시에 존재하게 될 거예요. 원래라면 기존의 존재가 소멸하겠지만 두 분은 다이브 머신 주위에 생성된 보호거품의 보호를 받으니까요. 덕분에 여러분은 사라지지 않고 보존될 수 있어요."

자매는 서로의 얼굴을 바라보았다. 그녀들의 고민을 이미 알고 있다는 듯 휘가 설명을 덧붙였다.

"또 다른 자신과 마주치는 순간 패러독스가 발생할 겁니다. 마치 도플갱어 이야기처럼요. 어쩌면 그런 민담이 생겨난 것 자체가 시간여행이 원인일지도 모르죠."

"그럼 저희는 어떻게 해야 하죠?"

"선택해야지."

현이 끼어들어 답했다.

"또 다른 자신을 죽이고 그 자리를 차지하거나 혹은 새 신분을 얻어 새로운 삶을 살아가거나. 원하는 대로 위원회가 처리해 줄 거야."

"처리?"

당황한 해미는 자기도 모르게 되물었다. 새삼 자신이 어떤 조직을 상대하고 있는지 느낌이 오기 시작했다. 차라리 정보기관인 편이 나았을지도.

"당신들이 직접 손을 더럽힐 필요는 없다는 뜻이야."

"우리도 함께 처리되지 않는다는 보장이 있나요?"

그러자 현이 질문에 질문으로 되받아쳤다.

"글쎄. 어차피 믿는 수밖에 없지 않나?"

맞는 말이었다.

10

2045 ── 해운대

"그래서 누님들, 부산엔 무슨 일로 가시는 거예요?"

부산으로 향하는 트럭 안에서 민수가 물었다.

"오염도 측정. 폐쇄구역에 일주일 정도 머무르면서 잔류 방사능을 측정할 거야."

"와, 정말요? 해미 누님은 그런 일 하시는 분처럼 저언혀 안 보이는데요."

"일은 다미가 해. 대학에서 물리학을 전공했거든. 나는 동생 덕 좀 보는 거고. 근데 너, 그 누님 소리는 어디서 배웠어? 애늙은이같이."

"키워 주신 삼촌이 자주 쓰던 말투라 옮았나 봐요, 누님."

민수는 야구모자를 고쳐 쓰며 씨익 웃어 보였다. 하나뿐인 아버지를 잃고 민수는 친척들 사이를 이리저리 전전하며 자랐다고 했다. 삼촌이라는 사람도 그중 하나인 모양이었다. 생각보다 밝은 모습에 안심했지만 오히려 더 걱정되기도 했다. 웃음이 많은 사람일수록 더 공격받고 상처받는 법이어서.

"그런데 누님…."

"야, 앞에 보고 운전이나 똑바로 해."

뒷자리에 앉아 있던 다미가 끼어들었다. 그러자 민수는 아예 고개를 뒤로 돌리며 반박했다.

"이거 자율주행이거든요?"

"운전석에 앉은 사람은 전방 주시 의무 있는 거 몰라?"

"에이, 누님. 요즘 누가 그런 거 지켜요? 차가 사람보다 운전을 더 잘하는데."

"아, 좀 조용히 가자고. 시끄러우니까."

"거 작은누님은 디게 쌀쌀맞으시네. 그래서 그래서,"

민수가 다시 고개를 돌려 조수석에 앉은 해미를 바라보았다. 그는 뒤쪽을 엄지로 가리켰다.

"저 뒤에 실린 장치들은 다 뭐예요?"

"뭐, 방사능 측정하는 장비겠지."

"에이, 그런 것치고는 많이 멋있어 보이던데. 막 전선도 엄청 많고."

원래 이렇게 말이 많았나? 민수는 귀찮을 정도로 두 사람에게 말을 걸었다. 싸늘한 감시자가 따라붙으리라 생각하며 긴장했던 마음이 순식간에 녹아 버렸다.

"에휴 누님들, 너무 경계하신다. 저한테는 그렇게 숨기지 않으셔도 돼요. 저도 재난복구위원회에서 일한다니까요. 대충 무슨 일 하시는지 알거든요?"

민수의 말이 어디까지 진짜인지 도무지 알 수가 없었다. 굳이 리스크를 감수할 필요는 없었다. 머릿속에 박힌 임플란트를 떠올리며 해미는 아무것도 모르는 척 연기를 이어 갔다.

"숨기는 거 없어. 정말이야."

"예, 예, 그러시겠죠."

서울을 출발한 지 두 시간. 이제 곧 부산이라는 안내판이 보였다. 방사능 오염 경고판도 500미터 간격으로 도로변에 설치되어 있었다. 경고판은 점점 커졌고, 경고 문구는 점점 심각해졌다. 세 사람은 자연스레 입을 다물었다.

* * *

그날 이후, 부산은 죽음의 땅이 되었다.

사고 수습에는 천문학적 비용이 들었다. 2020년의 감염 사태로 인한 글로벌 경제 피해가 회복되기도 전에 연달아 일어난 재난이었다. 당시의 경제 상황에서 복구는 엄두도 나지 않는 일이었다. 정부는 결국 제독을 포기했다. 사고 지점을 중심으로 반경 30킬로미터를 폐쇄구역으로 설정하고 20년째 오염 상태를 방치하기만 했다. 북으로는 기장에서 노포까지, 서쪽으로는 화명에서 서면, 광안리까지 이어지는 긴 철조망이 세워졌다. 부산시의 절반에 해당하는 면적이었다. 행정구역 전체가 오염된 울산과 양산에 비하면 그나마 나은 편이기는 했다.

사람들은 부산을 떠났고 누구도 다시 그곳을 찾지 않았다.

트럭은 마산을 거쳐 남해고속도로를 통해 부산으로 진입했다. 폐쇄된 김해공항을 통과하자 낙동강이 보였다. 거대한 강을 가로지르는 다리가 마치 저승으로 건너가는 경계처럼 느껴졌다. 관리되지 않은 채 방치된 텅 빈 도로 위로 단 한 대의 트럭만이 달리고 있었다. 주위엔 끔찍한 정적이 흘렀다.

폐쇄구역으로 진입하기 전, 자매는 잠시 추모공원에 들렀다. 둘이 함께 이곳을 찾은 것은 처음이었다. 해미는 남들처럼 간단한 술과 과일이라도 올리자고 했지만, 다미는 반대했다.

"그런 건 갔다 와서 하자. 성공하면 묘비도 사라지고 없을 텐데. 왠지 부정 타는 거 같아서."

"그래, 그러자."

자매는 말없이 엄마의 묘비를 바라보기만 했다. 지금은 그걸로 충분했다.

추모공원 근처에 검문소가 설치되어 있었다. 민수가 출입허가증을 검사받는 동안, 해미는 철조망을 따라 산책하듯 걸었다. 철조망엔 산호색 나일론 리본이 빼곡히 매달려 있었다. 사고 현장을 찾은 자원봉사자와 방문객들이 하나둘 묶어 놓은 리본이었다.

해미는 리본을 손으로 쓸어 넘기다 그중 하나를 붙잡았다. 20년 전, 자신이 직접 매단 리본이었다. 오랜 세월 비바람에 빛바래 글자가 모두 지워져 있었다. 엄마가 편히 잠들기를 기원하는 말들을 썼던 것 같은데 정확히 뭐라고 썼는지 기억나질 않았다.

그녀는 리본의 매듭을 풀어 바람에 날려 버렸다.

"누님! 이제 다 됐어요. 오세요!"

멀리서 민수가 외치는 소리가 들렸다. 그녀는 다시 차에 탔다.

차에 오르자마자 민수가 요오드 알약을 건넸다. 방사능 물질이 갑상선에 축적되는 것을 한시적으로 막아 주는 약이었다. 세 사람은 각자 한 알씩 알약을 삼켰다. 민수는 다시 트럭을 출발시켰다.

검문소를 지나 폐쇄구역 안쪽으로 진입하자 자율주행이 지원되지 않는 지역이라는 경고 메시지가 떴다. 민수는 조이스틱을 잡고 수동운전으로 전환했다. 직접 운전을 하면서도 그는 여전히 쉴 새 없이 떠들었다.

"누님들, 그거 기억나세요? 왜 체육관에 있을 때 큰누님이 저 빵이랑 아이스크림 챙겨 주셨잖아요. 그거 진짜 맛있었는데. 그리고 우리 텐트도 바로 옆이어서 제가 자주 놀러 가고, 그러다 가끔씩 거기서 잠들어 버린 적도 있었잖아요. 누님들도 기억나죠?"

"야, 너는 그때 이야길 하고 싶니?"

다미가 곧장 딴지를 걸었다.

"왜요? 그나마 웃기라도 했던 건 그때뿐이었는데. 거긴 그나마 다 같은 처지들이니까 웃어도 괜찮았지, 밖에서는… 누님들은 안 그랬어요?"

"그래, 그랬지."

해미는 짧게 답했다.

"그래도 별로 그 이야긴 하고 싶지가 않네."

분위기가 무거워졌다. 민수는 분위기를 돌려놓기 위해 필사적이었다.

"암튼 이렇게 다시 만나니까 너무 좋네요. 앞으로 자주 만나요, 누님들."

"그래, 그러자. 이번 일만 잘 끝나면."

해미는 애써 무표정을 유지했다. 다미도 꾹 입을 다물었다.

"아이, 진짜 누님들 표정이 왜 그래요? 꼭 어디 죽으러 가는 사람들처럼."

"글쎄. 거기로 다시 돌아가는 건 20년 만에 처음이라 그런가 봐."

* * *

이후로도 두 차례 검문이 더 있었지만, 쌍둥이가 잘 조치해 준 덕분에 어렵지 않게 통과할 수 있었다. 세 사람이 탄 트럭은 금세 현장까지 도착했다. 사고 현장은 완전히 버려진 채 20년 전 그날의 모습 그대로 방치되어 있었다.

목적지인 수산 시장 안쪽까지는 트럭이 진입할 수 없었다. 세 사람은 하는 수 없이 직접 짐들을 날라야 했다. 민수가 베이스캠프에 군용 텐트를 설치하는 동안 해미는 강화 골격을 입고 거대한 부품들을 운반했다. 다미의 지시에 따라 텐트 안에 장치들을 배치하고 조심스럽게 배선을 연결하자 다이브 머신에 초록불이 들어왔다.

"이게 그 방사능 측정 장비인가 보죠?"

민수가 손등으로 땀을 닦으며 물었다.

"어? 어… 맞아."

해미는 짧게 얼버무렸다.

"M… D… M…? 이건 무슨 뜻이에요?"

민수가 다이브 머신에 부착된 금속판을 쓰다듬었다. 거기에는 손 글씨로 M.D.M.이라는 알파벳이 새겨져 있었다. 못이나 송곳으로 긁은 것처럼 거친 흔적이었다. 해미가 대답이 없자 민수는 재촉하듯 다미를 불렀다.

"다미 누님?"

"아 몰라, 멀티 무슨 디텍팅 머신인가 보지."

"에이, 자기도 모르면서 짜증은."

민수는 투덜거리며 다음 짐을 옮기러 텐트 밖으로 사라졌다.

"…근데 왜 T.D.M.이 아니지?"

금속판을 내려다보며 다미가 짧게 중얼거렸다. 근처에 서 있던 해미도 겨우 들을 수 있을 정도로 작은 목소리였다.

* * *

"그럼 일주일 후에 뵙겠습니다, 누님들."

민수가 떠나고 현장에는 해미와 다미만 남았다. 자매는 초록색 방사능 측정 패치를 뜯어 다리에 붙였다. 패치는 금세 노란색으로 변했다. 주변에 잔류 방사능이 남아 있다는 뜻이었다. 패치가 오렌지색을 지나 빨간색이 되면 그때는 현장에서 철수해야 했다. 연간 피폭 한계치를 넘었다는 뜻이니까. 만약 경고를 무시하고 검은색이 될 때까지 머무른다면 영구적인 후유증이 남을 수도 있었다.

자매는 태블릿으로 체크리스트를 정리하며 꼼꼼히 장비를 확인했다. 일주일 치 물과 식량. 야전침대와 담요. 접이식 의자와 테이블. 비상약. 현장 지도가 담긴 홀로그램 생성기. 다이브 슈트와 벨트. 100벌의 옷과 액세서리가 담긴 상자. 운동화와 구두들. 스마트폰을 비롯한 전자기기들. 그 외 여러 가지 잡동사니들.

그리고 무소음 권총.

훈련 마지막 날, 쌍둥이는 해미에게 권총을 건넸다. 해미는 도대체 왜 무기가 필요한지 물었지만 그들은 대답해 주지 않았다. 그저 만에 하나 있을 비상사태를 대비하는 의미라고 했다. 굳이 무기를 과거로 가져갈 필요는 없었다. 해미는 다미 몰래 상자 바닥에 권총을 숨기고 그 위에 휴대식량을 덮어 놓았다.

대체 어떻게 숨겨 왔는지, 다미가 가방에서 맥주 두 캔을 꺼내 들었다.

"괜찮아, 무알코올이야."

무슨 말을 하려는지 알고 있다는 듯, 동생은 가볍게 손사래를 쳤다.

"그냥 언니랑 한잔하고 싶어서."

해미는 동생이 건네는 캔을 집어 들었다. 칙 소리를 내며 뚜껑이 열렸다. 두 사람은 가볍게 캔을 부딪친 다음 각자 한 모금씩 맥주를 입으로 가져갔다.

캔이 거의 바닥을 드러낼 때까지도 무슨 말을 어떻게 해야 할지 알 수 없었다. 자매는 말없이 마주 보고 앉아 한참 맥주만 들이켰다. 결국 먼저 입을 뗀 것은 다미였다.

"언니."

"응."

"언니, 있잖아."

"응."

"언니는 왜 잠수부가 된 거야?"

"물속에선 아무 생각도 안 나거든. 바닷속은 고요해. 오직 내 숨소리만 들리고. 세상 걱정을 하고 싶어도 할 수가 없어. 위치, 시간, 수심, 부력, 심박, 질소, 산소…. 초 단위로 확인해야 할 정보들이 계속 나를 현실에 꽉 붙잡아 줘. 거기선 오직 살아서 다시 돌아가는 일만 생각하게 돼. 밖으로 나오면 다시 거기로 돌아가는 일만 생각하게 되고."

"비슷하네."

다미가 맥주를 입으로 가져가며 말했다.

"나도 거리에 나서면 그렇거든. 휠체어를 타고 밖을 다니다 보면 온갖 것들이 다 위험 요소야. 조금만 실수해도 바퀴가 엎어져서 끝장. 떨어져도 끝장. 쫓아와서 괴롭히는 놈들은 얼마나 많은지. 그런 일을 몇 번 겪다 보면 아, 세상이 원래 이렇게 엉망진창이었구나 싶어져. 어쩌면 엄마가 죽은 게 내 잘못이 아닐 수도 있겠구나 싶고."

"네 잘못 아니야."

"지랄. 너도 사실은 내 탓이라고 생각하잖아."

다미는 남은 맥주를 단숨에 들이켜고는 텅 빈 캔을 찌그러뜨렸다. 그러곤 공처럼 구겨진 캔을 물끄러미 바라보다 바닥에 던져 버렸다. 툭 떨어진 캔이 데구르르 구르며 해미의 발끝을 건드렸다.

다미가 천천히 입을 열었다.

"엄마는 언니만 좋아했어. 나는 그게 너무 부러웠고."

"무슨 소리야. 엄마는 나보다 널 훨씬 좋아했어. 너 영재학교 보내려고 엄마가 얼마나 고생했는지 기억 안 나?"

"모르는 거야, 모르는 척하는 거야?"

"뭐?"

"언니, 그거 알아? 언니 그럴 때마다 진짜 재수 없는 거."

"이게 진짜!"

"왜? 뭐? 피해자인 척 좀 하지 마. 전부 너 때문이잖아. 너가 프리러닝인지 뭔지만 안 했어도 이런 일 없었어. 너가 숙소에 돌아간다고 고집만 안 부렸어도 이런 일 없었고, 너가 엄마랑 싸우지만 않았어도 이런 일 없었고, 너가, 너가, 또…."

꾹 다문 입속으로 대체 무슨 말을 했을까. 다미는 최선을 다해 마음을 억누르고 있었다. 파르르 떨리는 눈동자를, 그 속에 차오르는 눈물을 지켜보면서도 해미는 아무 말도 할 수 없었다.

항상 이런 식이었다.

굳이 어느 쪽이냐고 묻는다면 그녀는 동생을 좋아했다. 어릴 적부터 친한 편이었고. 하지만 그런 감정들은 이미 색채를 잃고 내면 깊숙한 곳으로 침잠한 지 오래였다. 낡은 감정 위로 쉬이 정의 내릴 수 없는 복잡한 감정들이 썩은 흙더미처럼 겹겹이 퇴적되어 버렸다. 서로를 다시 받아들이기엔 걷어 내야 할 사연들이 너무 많았다. 그녀도, 동생도.

어쩌면 이번 일을 계기로 묵은 감정들을 걷어 낼 수 있을지 모른다고, 솔직히 조금은 기대했었다. 하지만 전부 헛된 기대였다. 조금 솔직해졌다고 느끼자마자 어김없이 서로에게 날선 말들을 쏟아 내는 꼴이라니. 좋았던 감정만큼이나 미움 또한 진심이었다.

"…나 먼저 잘게."

다미가 일방적으로 대화를 끝내 버렸다. 해미는 말없이 동생을 야전침대에 뉘어 주었다. 동생을 이렇게 안아 본 것이 몇 년 만의 일인지도 기억나지 않았다. 다미는 이마까지 침낭을 뒤집어썼다.

"언니."

이불 속에서 목소리가 들렸다.

"…꼭 성공하자."

"그래. 꼭 성공하자."

그녀는 튀어나온 동생의 머리를 쓰다듬어 주었다.

* * *

다음 날 이른 아침부터 자매는 첫 번째 시간여행을 준비했다.

식사는 하지 않았다. 시간여행이 어떤 후유증을 가져올지 알고 있었으니까. 어서 과거로 돌아가고 싶은 마음뿐이었다. 다미가 마지막으로 기계를 점검하는 동안 해미는 슈트를 입고 벨트에 보호거품을 충전했다. 슈트 위에는 다미가 골라 준 검은색 여름 정장을 덧입었다. 단정하게 묶은 가발과 선글라스도. 앞이 뾰족한 구두 때문에 발이 아팠다.

가지고 있던 소지품들을 전부 테이블 위에 내려놓았다. 스마트스틱(smartstick)과 이어플러그(earplug)도. 2025년 당시에 존재하지 않았던 제품은 가져갈 수 없었다. 그 대신 스마트워치를 손목에 차고 스마트폰을 주머니에 챙겼다. 노이즈 캔슬링 기능이 있는 무선 이어폰도 귀에 꽂았다.

해미는 텐트의 중심부에 설치된 다이브 머신 위로 걸음을 옮겼다. 한 칸 한 칸 계단을 올라 가장 높은 발판 위에 서서 다미 쪽을 바라보았다. 다미는 시간여행을 작동시키는 권총 모양의 표적기를 집어 들고 해미를 겨누었다.

"준비됐어?"

"응."

"시작하자."

해미는 고개를 끄덕이며 동생에게 인사했다.

"그럼, 다녀올게."

다미가 표적기의 방아쇠를 당겼다. 그러자 발아래 원통 모양 기구가 급속도로 회전하기 시작했다. 굉음과 함께 발판이 열렸다. 해미는 아래로 아래로, 과거를 향해 한없이 추락해 갔다.

그녀의 첫 번째 다이브가 시작되었다.

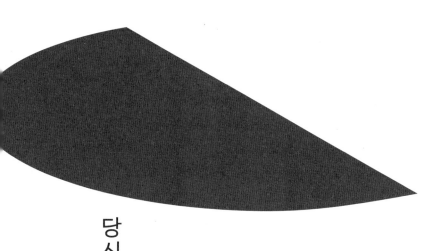

당신을

구하기 위한

시간

11

2045 ── 해운대

미래로 귀환을 마친 해미는 다이브 머신 위에 착지했다.

도착하자마자 주위를 살폈다. 누런 흙 때가 묻은 군용 천막 내부는 그녀가 출발하기 전 모습 그대로였다. 벽에 걸린 홀로 그램 시계의 날짜도 정확했다. 올바른 시간과 장소로 돌아온 것을 확인한 그녀는 축축해진 손으로 벨트의 전원을 껐다.

다이브 머신과 양자적으로 얽힌 벨트는 부표처럼 다이버 를 원점으로 끌어올려 준다. 하지만 보이지 않는 벨트의 끈은 언제든 알 수 없는 이유로 끊어질 수 있었다. 줄이 끊어진 다 이버는 떠오르지 않는다. 허락되지 않은 시공간 속을 영원히 표류할 뿐. 이번에도 무사히 귀환할 수 있었다는 사실에 감사 하며, 그녀는 천천히 계단을 내려왔다.

다미가 휠체어를 움직여 그녀의 곁으로 다가왔다.

"결과는?"

"엄마가 삼거리 광장으로 진입하는 걸 확인했어. 과거의 나도 비슷한 타이밍에 그 근처를 지나갔고."

"동선은 겹쳤어?"

"아니, 그 정도로 가깝진 않았어. 도로를 기준으로 반대편 인도를 걷고 있었어. 도로 위에 장애물이 많아서 서로를 알아보기 힘들었을 거야. 그래서 일부러 엄마랑 부딪쳐서 휴대폰을 떨어뜨리게 했는데…."

"뭘 했다고?"

다미가 짜증 섞인 목소리로 물었다. 해미는 차분히 상황을 설명했다. 엄마가 휴대폰을 떨어뜨렸고, 휴대폰은 어린 해미가 다가오고 있는 건너편 인도 쪽으로 굴러갔다. 확실하게 두 사람의 동선이 겹쳐졌다. 아니, 겹쳐졌었다. 누군가 나타나 휴대폰을 발로 차기 전까지는. 설명을 늘어놓을수록 다미의 눈빛이 점점 싸늘해졌다.

"언니, 이번엔 동선만 파악하기로 했잖아."

"기회가 너무 좋았어. 접근 경로도 완벽했고."

해미는 자신을 노려보는 다미의 시선을 피해 고개를 돌렸다.

"왠지 이번엔 성공할 수 있을 것 같았어."

그녀의 목소리는 뒤로 갈수록 점점 작아졌다.

"그럼 광장에 진입한 거야?"

"…."

"진입한 거냐고."

"…응."

"아, 진짜!"

다미가 쥐고 있던 종이를 거칠게 구겼다.

"지금 무슨 짓을 한 건지 알기나 해? 언니가 한 행동 때문에 진입 루트를 열세 개나 날려 먹었어. 방금 전 다이브를 앞질러 갈 수 있는 루트의 절반이야. 순서가 중요하다고 몇 번이나 얘기했잖아. 너 때문에 열 시간이나 준비한 시나리오가 전부 휴지가 됐어. 이제 어쩔 건데? 어쩔 거냐고?"

벌써 스무 번째 다이브였다. 실패가 쌓여 가면서 동생은 점점 예민해졌다. 해미는 동생을 자극하는 대신 입을 다물었고, 다미는 그런 그녀를 차갑게 노려보기만 했다. 한참 동안 정적이 이어졌다. 결국 불편한 분위기를 견디지 못한 해미는 뒤늦게 사과했다.

"미안해. 내가 너무 성급했어."

다미는 짧게 한숨을 쉬었다.

"됐고, 옷이나 빨리 벗어."

해미는 걸치고 있던 재킷을 벗어 다미에게 건네고 그 속에 입고 있던 티셔츠와 청바지도 모두 벗었다.

"신발이랑 가발도."

전부 건네고 나니 맨몸 위에 얇게 달라붙은 다이브슈트만 남았다. 다미는 묵묵히 옷가지를 접어 무릎 위에 올려놓은 다음, 다이브 머신에서 이어진 금속 호스를 그녀의 벨트에 연결했다. 슈트의 잔압계가 조금씩 상승했다. 보호거품이 충전되고 있다는 뜻이었다.

"현장 상태는 어땠어?"

바닥에 설치된 홀로그램 지도를 바라보며 다미가 물었다.

"도로 상태나 사물 배치는 지도와 거의 같아. 몇몇 빌딩에 높이 차이가 조금 있는 정도."

해미는 그렇게 답하며 홀로그램 속 건물을 하나하나 집게 손가락으로 집어 높낮이를 조절했다. 그런 다음엔 손짓으로 지도에 붉은색 선과 면을 그렸다. 방금 전 다이브에서 그녀가 이동했던 경로와 그녀의 시야가 닿았던 공간들에 대한 표시였다. 이제 그 구역들은 활용할 수 없었다. 패러독스 위험 때문이었다.

해미는 다시 처음부터 홀로그램을 재생했다. 3차원 지도 위에 사람들의 실루엣이 나타났다. 현장의 영상 기록들을 수집해 구현한 가상의 그래픽이었다. 지도 위에는 해운대를 탈출하는 거의 모든 사람의 위치가 실시간으로 표시되고 있었다. 해미는 그중에서도 특정한 번호들에 집중했다. 416번. 그리고 629번. 어린 그녀와 엄마의 동선이었다.

얼마 후 동쪽에서 붉은색 경계선이 다가왔다. 그 선의 이름은 '생존한계선(Survival limit line)'이었다. 특정 시점, 특정 지점의 생존 확률을 시각화한 가상의 경계선은 지나온 모든 공간을 붉게 물들이며 파도처럼 사람들을 덮쳤다. 한계선 너머로 삼켜진 사람들이 해운대를 탈출하기란 확률적으로 거의 불가능했다.

해미는 엄마의 동선을 눈으로 좇았다. 어린 딸과 마주치지 못한 채 광장을 스쳐 지나간 엄마는 더 깊은 곳까지 이동하다 결국 한계선을 넘고 말았다. 시간이 흐를수록 엄마의 걸음이 점점 느려졌다. 그리고 결국…. 해미는 질끈 눈을 감았다.

"역시 이번에도 실패네."

다미가 감정 없는 말을 뱉었다.

동생이 상자에서 새로운 옷을 한 벌 가져와 건넸다. 21세기 초에 유행했던 스포츠 브랜드의 트레이닝복이었다. 다이버는 동일한 장소에 동일한 옷을 입고 다이브해선 안 된다. 해미는 다이버들에게 강요되는 이런 편집증적인 규칙들에 넌덜머리가 났다. 하지만 다미는 지나칠 정도로 규칙을 강조했다. 언니가 죽으면 누가 엄마를 구할 거냐고 툴툴대면서.

"다시 한번 말하는데, 제발 좀 침착하게 굴어. 정해진 계획대로만 움직이라고. 언니도 알잖아? 한 번만 실수해도 전부 끝장이야. 패러독스가 일어날 거라고."

"알아."

그녀는 거울 앞에 서서 트레이닝복의 지퍼를 끌어올렸다. 짙은 스모키화장을 지우고 검은 야구모자를 눌러쓴 그녀의 모습은 아까와는 전혀 다른 사람처럼 보였다.

다미가 새 운동화를 건네며 말했다.

"엄마가 떨어뜨린 휴대폰 말인데, 처음 위치에 그대로 있었다면 엄마랑 언니가 만났을까?"

"아마 그랬을 거라 생각해."

다미는 잠시 고민하더니 새로운 작전을 계획했다. 홀로그램 지도에 푸른색 루트가 그려졌다. 서쪽 골목으로 크게 우회해 삼거리 광장으로 진입하는 방안이었다.

"그럼 그 축구선수를 막아 보자. 남의 휴대폰 함부로 발로 차지 않게."

"좋아."

해미는 고개를 끄덕이며 다시 다이브 머신 위로 올랐다. 이번에야말로 방금 전 실수를 만회할 기회였다.

다미가 표적기를 집어 들고 그녀를 겨누었다. 표적기가 달린 표준형 시간 이동 장비. 쌍둥이가 조달해 준 장치는 낡았지만 튼튼해 보였다. 게다가 단순한 인터페이스로 제작되어 누구나 손쉽게 운용이 가능하도록 되어 있었다. 이미 이전에도 시간여행이 빈번하게 이루어졌다는 뜻일까? 대체 누가, 언제 이런 기술을 개발한 걸까? 쌍둥이는 또 어떤 사실을 더 숨기고 있는 걸까?

다미가 방아쇠를 당겼다. 발아래 원통 모양 기구가 급속도로 회전하기 시작했다. 해미는 또 한 번 아래로 아래로, 과거로 한없이 추락해 갔다.

12

언제도 어느 곳도 아닌

다이버가 시간을 거슬러 추락할 수 있는 것은 다이버의 주위를 둘러싼 보호거품의 성질 때문이다. 보호거품은 4차원의 존재인 인간을 물방울처럼 머금어 5차원의 막 위로 떠오르게 만들어 준다. 잠시나마 시공간의 바깥으로 밀려난 다이버는 티플러 실린더의 틀 끌림이 만들어 내는 닫힌 시간꼴 곡선을 따라….

관두자. 다미가 정확한 원리를 이해하고 있겠지.

그런 설명 따위는 아무래도 좋았다. 거품은 시간 이동의 충격으로부터 다이버를 보호해 준다. 거품이 있기에 시간여행이 가능하다. 그거면 충분했다. 복잡한 과학 이론은 질색이었다. 그녀에게 익숙한 것은 머리가 아닌 몸의 기억이었다. 반복된 훈련과 정확한 자세 같은 것들.

해미는 손목을 보았다. 스마트워치 초침이 멈춰 있었다. 과거로 추락하는 순간은 분명 찰나에 불과했지만 어째선지 그녀에겐 그 순간이 영원처럼 길게 느껴졌다. 마치 누군가가 그녀의 시간을 고무줄처럼 쭈욱 잡아 늘리기라도 하는 것처럼. 그래서 해미는 지금까지 시도한 다이브들을 다시 처음부터 되짚어 보기로 했다.

쌍둥이가 요구한 시간여행의 제약 조건은 숨 막힐 정도로 빡빡했다. 시간여행의 존재를 들켜서도 안 됐고, 역사가 바뀔 만한 커다란 변화를 일으켜서도 안 됐다. 그녀는 과거의 사건에 아주 미미한 영향력만을 누적해 엄마를 구해 내야 했다. 한 번에 아주 조금씩만 엄마를 이동시킬 수 있었으므로, 생존한 계선 안쪽까지 엄마를 데려오려면 최소 수십 번의 다이브가 필요했다.

그래서 다미의 계획도 점점 복잡해질 수밖에 없었다.

"위원회가 우리에게 허가한 시간은 사고 발생 D-10분부터 D+30분까지. 앞뒤 5분은 별 의미가 없는 시간대니까 제외하고, 나머지 시간을 10분씩 3단계로 나눠서 작전을 구상해 봤어. 첫 번째 계획이 실패해도 백업 작전을 시도할 수 있게."

첫 번째 다이브 직전, 다미가 시간여행 작전의 개략을 설명해 주었다.

"처음 10분 동안을 1단계라고 하자. 1단계에서 목표는 두 가지야. 첫째, 엄마를 역으로 돌아가게 할 것. 둘째, 만약 실패할 경우 적어도 멀리까지 못 가게 붙잡아 둘 것.”

지하철역을 출발한 엄마는 곧장 해수욕장 쪽으로 향했다. 엄마는 왜 바다로 갔을까? 자매가 가장 먼저 의문을 가진 것은 그 지점이었다. 엄마는 숙소로 가는 최단 코스가 아닌 멀리 돌아가는 길을 택했다. 이동경로가 달라진 탓에 모녀는 크게 어긋날 수밖에 없었다. 자매는 현장의 CCTV를 빠짐없이 분석했지만 그 이유를 알아내지는 못했다.

“첫 번째 다이브에서 꼭 밝혀내야 해. 엄마가 왜 바다 쪽으로 향했는지. 최대한 안전한 곳에 숨어서 엄마의 움직임을 관찰하는 거야.”

해미는 현장에 도착하자마자 서쪽의 대로로 향했다. 지하철역에서 바다까지 쭉 이어지는 넓은 대로변 구석에 자리를 잡고 엄마가 지나가기만을 기다렸다.

잠시 후, 엄마가 그녀의 눈앞을 지나쳐 갔다. 혼란스러울 정도로 사람들이 많았지만, 뒷머리를 묶은 리본 모양 머리핀 덕분에 손쉽게 뒷모습을 알아볼 수 있었다. 지금도 다미의 머리에 꽂혀 있는 바로 그 머리핀이었으니까. 그녀는 충분한 거리를 두고 엄마의 뒤를 밟았다. 얼마 지나지 않아 그녀는 엄마가 바다로 향한 이유를 알 수 있었다.

내가 언제 여기다 이런 걸 붙였지?

‘CATWING’이라는 문구가 새겨진 보라색 스티커가 곳곳에 붙어 있었다. ‘캣윙’은 그녀가 프리러닝 스트리머로 활동할 당시의 닉네임이었다. 그녀는 방문한 도시마다 자신의 흔적을 남기기 위해 이렇게 스티커를 붙이곤 했었다.

마치 고양이가 점프하듯 보라색 스티커가 해변까지 띄엄띄엄 이어졌고, 엄마는 그 흔적을 따라 이동하고 있었다. 혹시나 딸이 있을지도 모른다는 기대를 품고서.

첫 번째 다이브를 마친 해미와 다미는 함께 대응책을 의논했다. 짧은 시간 안에 그 많은 스티커를 제거하기란 불가능했다. 락카를 뿌려 스티커를 지우는 아이디어도 생각해 봤지만 역시나 너무 눈에 띄었다. 다미는 잠시 고민하더니 준비해 온 아이템을 꺼내 들었다. 휴대용 블루투스 스피커였다.

스피커에는 어린 해미의 목소리가 저장되어 있었다. 20년 전 스트리머로 활동하던 시절의 영상에서 추출한 진짜 그녀의 목소리였다.

해미는 스피커를 들고 두 번째 다이브를 시도했다. 엄마의 뒤를 밟던 첫 번째 해미가 귀환하자마자, 그녀는 스마트폰을 작동해 미리 설치해 둔 스피커로 목소리를 재생시켰다.

"엄마!"

화들짝 놀란 엄마가 빠르게 뒤를 돌아보았다. 그리고 또 한 번.

"엄마! 여기! 이쪽이야!"

엄마는 놀란 표정으로 주위를 두리번거렸다. 그 정도면 시간은 충분했다. 그녀는 벨트의 다이얼을 돌려 현재로 귀환했다.

현재로 돌아온 해미는 다시 과거로 다이브했다. 엄마가 스피커 소리를 듣고 뒤를 돌아보는 동안, 그녀는 해변 쪽을 향해 전력으로 달리며 보라색 스티커 위에 새로운 스티커들을 덧붙였다. 엄마가 다시 바다 쪽으로 몸을 돌렸을 때, 해변으로 향하는 루트는 깨끗이 지워져 보이지 않았다. 엄마는 잠시 동안 스티커를 찾아보려 했지만, 결국 포기하고 왔던 길을 되돌아갔다. 해미는 스피커를 챙겨 현재로 돌아왔다.

해미가 귀환하자마자 자매는 위원회 서버에 접속해 홀로그램 지도를 업데이트했다. 지도 속 엄마의 이동경로가 확연히 달라져 있었다. 원본인 CCTV 영상도 마찬가지였다. 성공이었다. 과거를 바꿀 수 있다는 가능성을 확인한 자매는 기뻐하며 서로의 양 손바닥을 부딪쳤다.

해변으로 향하던 엄마는 몸을 돌려 가던 길을 되돌아왔다. 하지만 곧장 지하철역으로 향하진 않았다. 그 대신 엄마는 가까운 골목을 통해 동쪽으로 이동했다.

자신감을 얻은 다미는 곧장 그다음 작전을 지시했다. 네 번째 다이브에서 해미는 골목길 입구를 노란색 바리케이드로 가로막았다. 엄마는 막힌 통로를 피해 더 위쪽으로 향했고, 그 모습을 확인한 해미는 바리케이드를 원래 위치로 되돌려 놓은 다음 현재로 귀환했다.

다섯 번째도, 여섯 번째도 이런 식의 작전이 반복되었다. 자매는 시간여행을 반복하며 동쪽으로 향할 수 있는 다섯 개의 루트를 순차적으로 차단했다. 엄마는 조금씩 북쪽으로, 유일한 탈출구인 지하철역 근처로 되돌아왔다.

여기까진 순조로웠다.

하지만 엄마는 끝까지 포기하지 않았다. 모든 경로가 차단되었음을 깨닫자, 엄마는 해미의 경고를 무시하고 동쪽으로 나아가려 했다. 엄마는 바리케이드를 손으로 밀어 무너뜨리고 기어이 생존한계선을 넘어갔다.

다음 번 다이브에서 해미는 경찰 복장으로 갈아입고 달려오는 엄마의 앞을 막아섰다. 호루라기를 불고 경광봉을 휘두르며 엄마를 거꾸로 되돌려 보내려 했다. 하지만 엄마는 조금도 개의치 않고 그녀의 옆을 지나쳐 갔다. 억지로 붙잡을 수는 없었다. 이번에도 엄마는 결국 동쪽으로 향했다.

그다음에도, 그다음에도, 그다음에도. 몇 번을 반복해도 달라지는 것은 없었다. 그러는 사이 택할 수 있는 선택지는 점점 줄어들었다. 다이브를 거듭할수록 패러독스 위험은 커져만 갔고, 자매는 점점 신중하게 루트를 골라야 했다. 다이브를 할 때마다 몇 시간씩 함께 회의해 가며 최선의 방안을 모색했지만, 그럼에도 결과는 매번 똑같았다.

괜찮아. 다시 하면 돼.

작전에 실패할 때마다 해미는 같은 말을 주문처럼 속으로 중얼거렸다. 다시, 또다시. 열일곱 번이나 과거로 돌아가 엄마를 막아섰지만 성과는 미미했다. 10여 차례 개입한 결과 엄마의 사망 지점은 분명 지하철역에 가까운 쪽으로 꽤 많이 옮겨졌다. 하지만 여전히 엄마는 생존한계선 바깥에 있었다.

이런 방식으로는 그저 시간을 조금 지체시킬 수 있을 따름이었다. 엄마는 딸을 구하기 위해 어떻게든 앞으로 나아갔다. 해미가 길을 막으면 더 먼 곳까지, 또 길을 막으면 더 먼 곳까지 돌아서라도 엄마는 동쪽으로 향했다.

자매는 실패를 인정할 수밖에 없었다. 딸을 직접 만나기 전까지 엄마는 결코 되돌아가지 않을 터였다. 다미는 엄마의 발을 묶어 둔 것만으로도 1단계 작전은 성공이라고 자평했지만, 마음이 쏠쏠해지는 것은 어쩔 수 없었다.

결국 다음 단계로 넘어가야 했다. 1단계 작전의 목적이 엄마가 지하철역 근처에 머무르도록 묶어 두는 것이었다면, 2단계는 엄마가 딸과 만나도록 적극적으로 개입하는 것을 목표로 했다.

다미는 오래된 호텔 앞 삼거리를 2단계 작전의 무대로 결정했다. 사고 당시 해미의 이동경로 중에서 혼잡도가 가장 낮은 지점이기 때문이었다. 모녀가 서로를 발견할 수 있는 가능성을 최대한 높이기 위한 결정이었다.

작전 반경이 삼거리로 옮겨지면서 패러독스 위험은 지극히 높아졌다. 그곳엔 어린 시절의 해미가 있었다. 삼거리로 뛰어든 해미가 어린 자신과 마주친다면 그 즉시 모든 것이 물거품으로 돌아갈 수 있었다. 이제부터는 매 순간 신중해야 했다.

동선이 꼬이지 않도록 지금보다 더 철저하게 진입 계획을 마련할 필요가 있었다. 자매는 홀로그램 지도 앞에 달라붙어 열 시간이 넘도록 진입 루트를 검토하고 또 검토했다. 낭비되는 시간이 아까웠지만 신중하지 못해 그르치는 것보다는 나았다.

그렇게 완성된 계획에 따라 열아홉 번째 다이브를 시작한 해미는 군인 행세를 하며 엄마를 삼거리 방향으로 유도하는 데 성공했다. 이제 이곳에서 모녀를 재회시키는 것만이 엄마를 지하철역으로 향하게 만들 유일한 방법이었다.

그리고 방금 전, 스무 번째 다이브에서 그녀는 엄마가 삼거리 광장에 진입하는 것을 확인했다. 모녀는 혼잡한 도로를 사이에 두고 반대편 인도를 달리고 있었다. 이대로라면 서로를 발견하지 못한 채 스쳐 지나갈 게 분명했다. 안타까운 감정이 그녀의 가슴속을 가득 채웠다. 마치 시간이 멈춘 듯 모든 것이 느리게만 느껴졌다.

왠지 엄마를 구할 수 있을 것 같았다.

아주 조금만 개입하면 될 것 같았다. 이유는 모르지만 그런 확신이 들었다.

그래서 멍청한 실수를 했다. 조바심 가득한 엄마의 표정 때문에 감정적인 결정을 하고 말았다. 신중해야 한다고 수천 번 다짐했으면서도, 그녀는 준비한 계획을 따르는 대신 충동적으로 삼거리에 뛰어들었다.

해미는 엄마가 휴대폰을 떨어뜨리도록 유도했다. 딸이 있는 방향을 바라보도록 만들기 위해. 엄마의 이동경로를 꺾어 건너편 인도로 넘어가도록 조종하기 위해. 엄마와 직접 몸이 닿는 위험까지 감수했지만 결과는 실패였다. 절묘한 우연의 일치로 누군가 휴대폰을 걷어찼고, 모녀는 오히려 서로에게서 등을 돌렸다. 마치 그게 정해진 운명이라는 듯이. 세계가 역사의 변화를 막아서기라도 하는 것처럼.

겨우 한 번이야. 복잡하게 생각하지 마. 다시 하면 돼.

해미는 불길한 마음을 떨치려 고개를 흔들었다. 20년 전 과거가 서서히 눈앞으로 다가오고 있었다. 기나긴 추락이 끝나고, 해미는 또다시 과거에 착지했다.

그녀의 스물한 번째 다이브가 시작되었다.

13

2025 ―― 해운대

#수칙 2　같은 장소에 다이브할 때는 이전과 같은 옷을 입어서는 안 된다.

#수칙 3　또한 이전의 도착 시점과 30초 이상 간격을 두어야 한다.

해미는 다시 과거에 착지했다.

다이버들에겐 교리와도 같은 안전 수칙에 따라, 그녀가 도착한 시간은 직전의 다이브가 시작된 시점에서 30초가 흐른 후였다.

쌍둥이가 건네준 매뉴얼에는 다이버가 자신이 행한 다이브들을 기억하는 다양한 테크닉이 제시되어 있었다. 그중에서 가장 유용했던 방법은 과거의 자신들에게 순번을 매겨 구분하는 방식이었다. 첫 번째 해미, 두 번째 해미, 세 번째 해미, 그리고 어린 해미. 다이브가 반복될 때마다 그녀는 과거의 자신들에게 이런 식으로 번호를 붙였다.

작전이 2단계에 접어든 시점부터 자매는 다시 처음부터 새로 번호를 매겼다. 서쪽 대로에서 호텔 앞 삼거리로 활동 영역이 옮겨졌기 때문이었다. VR 훈련으로 무수한 실패를 반복하며 얻은 값진 경험이었다. 그녀가 아무리 모든 것을 기억한다한들 수십 명이 넘는 자신들의 위치를 전부 신경 쓰며 행동하기란 불가능했다. 이렇게 단계별로 구역을 나누고 한 번에 신경 써야 할 번호를 최소한으로 억제하지 않으면 수십 회차가넘는 다이브 과정을 성공적으로 통제할 수 없었다.

이런 분류 방식에 따라 방금 전 다이브한 해미는 첫 번째해미였다. 그리고 지금 현재진행형으로 다이브 중인 자신은두 번째 해미였고.

"이게 대체 뭔 일이고?"

"저짝에 원전이 터졌뿌따 안카나! 테레비에서 지금 대피하라고 난리다!"

"아이고, 미쳤네! 미쳤어! 인제 우짜면 좋노?"

"뭐하노, 퍼뜩 짐 안 챙기고! 길 맥히기 전에 몬 빠져나가면꼼짝없이 죽는다카이!"

이번에도 익숙한 대화가 반복되었다. 해미는 주머니에서미리 휴대폰을 꺼내 두었다가, 긴급재난문자가 도착하자마자화면을 터치해 소음을 차단했다. 문자의 내용도 똑같았다.

[국민안전처] 고리1호 연료건물 화재로 방사성 물질 유출
반경 30㎞ 즉시 대피

문자의 수신 시간을 확인한 해미는 이어폰을 끼고 천천히 서쪽으로 걸었다. 얼마 지나지 않아 삼거리 광장으로 향하는 골목길이 오른편에 나타났다. 골목 안쪽으로 첫 번째 해미가 걸어가는 뒷모습이 보였다. 그녀는 이번엔 방향을 꺾지 않고 그대로 나아가 아까와는 다른 골목으로 진입했다.

좁은 골목이 한동안 굽이굽이 이어졌다. 빠른 걸음으로 골목을 빠져나오자 호텔 앞 삼거리에서 서쪽으로 한참 떨어진 지점이었다. 해미는 노래방 입간판 뒤에 몸을 숨긴 채 사람들을 관찰했다. 잠시 후 엄마가 그녀의 앞을 지나갔고, 조금 뒤에 후드 집업 차림을 한 여자가 나타났다. 아까 휴대폰을 발로 찼던 사람이었다. 해미는 후드의 뒤를 조심스럽게 미행했다.

곧이어 첫 번째 해미가 엄마와 부딪쳤다. 엄마는 또다시 휴대폰을 떨어뜨렸다. 첫 번째 해미가 몸을 틀어 귀환 포인트로 이동하는 것을 확인하자마자 그녀는 재빨리 후드의 등 뒤로 다가갔다.

엄마가 휴대폰을 주우려고 이동하기 시작했다. 동시에 후드를 입은 여자도 휴대폰 쪽으로 걸음을 옮겼다. 해미는 상대가 넘어지지 않을 정도로만 살짝 후드를 잡아당겼다. 여자가 아주 잠깐 균형을 잃으며 걸음걸이가 조금 달라졌다. 행인의

발이 아슬아슬하게 휴대폰 위를 스치듯 지나갔다. 휴대폰은 제자리에 그대로 남아 있었다.

화들짝 놀란 후드가 뒤를 돌아보았다. 해미는 능숙하게 상대의 시선을 피하며 근처의 자동차 뒤에 몸을 숨겼다. 하지만 바로 그 순간,

"아얏!"

등 뒤에서 엄마의 비명이 들렸다. 고개를 돌리자 엄마가 바닥에 쓰러져 있었다.

하늘색 원피스에 붉은 피가 번졌다. 엄마가 깨진 무릎을 부여잡고 신음을 삼키는 사이, 어린 해미는 멀찍이 떨어진 인도를 지나 광장에서 빠르게 멀어져 갔다. 버려진 자동차가 시야를 가로막고 있어 두 사람은 서로를 확인할 수 없었다. 얼마 후 엄마가 다시 일어나 휴대폰을 집어 들고 달리기 시작했다. 딸이 향한 곳과는 정반대 방향으로.

괜찮아. 다시 하면 돼.

그녀는 첫 번째 해미가 귀환하는 모습을 확인한 다음, 같은 위치로 이동해 벨트의 다이얼을 돌렸다.

14

2045 —— 해운대

"엄마가 넘어졌다고?"

다미가 물었다.

"응. 그사이에 어린 해미는 사라져 버렸고."

"휴대폰을 지켜 봐야 별 소용이 없었네."

다미는 한숨을 쉬며 홀로그램 지도를 내려다보았다.

"왜 넘어졌을까?"

"글쎄, 신발 때문 아닐까? 엄마는 두꺼운 통굽 샌들을 신고 있었으니까. 나라면 그거 신고 10미터도 못 걸을 거야."

"현장에 뭐 특이한 점은 없었어?"

"현장?"

해미는 기억을 더듬어 보았다. 엄마가 넘어지던 순간 그녀는 엄마에게서 등을 돌리고 있었다. 그 전까진 휴대폰에 집중

하고 있었고. 엄마의 발아래에 무엇이 있었는지 잘 기억나지 않았다.

"한번 확인해 보고 올게."

해미는 텐트 문을 열고 밖으로 나섰다. 눈앞에 익숙한 풍경이 펼쳐졌다. 수산 시장이었다.

사람의 기척이 느껴지지 않는 거리는 몇몇 건물이 붕괴해 높낮이가 바뀌었을 뿐, 20년 전과 조금도 달라지지 않았다. 빌딩 표면을 두껍게 감싼 덩굴만이 세월의 흔적을 짐작케 할 뿐이었다.

누구도 이곳에서 다시 살기를 희망하지 않았다. 폐쇄가 결정된 후론 더더욱 그랬을 것이다. 초고밀도 압축 도시로 거듭난 서울과 평택을 두고 굳이 이런 곳에서 살 이유가 없었다. 현장은 그날의 상황 그대로 보존되어 있을 가능성이 높았다. 해미는 익숙한 루트를 따라 삼거리 광장으로 향했다.

빼곡한 건물들을 바라보며 과거 이곳에서 얼마나 많은 사람들이 살았던가 새삼 실감했다. 그 틈바구니에서 그녀는 마음껏 공간을 가로질렀다. 벽을 오르고, 옥상 위를 구르고, 네발로 건물 사이를 뛰어넘으며, 그 순간만큼은 모든 것으로부터 자유롭게 해방되었었다. 적어도 그때만큼은.

골목에서 '캣윙'의 로고가 그려진 스티커를 발견했다. 새로 개척한 루트를 표시해 둔 흔적이었다. 햇살에 색이 바랜 스티커는 거의 하얀색이 되어 있었다. 그녀는 로고 아래에 작은 글씨로 새겨진 문구를 쓰다듬었다.

Jump up flying cats

Burn down the city

긴장을 풀 겸 그녀는 스티커를 따라 가볍게 루트를 뛰어 보기로 했다. 월 런*으로 담을 오른 다음 다시 클라임 업**으로 지붕까지. 지붕 위를 달려 건너편 집 벽을 타고 옥상으로. 거기서 전력으로 질주하며 캣 패스.*** 프리시전.**** 다시 캣 패스. 조금 낮은 건물로 점프해 착지하며 롤링.***** 다시 캣 패스. 벽을 차며 틱 택******으로 옆 건물까지 단번에. 탄탄하게 단련된 몸은 기억하는 대로 곧잘 움직였다.

트레이서*******라면 누구나 좋아할 만한 코스였다. 북서쪽에 카메라를 놓고 찍으면 부산에서 가장 높은 랜드마크 타워

---

*   wall run. 벽을 달리듯이 차면서 올라가는 기술.
**   climb up. 벽에 매달린 상태에서 팔 힘을 이용해 벽 위로 올라가는 기술.
***   cat pass. 달리는 도중에 고양이처럼 양팔로 장애물을 짚고 뛰어넘는 기술.
****   precision. 난간처럼 폭이 좁은 지점에 정확히 착지하는 점프 기술.
*****   rolling. 몸을 굴려 충격을 분산하는 낙법.
******   tic tac. 벽을 발로 차며 방향을 전환하는 기술.
*******   Traceur. 프리러닝 훈련자들을 가리킨다.

가 그림처럼 함께 배경에 잡히기 때문이었다. 물론 지금은 뼈 대만 남은 흉물이 되어 버렸지만.

파쿠르(Pakour)가 아니라 프리러닝(Freerunning)이라고. 파쿠르는 효율만 따지는 군사훈련이며, 진짜 자유와 예술을 아는 사람들은 프리러닝이라 부른다며 떠들고 다녔던 기억이 났다. 실은 그게 무슨 뜻인지도 모르면서 어린 주제에 자신감만 넘쳤었다. 여중생 트레이서라는 별명을 얻고 어린 나이에 스트리머로서 과분한 주목을 받아 우쭐해했다.

엄마와 다툰 이유도 프리러닝 때문이었다. 엄마는 그녀가 프리러닝을 그만두길 원했다. 위험하다며, 너무 거친 일이라며, 여자애가 할 만한 일이 아니라면서. 여자애라는 말에 발끈한 그녀는 엄마와 심하게 다투고 말았다.

다툼은 해운대 여행에서까지 이어졌다. 가족과 시간을 보내는 대신 그녀는 아침 일찍부터 카메라를 들고 루트를 뛰었다. 멋진 영상을 찍을 좋은 기회였으니까. 화가 난 엄마가 그녀를 쫓아왔고, 두 사람은 카페에서 한참을 다투었다. 일부러 모진 말까지 뱉어 가면서. 즐거울 수 있었던 여행을 완전히 망쳐버렸다.

그리고, 그 다툼 때문에 엄마가 죽고 말았다.

그래서 다시는 프리러닝을 하지 않았다. 하지만 아이러니하게도 지금은 그 능력이 꼭 필요했다. 프리러닝 덕분에 활용할 수 있는 루트가 몇 배는 다양해졌으니까. 엄마를 죽게 만든 기술 때문에 엄마를 되살릴 수 있는 가능성이 생겼다. 끔찍한 모순이었다.

그런 생각을 하는 사이 그녀는 광장에 도착했다. 예상대로 현장은 과거와 똑같이 보존되어 있었다. 버려진 자동차들의 위치나 세워진 입간판 하나까지 그대로여서 광장을 가로질러 달리는 엄마의 모습을 또렷이 그려 볼 수 있을 정도였다.

해미는 엄마가 넘어졌던 지점으로 조심스럽게 다가갔다. 그리고 원인을 발견했다.

* * *

"바닥에 이게 튀어나와 있었어."

해미는 기역 자로 꺾인 못을 테이블 위에 내려놓았다. 다미는 못을 집어 들고 눈앞으로 가져갔다. 오래된 못에서 녹 부스러기가 주르륵 떨어졌다. 그녀는 어이가 없다는 듯, 미간을 찌푸리며 못을 등 뒤로 집어 던졌다.

"그래서?"

"엄마는 못에 걸려서 넘어졌을 거야. 다시 돌아가서 못만 제거하면 돼."

해미는 그렇게 말하며 피복 보관함 위에 놓여 있는 새 옷을 집어 들었다. 에어컨 회사의 수리 기사들이 입는 회색 작업복이었다. 다미는 그녀를 물끄러미 바라보다가, 휠체어를 움직여 홀로그램 지도 근처로 이동했다.

"언니, 알고 있지?"

해미가 고개를 돌리자 동생이 손가락으로 광장을 가리키고 있었다. 거기엔 빨간 선과 면이 쌍으로 겹쳐 있었다. 이미 앞선 다이브로 지나쳤던 경로들, 그리고 시선이 닿았던 공간들. 절대 발을 들여선 안 될 오염된 공간들의 표식이었다.

"못을 뽑아야 하는 자리는 이미 두 번이나 다이브가 이루어진 곳이야. 어린 해미도 그 앞을 지나갈 거고. 못을 뽑는 타이밍이 조금이라도 늦으면 패러독스가 일어날 거야."

"걱정 마. 생각보다 쉽게 뽑히더라고. 빠르게 앞질러 가서 못만 뽑고 돌아오면 돼. 또 다른 내가 현장에 도착하기도 전에 끝날 거야."

해미는 이미 환복을 마치고 다이브 머신 위로 올라서고 있었다.

"7번 루트를 이용해. 그쪽이 제일 빠르고 안전해."

"응, 다녀올게."

다미가 그녀를 향해 표적기의 방아쇠를 당겼다.

15

2025 — 해운대

#수칙 4 다이브 루트는 교차하지 않도록 설계하라.

과거의 자신보다 앞서 나가는 것만큼 위험한 일은 없다.

삐———

도착하자마자 긴급재난문자가 울렸다. 그녀는 스마트폰 화면을 보지도 않고 버튼을 눌러 경보를 껐다. 스마트워치의 알람 앱을 초 단위까지 정확히 세팅한 다음 이어폰을 귀에 꽂았다. 이어폰이 일종의 경보기가 되어 줄 터였다.

서둘러야 했다.

그녀는 이어폰을 짧게 두드려 템포가 빠른 곡으로 전환했다. 그런 다음 근처의 가스 배관을 밟고 건물 위로 뛰어 올랐다. 7번 루트는 옥상을 통해 광장으로 향하는 직선 루트였다.

캣 패스와 스텝 볼트*를 섞어 가며 빠르게 옥상을 통과해 전속력으로 광장을 향했다. 첫 번째 다이브보다 뒤처진 1분을 만회하기 위해선 최대한 서둘러야 했다.

정면에서 불어온 바람 때문에 애써 준비한 모자가 날아가 버렸다. 하지만 되찾아 올 시간이 없었다. 해미는 모자를 무시한 채 계속 달렸다.

동시에 그녀는 최대한 좌우를 보지 않으려 노력했다. 추후에 옥상을 이용하는 다른 루트들을 자유롭게 활용하려면 시선으로 오염시키지 않는 편이 유리했다. 시야가 좁아진 탓에 지형을 확인하기가 쉽지 않았지만 몸이 기억하는 대로 어떻게든 나아갈 수 있었다.

열 발 거리**의 건물 사이를 뛰어넘으며 잠깐 아래를 보았다. 첫 번째 해미가 자동차 위에서 스마트폰을 꺼내 드는 모습이 보였다. 두 번째 해미는 아직 서쪽에서 간판 뒤에 숨어 대기 중일 타이밍이었다. 시간 여유는 충분했다.

다시 건물 사이를 건너뛰는 순간, 정면에서 불어온 바람 때문에 잠시 몸이 휘청거렸다. 그녀는 어떻게든 팔과 다리를 걸치며 가까스로 난간에 매달렸다. 모서리에 갈비뼈를 부딪혔지

---

*   step vault. 반대쪽 손과 발을 동시에 짚어 가장 안전하게 장애물을 뛰어넘는 기술. 세이프티 볼트(safety vault)라 부르기도 한다.

**   트레이서는 장애물 사이를 뛰어넘을 때 자신의 발 크기를 단위로 거리를 잰다.

만, 고통을 느낄 새도 없이 안간힘을 다해 벽을 차며 기어올랐다. 조금만 더 가면 광장이었다.

광장 근처에 도착한 그녀는 거칠어진 호흡을 가다듬으며 건물 외벽의 우수관을 타고 미끄러지듯 1층에 착지했다. 못이 박힌 위치까지는 열 걸음도 되지 않았다. 그녀는 상체를 숙이며 인파 사이로 빠르게 걸음을 옮겼다. 이제 손쉽게 이 못을….

왜 안 뽑히는 거야.

오랜 세월로 물렁해진 미래의 대지와 달리 새로 포장된 아스팔트 바닥은 단단했다. 게다가 못이 안쪽에서 한 번 꺾여 있어 쉽게 뽑히지 않았다.

— 15초 남았습니다.

그 순간, 이어폰에서 경고 메시지가 들렸다. 첫 번째 해미가 도착하기까지 남은 시간이 많지 않았다. 그녀는 양손으로 못을 움켜쥐고 온 힘을 다해 잡아당겼다. 하지만 자꾸 손이 미끄러졌다.

— 10초 남았습니다. 7, 6, 5, 4….

왼쪽에서는 두 번째 해미가 거리를 좁혀 오고 있었고, 등 뒤에서는 첫 번째 해미가 도착하기 직전이었다. 몇 초 안에 방법을 찾아야만 했다. 심장이 터질 듯 귓속이 쿵쿵거렸다. 그녀는 빠르게 주위를 살폈다. 손이 닿는 거리에 깨진 보도블록이 보였다. 그녀는 보도블록 조각을 집어 들고 못을 내려치기 시작했다.

둔탁한 소리와 함께 못이 땅속으로 완전히 박혔다. 그녀는 곧장 귀환 포인트를 향해 달리기 시작했다. 호흡이 멎을 듯 고통스러웠지만 견뎌야 했다. 첫 번째 해미와 두 번째 해미가 도착하기 전에 먼저 현장을 이탈해야 했다. 그녀는 좁은 골목 안으로 진입하는 것과 동시에 벨트의 다이얼을 돌렸다.

등 뒤에서 또다시 "아얏!" 소리가 들려왔다. 엄마는 이번에도 넘어진 모양이었다.

뭐야, 그냥 혼자 넘어진 거였어?

짜증을 터뜨릴 새도 없이, 그녀는 다시 미래로 끌려 올라갔다.

16

2045 ── 해운대

다이브를 마치고 귀환한 해미는 계단에 주저앉아 얼굴을 감싸 쥐었다. 3초. 3초 차이로 죽을 수도 있었다. 뒤늦은 실감이 그녀를 무너뜨렸다. 쉬지 않고 전력 질주한 탓에 심장이 폭발할 것 같았다. 거칠어진 호흡이 도무지 안정되지 않았다.

다미가 그녀의 곁으로 다가와 등을 두드렸다.

"괜찮아?"

"안 괜찮아. 지긋지긋해."

동생의 손길을 뿌리치며 몸을 일으킨 해미는 홀로그램 지도 쪽으로 이동했다. 다음 작전을 계획하려면 방금 전 이동한 경로를 정확히 표시해 두어야 했다. 기록을 마치고 다시 홀로그램을 재생하자 지도 속 엄마는 똑같은 위치에서 똑같이 넘어졌다. 못을 제거한 행위는 엄마에게 아무런 영향도 미치지 못했다. 아무 의미도 없는 일에 목숨을 걸었던 셈이었다.

그녀는 접이식 의자에 앉아 상체를 뒤로 젖혔다. 온몸이 등받이에 파묻혀 버릴 것만 같았다. 무거운 두 팔이 자꾸만 아래로 툭 떨어졌다. 그제야 보도블록 조각을 손에 쥐고 있다는 사실을 깨달았다. 해미는 돌덩이를 바닥에 떨어뜨렸다. 꽉 힘을 주고 있었던 탓에 손끝이 부르르 떨렸다.

힘겹게 손목을 들어 올려 시계를 보았다. 62시간째 작전이 이어지고 있었다. 팔 안쪽에 붙여 둔 불면 패치도 약효가 떨어져 갈 즈음이었다. 그녀는 벨트에서 불면 주사를 꺼내 목에 대고 버튼을 눌렀다. 따끔한 통증과 함께 잠깐 정신이 또렷해졌다.

"첫 번째 불면 주사야."

다미가 말했다.

해미는 주사기 뒷면에 달린 마커펜의 뚜껑을 열고 왼팔에 커다랗게 1이라고 썼다. 다이버는 모든 것을 기억하되, 자신의 기억을 전적으로 믿어서는 안 된다. 시간 이동으로 같은 사건에 반복적으로 노출되다 보면 시간 감각이 무뎌지고 선후관계에 대한 기억이 조금씩 어그러지고 말기 때문이었다. 군 복무 시절 불면 주사를 계속 투여하다 뇌가 녹아 버린 병사를 본 적이 있었다. 자신도 그렇게 되지 않으리라는 법이 없었다. 조심하고 또 조심해야 했다.

"지금이 무슨 요일이지?"

"수요일. 이제 작전 사흘째야."

벌써 일주일 중 절반이 지나갔다. 시간이 무서울 정도로 빠르게 흐르고 있었다. 지체할 틈이 없었다. 해미는 무력감을 떨쳐 내려 자신의 뺨을 세게 두드린 다음, 무거운 몸을 억지로 일으켰다. 계속 움직이기라도 하지 않으면 이대로 쓰러져 버릴 것만 같았다. 불면 주사는 졸음에 빠지는 것만을 막아 줄 뿐, 피로까지 해결해 주지는 않았다.

다미는 홀로그램 지도와 외로운 싸움을 이어 가고 있었다. 지도 위에는 동생이 그린 푸른 선들이 가득 겹쳐져 있었다. 선 하나하나가 새로운 침투 시나리오들이었다. 정확한 시간에 정확한 위치를 지나도록 설계된, 철도 시간표처럼 빼곡한 계획들을 보고 있자니 숨이 막혔다. 그녀는 동생의 손목을 붙잡아 작업을 멈추었다.

"다미야, 우리 그냥…."

"안 돼."

입에서 말을 꺼내기도 전에 동생이 그녀의 말을 잘랐다.

"나는 절대 허락 못 해 줘."

"들어 보지도 않고 무슨 억지야."

"지금 억지를 부리는 건 내가 아니라 언니야. 쌍둥이도 1종 접촉은 절대 안 된다고 했어."

동생은 이미 그녀의 생각을 꿰뚫고 있는 모양이었다.

3종 접촉은 대상에게 간접적으로 영향을 미치는 경우를, 2종 접촉은 상대가 눈치채지 못하는 범위 내에서 직접 신체를 접촉하는 경우를 뜻했다. 해미는 지금까지 이 두 가지 방법만 활용해 왔다. **3종 접촉이 권장되며, 2종 접촉은 허가되지만, 1종 접촉은 금지된다.** 빌어먹을 다이브 수칙 때문이었다.

1종 접촉은 과거의 상대에게 시간여행의 존재를 드러내는 행위를 뜻했다. 엄마 앞에 얼굴을 드러내 정체를 밝히고 다시 지하철역으로 돌아가야 한다고 경고하는 것. 그 방법이라면 확실히 엄마를 역으로 돌려보낼 수 있었다. 동생도 이미 같은 생각을 했던 모양이었다.

"1종 접촉은 다이브 수칙 위반이야. 임플란트가 작동할 거라고."

동생이 차분히 경고를 덧붙였다.

"넌 그런 게 진짜 있다고 믿어?"

"시간도 맘대로 조작하는 놈들이야. 만에 하나라도 진짜면 언니는 죽어."

"…."

"설령 임플란트가 아니더라도, 우리가 수칙을 어긴 걸 알면 그놈들이 엄마를 살려 둘 거 같아? 시간여행의 비밀을 아는 위험인물을? 엄마는 2025년에 있고 우리는 2045년에 있는데, 20년 동안 엄마한테 무슨 일이 일어날지 어떻게 알겠어."

"그건…."

해미는 말문이 막혔다.

"그렇게까지 할 필요 없어. 지금 방식으로도 충분히 성공할 수 있어."

다미는 고개를 꼿꼿이 세운 채 조금도 흔들리지 않는 눈빛으로 해미를 노려보았다. 그녀도 지지 않으려 한참 동안이나 동생의 눈을 마주 보았다. 하지만 이번에도 먼저 포기한 쪽은 해미였다.

"알았어. 다음 작전이나 알려 줘."

그녀는 과거에서 가져온 보도블록 조각을 집어 들었다. 과거의 물건은 다시 과거로 돌려놓는 편이 안전할 것 같았다.

* * *

곧바로 이어진 다이브는 완전히 실패였다. 네 번째 시도에서 그녀는 동쪽 대로를 통해 삼거리 근처까지 이동한 다음, 버려진 자전거를 집어 들었다. 그녀는 자전거 손잡이를 잡고 걷다가 엄마의 모습을 발견하자마자 자전거에 올라 페달을 밟았다. 자전거는 휴대폰을 향해 달리는 엄마 앞을 빠르게 통과한 다음, 도망치는 사람들 사이에서 비틀거리다 고꾸라졌다.

하지만 소용없었다. 엄마는 이번에도 넘어졌다.

오기가 생긴 해미는 점점 더 과감하게 행동했다. 부랑자 차림으로 엄마를 위협해 보기도 하고, 휴대폰에 가짜 긴급재난문자를 송출해 혼란을 일으키기도 했다. 휴대폰을 건드려 위치를 살짝 옮겨도 보았지만 결과는 바뀌지 않았다. 엄마는 언제나 똑같은 위치에서 넘어졌다. 해미는 다시 한번 스피커를 이용하자고 제안했지만 다미는 부정적이었다. 삼거리엔 이미 너무 많은 해미가 있었다. 그중 하나라도 스피커 소리를 듣게 된다면 패러독스가 일어날 가능성이 있었다.

그렇게 이틀이 넘도록 지리멸렬한 다이브가 이어졌다. 자매는 최대한 신중하게 루트를 골랐지만, 그럼에도 삼거리에 도달할 수 있는 방법은 빠르게 줄어들고 있었다.

"괜찮아. 조금만 더 하면 돼."

다이브가 실패할 때마다 동생은 매번 같은 말로 그녀를 위로했다.

"백 번을 실패해도 한 번만 성공하면 되니까. 절반은 왔잖아. 엄마는 휴대폰을 따라서 도로를 절반이나 가로질러 왔어. 이제 나머지 절반만 채우면 돼. 둘이 딱 한 번만 서로를 알아보게 만들면 돼. 딱 한 번만."

하지만 시간이 절대적으로 부족했다. 철수하는 데 필요한 시간을 고려하면 이제 남은 시간은 이틀이 채 되지 않았다. 앞으로 열 번이나 더 다이브할 수 있을지 걱정이었다. 붉은 선이 빼곡하게 들어찬 홀로그램 지도를 바라보며 해미는 손톱을 물어뜯었다.

"정기 보고 시간이야. 쌍둥이랑 통화하고 올게. 시간을 조금 더 달라고 해 보자."

"…응."

해미는 스마트스틱을 집어 들고 텐트 밖으로 나왔다. 바깥은 서서히 해가 저물고 있었다. 그녀는 쌍둥이의 ID로 전화를 걸었다.

제발 휘가 받아라. 제발….

— 보고.

현이었다.

"오늘은 일곱 번 다이브를 시도했어요. 결과는 달라지지 않았고요."

— 겨우 일곱 번? 남은 시간이 많지 않은데. 한가하게 여유 부릴 틈이 있나 보죠?

"최대한 노력하고 있어요. 진입 루트를 확보하기가 점점 쉽지 않아요."

— 그건 그쪽 사정이고.

둘이 왜 이렇게 다른 걸까. 저 사람은 대체 왜 이렇게 우릴 미워하지? 휘는 현에게 그럴 만한 이유가 있다고 말했다. 하지만 그게 무엇일지 짐작조차 가지 않았다.

"작전 기한을 일주일만 연장해 줘요."

— 왜 그래야 하죠?

"어차피 2주까진 피폭량에도 문제가 없잖아요. 일주일만 더 작업할 수 있게 허가해 주면 꼭 성공할게요."

— 진심?

"그래요. 제발 부탁드려요."

그녀는 최대한 정중한 목소리로 부탁했다.

— 거절합니다.

"이해할 수가 없네요. 아직 시도할 만한 루트가 많이 남았잖아요. 3단계는 시작도 못 해 봤어요. 그냥 이렇게 기회를 날릴 건가요? 우리가 성공하는 게 당신들한테도 좋은 일 아닌가요?"

스마트스틱 너머로 중얼거리는 소리가 들렸다. 정확히 단어를 알아들을 수는 없었지만 분명 욕설이었다.

— 당신 정말 모르는 거야? 아니면 모르는 척하는 거야?

"그게 무슨 말…."

— 연장은 없어.

통화가 끊겼다.

해미는 대답 없는 스마트스틱을 향해 욕설을 퍼부었다.

* * *

텐트로 돌아오자마자 해미는 다이브 머신의 스위치를 켰다. 웅웅거리는 중저음 소리와 함께 머신에 초록색 불이 들어왔다.

"빨리 시작해."

그녀가 말했다. 목소리에서 흥분이 그대로 묻어 나왔다. 그녀는 입고 있던 옷을 빠르게 벗어 던졌다.

"갑자기? 아직 계획도 제대로 안 세웠잖아."

다미가 반문했지만 해미는 아랑곳 않고 장비를 착용했다.

"내 말 듣고 있어?"

"나도 계획이 있어."

"어떻게 할 건데?"

"자잘한 장난질은 이제 지긋지긋해. 이번 한 번에 무조건 끝내 버릴 거야."

해미는 홀로그램 지도 위에 선을 그어 가며 다미에게 자신의 계획을 설명했다.

"정말 괜찮을까? 너무 아슬아슬한데."

"괜찮아. 뒤를 돌아본 적은 없었으니까."

해미는 상자 위에 놓인 청바지를 집어 들었다.

"언니, 그건 입었던 옷이야."

다미가 지적했다. 젠장. 해미는 들고 있던 옷을 집어 던졌다. 시간이 갈수록 점점 기억력이 떨어지고 있었다. 혼자선 아무것도 할 수 없는 자신이 무력하게만 느껴졌다.

"자, 언니가 절대로 입지 않을 것 같은 스타일. 이번엔 이런 옷이 낫겠지."

다미가 직접 새로운 옷을 꺼내 주었다. 꽃무늬가 그려진 시폰 재질의 롱 원피스였다. 해미는 원피스에 몸을 집어넣고 허리끈을 졸라맸다. 그런 다음 곱슬머리 가발도 뒤집어썼다.

"이번엔 메이크업도 확실하게 하자."

해미는 메이크업 박스가 놓인 테이블 근처에 앉았다. 다미가 진한 아이라인을 덧그리는 동안, 그녀는 아침마다 엄마가 화장하던 모습을 떠올렸다. 과거 사람들은 어떻게 이 귀찮은 짓을 매일 감내했던 걸까? 도무지 이해할 수 없는 일이었다. 최근 10년간 그녀는 누구에게도 이런 꾸밈을 강요받아 본 적이 없었다. 물론 꾸미지 말 것을 강요받지도 않았고.

점막 위에 색을 덧입힌 탓인지 눈이 따끔거렸다. 눈을 빠르게 깜빡거리며 선글라스를 뒤집어쓴 그녀는 다이브 머신으로 향했다.

"정말 괜찮겠어?"

다미가 긴장된 눈빛으로 그녀에게 물었다. 해미는 고개를 끄덕였다.

"다녀올게."

다미가 미간을 찌푸리며 그녀에게 표적기를 겨누었다.

17

2025 ─── 해운대

#수칙 5　어떤 식으로든 과거의 자신에게 영향을 미쳐선 안 된다.

보이는 것도, 들리는 것도, 숨결이 닿는 것조차도.

현장에 도착하자마자 그녀는 걸음을 서둘렀다.

　멀리 시장 상인들 사이로 익숙한 뒷모습이 보였다. 두 번째 해미였다. 그녀는 조심스럽게 걸음을 옮겨 1미터 정도 거리를 두고 두 번째 해미의 뒤를 밟았다. 두 번째 해미는 첫 번째 해미의 뒤를 밟고 있었다. 시장 거리의 중간쯤에서 첫 번째 해미가 방향을 틀어 좁은 골목으로 들어서는 모습이 보였다. 두 번째 해미는 계속 직진했다. 그녀는 첫 번째 해미의 뒤를 따라 오른쪽으로 방향을 꺾었다.

　오래된 떡집을 지나 구불구불 이어진 골목길을 지나자 도로가 나타났다. 호텔 앞 삼거리로 이어지는 루트였다.

혼란에 빠진 사람들은 여전히 바삐 움직이고 있었다. 첫 번째 해미는 주위와 접촉을 피하며 조심스럽게 앞으로 나아갔고, 그녀는 첫 번째 해미의 뒤에 바싹 달라붙어 자연스럽게 뒤따라 걸었다. 미리 이어폰의 소음 차단 기능을 활성화해 둔 덕분에 이번엔 끔찍한 비명들을 듣지 않을 수 있었다.

술에 취한 남자가 또다시 돌진해 왔다. 첫 번째 해미가 황급히 몸을 돌려 남자를 피했다. 미처 대비할 틈도 없이 남자의 몸은 바로 뒤에서 걷고 있던 그녀와 충돌했다. 젠장. 그녀는 소리가 나지 않도록 최대한 조심스럽게 남자를 붙잡아 옆으로 밀친 다음, 다시 첫 번째 해미의 뒤로 따라붙었다.

멈춰 선 자동차들 때문에 도로가 틀어막혀 인파가 몰리고 있었다. 첫 번째 해미는 사람들 사이로 파고들었다. 그녀도 첫 번째 해미의 뒤를 따라 인파에 몸을 숨겼다. 멀리 호텔 입구가 보이기 시작했다. 그녀는 마음의 준비를 마쳤다.

뒤를 돌아본 적 없다고 했던 말은 다미를 안심시키기 위한 거짓말이었다. 사실 그녀는 광장에 돌입하기 직전 딱 한 번 뒤를 돌아본 적이 있었다. 오히려 그 타이밍을 적극적으로 노릴 생각이었다. **바로 지금.** 그녀는 정확히 계산된 타이밍에 맞춰 첫 번째 해미의 오른쪽으로 이동했다. 첫 번째 해미의 어깨가 움직이고, 뒤이어 고개가 왼쪽으로 돌아가는 것이 보였다. 그와 거의 동시에, 그녀는 첫 번째 해미의 오른쪽 사각으로 파고

들었다. 첫 번째 해미가 다시 정면으로 고개를 돌렸을 때, 그녀는 과거의 자신을 한참 앞질러 나아가고 있었다.

바로 눈앞에서 걷고 있는 여자가 미래의 자기 자신일 거라고는 꿈에도 생각 못 하겠지. 앞으로 무수한 좌절을 겪게 될 과거의 자신을 동정하며, 그녀는 걸음을 서둘렀다.

첫 번째 해미가 자동차 위로 올라서서 차와 차 사이를 뛰어넘는 사이, 그녀는 삼거리 근처에 몸을 숨기고 엄마에게 접근할 준비를 마쳤다. 잠시 후, 첫 번째 해미와 두 번째 해미가 보이기 시작했다. 그들의 관심은 온통 휴대폰에만 쏠려 있었다. 그들이 휴대폰을 확인하고 엄마에게 시선을 옮기기까지 짧은 시간. 그 찰나의 틈새에 끼어들어야 했다.

세 번째 해미가 나타나 튀어나온 못을 내려친 다음 귀환 지점을 향해 달렸고, 뒤이어 첫 번째 해미가 엄마를 향해 나아가기 시작했다. 그와 거의 동시에 그녀도 동쪽에서 엄마를 향해 출발했다. 이제 곧 오른쪽에서 네 번째 해미가 자전거와 함께 나타날 예정이었지만 그러거나 말거나 조금도 상관하지 않을 작정이었다.

첫 번째 해미가 엄마와 부딪치고 휴대폰이 바닥에 떨어졌다. 두 번째 해미가 그 모습을 지켜보는 가운데, 후드를 뒤집어쓴 행인의 발이 휴대폰 위를 스쳐 지나갔다. 엄마는 휴대폰을 주우려고 다급히 발걸음을 옮겼다. 네 번째 해미가 자전거를 타고 엄마의 앞을 지나치자마자 그녀는 교차하듯 엄마의 곁을 스쳐 지나갔다.

그 순간, 엄마의 몸이 휘청거렸다.

해미는 균형을 잃고 기울어지는 엄마의 어깨를 붙잡았다.

"조심하세요."

깜짝 놀란 엄마가 반사적으로 감사를 표했다.

"아, 고마워요."

됐어, 넘어지지 않았어. 그녀는 귀환 지점을 향해 몸을 돌렸다. 하지만 그 순간, 갑자기 엄마가 그녀의 손목을 붙잡았다. 턱 소리에 깜짝 놀란 그녀는 그 자리에 얼어붙었다. 고개를 돌리자 엄마가 표정 없는 얼굴로 그녀를 뚫어져라 바라보고 있었다.

엄마가 무어라 말하려는 것 같았다. 그녀는 이어폰의 소음 차단 기능을 껐다.

"우리 어디서 만난 적 있지 않아요?"

"아닌데요."

"분명 어디서…."

"가던 길이나 가세요."

그녀는 황급히 엄마의 팔을 뿌리쳤다. 엄마가 의외로 완강하게 붙잡고 있었던 탓에 지나치게 힘을 주고 말았다. 엄마는 살짝 비틀거렸지만 다행히 넘어지진 않았다.

대체 어떻게 알아본 거야? 선글라스까지 꼈는데.

시간이 너무 많이 지체되었다. 첫 번째와 두 번째 해미가 언제 이쪽을 바라볼지 알 수 없었다. 이대로 귀환 포인트까지 이동하기엔 리스크가 너무 컸다.

몇 걸음 떨어진 곳에 버려진 승용차가 있었다. 주인이 차를 버리고 달아났다면 문이 열려 있을지도 몰라. 해미는 빠르게 차량 쪽으로 이동했다. 제발 열려 있어라. 제발. 제발. 해미는 손을 뻗으며 속으로 중얼거렸다. 철컥. 다행히도 문이 열렸다. 그녀는 재빨리 운전석에 앉아 문을 닫고 몸을 낮추었다. 다행히 패러독스는 일어나지 않은 것 같았다. 그랬다면 벌써 거품이 되어 사라졌을 테니까.

이번엔 정말 성공이라 확신했다. 엄마는 넘어지지 않았고, 어린 해미는 곧 엄마의 눈앞을 지나갈 것이다. 둘 사이를 가로막는 장애물도 없었다. 그런데….

자동차 앞 유리 너머로 어린 해미가 지나쳐 가는 모습이 보였다. 모녀는 이번에도 서로를 발견하지 못한 듯했다. 대체 왜?

그녀는 고개를 들어 엄마를 찾았다. 당황스러웠다. 엄마는 휴대폰을 손에 집어 든 채 가만히 서서 그녀를 바라보고 있었다. 어린 해미가 아니라, 당신이 구해야 할 어린 딸이 아니라 나를. 도무지 이해할 수 없다는 표정으로 황망히 바라보고만 있었다.

엄마는 한참 후에야 정신을 차리고 자리를 떠났다. 여전히 동쪽으로. 어린 딸이 향한 곳과는 정반대 방향으로. 해미는 튀어나오는 욕을 억지로 삼키며 다이얼을 돌렸다.

18

2045 ── 해운대

현재로 돌아오자마자 해미는 다리에 힘이 풀려 휘청거렸다.

"언니! 코피가…."

다미가 소리쳤다. 해미는 손가락으로 코를 문질렀다. 손끝에 거뭇한 피가 묻어 나왔다. 소매를 당겨 코를 닦으려던 그녀는 갑자기 피를 토하며 주저앉았다.

"괜찮아?"

다미가 황급히 휠체어를 움직여 다가왔다. 해미는 기다시피 다이브 머신을 빠져나와 겨우 바닥에 몸을 뉘었다.

"난 괜찮아, 다미야."

목소리가 떨렸다. 그녀는 붉게 물든 소매로 다시 한번 얼굴의 피를 닦았다. 폐를 찌르는 통증 때문에 숨 쉬기가 힘들었다. 그녀는 누운 채로 원피스의 허리끈을 풀어 헤쳤다. 한쪽

치맛자락 끝이 싹둑 잘려 나간 것처럼 사라지고 없었다.

"첫 번째 나랑 교차할 때 옷이 살짝 스쳤나 봐."

다미가 휠체어의 벨트를 풀고 철퍼덕 바닥에 떨어졌다. 동생은 무릎을 꿇고 바닥을 기어 그녀의 곁으로 다가왔다.

"내 실수야. 내가 멍청하게 나풀거리는 옷을 골라서…."

다미는 원피스의 단추를 풀려 했지만 손이 떨려 자꾸만 미끄러졌다. 당황한 동생은 어찌할 줄 모르는 조그만 손을 허공에 휘저어 댔다. 해미는 다미의 손을 꽉 움켜쥐었다. 동생이 그런 표정을 지을 줄은 몰랐다. 동그란 눈동자가 금방이라도 울음을 터뜨릴 것 같았다. 어서 안심시켜야 했다.

"정말 괜찮아, 다미야. 정말이야."

해미는 아무렇지도 않은 척 재빨리 몸을 일으켰다. 현기증 때문에 사방이 빙빙 도는 것처럼 느껴졌지만 온몸에 힘을 주고 최선을 다해 버텼다. 아무렇지 않은 척 동생을 안아 올려 다시 휠체어에 태우고, 피에 젖은 원피스와 가발도 폐기함에 집어넣었다. 동생의 걱정스러운 눈초리가 내내 그녀의 뒤를 따라다녔지만 애써 무시했다.

VR 훈련으로 얻은 가장 큰 교훈은 아무리 조심하고 또 조심하더라도 다이브 중에는 뾰루지처럼 작은 실수들이 삐져나오게 마련이라는 점이었다. 쌍둥이는 끝내 말해 주지 않았지만, 그녀보다 먼저 시간여행에 도전했을 수많은 다이버들도 비슷한 실수를 저질렀을 가능성이 높았다. 지급받은 다이브 머신은 군데군데 녹이 슬어 있을 정도였다. 분명 많은 사람들이 시간여행 도중 죽거나 다쳤을 것이다. 패러독스로 존재가 붕괴해 그가 실존했다는 사실조차 알 수 없게 된 다이버도 많을 터였다. 그에 비하면 이 정도 피해는 오히려 양호한 편이었다.

해미는 다음 계획을 검토하기 위해 홀로그램 지도 쪽으로 다가갔다. 방금 전 작전의 기록을 마치고 홀로그램을 재생하자 엄마가 움직이기 시작했다. 이번에도 엄마의 결말은 바뀌지 않았다. 엄마는 망설임 없이 생존한계선을 넘었고 다시는 돌아오지 않았다.

엄마, 금방 다시 구하러 갈게.

해미는 멈춰 버린 엄마의 실루엣을 바라보며 마음속으로 다짐했다.

"엄마가 넘어지지 않고 휴대폰을 집었어. 이제 고개만 돌리게 만들면 돼. 엄마라면 분명 딸을 알아볼 거야. 빌어먹을 딸은 그러지 못했지만. 혹시 다음 작전 생각해 둔 거 없어?"

"앉아서 좀 쉬어. 이러다 너가 먼저 뒤지겠다."

다미는 어느새 평소의 차가운 얼굴로 돌아와 있었다. 하지만 여전히 두 뺨이 새빨갛게 상기된 채였다. 해미는 고개를 가로저었다.

"그럴 시간 없어. 엄마 살리려면 내일까진 무조건 성공해야 하잖아."

"…"

대답 없이 째려보는 다미의 얼굴에 불신이 가득했다. 해미는 동생을 안심시키기 위해 한껏 팔을 벌리며 과장된 표정과 몸짓을 지어 보였다.

"다미야. 나 진짜 괜찮아."

"정말 괜찮은 거 맞아? 보니까 지금 제대로 걷지도 못하는 거 같은데."

"오, 지금 나 걱정해 주는 거야?"

"네 걱정이 아니라 작전을⋯. 쑵, 관두자. 뒤지든가 말든가."

다미는 머리를 벅벅 긁으며 홀로그램 지도 앞으로 다가왔다. 지도에는 다미가 검토한 무수한 시나리오들이 복잡하게 아로새겨 있었다. 팔짱을 낀 채 한참을 고민하던 다미는 그중 하나를 손가락으로 터치했다. 선택한 경로의 푸른빛이 선명해지자 나머지 계획들은 자연히 흐릿해졌다.

"이걸로 해. 그나마 안전한 루트야."

"응. 다시 다이브할게."

쇠 맛이 섞인 침을 억지로 삼키며, 그녀는 다이브 머신 위에 올라섰다.

* * *

하지만 몇 번을 시도해도 마찬가지였다.

레이저 포인터로 엄마의 시선을 끌어 보기도 하고, 곁으로 다가가 짧게 호각을 불어 보기도 했다. 별별 멍청한 짓을 다 해 보아도 엄마의 시선을 돌릴 수는 없었다. 엄마는 홀린 사람처럼 자동차 안에 앉은 해미만을 바라보았다.

그쪽이 아니란 말이야. 진짜가 바로 근처에 있는데.

속으로 답답함을 토로하면서도 뾰족한 해결책이 떠오르지 않았다. 그녀 자신이 장애물이 될 줄은 몰랐다. 한 번의 섣부른 접촉 이후로 엄마는 어떤 행동에도 반응을 보이지 않았다. 엄마는 매번 동쪽을 향했고 똑같은 결말을 맞이했다.

군에서 방사능에 노출된 사람들의 증상에 대해 교육받은 적이 있었다. 처음엔 가벼운 멀미와 가려움, 그리고 메스꺼움이 느껴진다. 그다음엔 약한 부위부터 출혈이 시작된다. 코 안쪽이나 입술 같은 곳들. 그다음엔 화상을 입은 것처럼 피부가 따갑게 느껴지고 몸 곳곳에 수포와 염증이 일어난다.

그러다 갑자기 모든 고통이 사라진다. 언제 그랬냐는 듯 다시 기운이 돌아오고 멀쩡하게 활동이 가능해진다. 하지만 그건 잠시 동안의 착각일 뿐. 더 큰 고통과 함께 전신의 세포가 파괴되기 시작한다. 괴사한 피부가 껍질처럼 벗겨져 형체를 알아볼 수 없게 되고 온몸에서 극도의 고통을 느낀다. 신경세포가 파괴되어 진통제도 듣지 않고 뇌는 정신 착란을 일으키기 시작한다.

얼마나 고통스러웠을까.

엄마는 방향감각을 상실한 채 이곳저곳을 비틀거리며 한

참을 헤맸다. 몸은 좀비처럼 힘없이 흐느적거렸지만, 그 안에 담긴 집념만은 끝까지 사그라들지 않았다. 엄마는 딸을 구하기 위해 마지막 남은 기력까지 모두 쥐어짜며 버텼다.

이윽고 엄마는 벽에 등을 기댄 자세로 미끄러지듯 주저앉았다. 그리고 더는 움직이지 않았다. 실루엣으로 그려진 단조로운 그래픽에 불과했지만, 그럼에도 엄마의 죽음을 바라보는 일은 차마 견디기 힘들었다.

해미는 목을 옥죈 넥타이를 풀어 헤치며 다시 처음부터 지도를 재생했다. 이제 홀로그램 지도는 '정밀 모드'로 바뀌어 있었다. 단순한 선으로 그려졌던 그녀의 이동경로는 사람의 모습으로, 그녀의 시선을 나타내던 단면은 고깔 모양의 입체도형으로 바뀌어 변화 양상을 정밀하게 표현했다.

지도 위에는 서른 명이 넘는 해미가 동시에 달리고 있었다. 1초 단위로 동선을 쪼개어 정확한 경로를 계산하지 않으면 한 걸음도 나아갈 수 없는 지경이었다. 실패가 쌓일수록 그녀가 움직일 수 있는 범위는 점점 줄어들었다. 숨이 막혔다.

온몸을 의자에 파묻은 채 그녀는 고개를 돌려 다미를 보았다. 테이블에 엎드려 잠이 든 동생은 꿈속에서도 고통을 겪는지 얕게 앓는 소리를 냈다.

문득 이상한 점을 발견했다. 동생의 양말이 피에 젖어 있었다. 그녀는 동생의 곁으로 다가가 조심스럽게 담요를 들어 올렸다. 담요에도 피가 묻어 있었다. 그리고 치마에도.

깜짝 놀란 해미는 다미를 흔들어 깨웠다. 그녀는 피 묻은 담요를 들이밀며 동생을 추궁했다.

"이거 대체 뭐야?"

"그냥 생리야. 걱정하지 마."

다미의 목소리에 생기가 없었다. 동생은 새하얗게 질린 얼굴로 땀을 쏟아 내고 있었다. 해미는 동생의 이마를 손으로 짚었다. 불처럼 뜨거웠다.

"생리 아니잖아."

"언니가 어떻게 알아?"

"그걸 내가 모르겠어?"

해미는 거칠게 다미의 치마를 들췄다. 방사능을 측정하는 패치가 새카맣게 변해 있었다.

"언제부터 이랬어?"

다미가 그녀의 시선을 피하며 고개를 돌렸다.

"…좀 됐어."

"날짜를 속인 거야?"

"아니, 그런 짓은 안 했어. 여기 온 뒤로 언니한테 한 번도 거짓말한 적 없어. 의심스러우면 직접 확인해 봐."

그녀는 테이블 위에 놓인 스마트스틱을 집어 들고 날짜를 확인했다. 다미의 말이 맞았다. 시간은 정확했다.

"그럼 대체 왜 이렇게 된 거야? 그놈들이 방사능 농도를 속인 거야?"

"농도도 문제없어. 그런 거 아니야."

다미가 그녀의 말을 잘랐다.

"내 패치는 언니 거랑 달라. 용량이 절반도 안 돼."

"어째서?"

"임신 중이니까."

잠시 동안 다미가 무슨 말을 하는지 이해할 수 없었다. 임신이라니. 그게 무슨 돼먹지도 않는 농담…. 그러다 머리에 벼락이 치는 것처럼 소름이 끼쳤다. 그녀는 자기도 모르게 언성을 높였다.

"너 미쳤어?"

"그럼 미쳤지. 안 미치고 여기까지 왔겠냐."

"언제부터 알았어? 알면서 하겠다고 한 거야?"

"응. 벌써 16주야."

"나한테 말했어야지!"

"말했음 못 오게 했을 거잖아."

"당연하지!"

해미는 더 크게 흥분했다.

"쌍둥이가 그러더라. 통상적으로 다이브 작전은 한 달 이상 소요된다고. 작전 시한이 일주일로 줄어든 건 나 때문이야. 작전 기한을 연장해 주지 않는 것도 나 때문이고."

다미 넌 어떻게 그렇게 차분한 거야? 배 속 아이가 방사능에 노출되고 있는데, 어쩌면 너에게도 영향이 있을지 모르는

데. 다미가 차분하게 굴수록 해미는 점점 더 초조해졌다.

"쌍둥이는 원래 사흘로 하자고 했어. 그게 태아에게 영향이 가지 않는 마지노선이라고. 근데 내가 일주일로 늘리자고 했어. 솔직히 그 짧은 시간 안에 성공하기란 불가능하다는 거, 그놈들도 알고 나도 아는 사실이니까."

다미는 떨리는 숨소리로 한숨을 쉬었다. 대화가 길어질수록 동생은 점점 호흡이 달려 힘들어했다.

"쇼핑몰에서 분명히 방사선 차폐되는 속옷이라 그랬는데, 사기였나 보네."

해미는 잠시 머뭇거리다 결국 질문을 던졌다.

"애 아빠는?"

다미가 또다시 한숨을 쉬었다.

"연락도 안 돼. 애 생겼다고 알려 준 뒤부터 어디에 처박혔는지."

"시발 새끼가."

풋. 상황에 어울리지 않게, 다미가 갑자기 웃음을 터뜨렸다.

"너는 지금 웃음이 나와?"

"뭐야, 언니도 욕할 줄 아네? 그런 표정도 지을 줄 알고."

"당연한 거 아냐? 어떤 새끼야? 이름만 말해. 당장 나가서 그 새끼부터 찢어 죽여 버릴 거니까."

"안 돼."

다미가 고개를 가로저었다.

"엄마부터 구해야지."

"다미야!"

무작정 동생의 이름을 불렀지만 대체 무슨 말을 해야 할지 알 수 없었다. 어떻게 설득해야 할지. 설득하긴 해야 하는 건지. 그저 애처롭고 슬플 뿐이었다. 그녀는 자신이 어떤 표정으로 동생을 쳐다보고 있는지도 알 수 없었다.

"너무 그렇게 쳐다보지 마. 애는 어차피 지우려고 했어. 같은 슬픔을 물려주고 싶진 않으니까."

"그래서 오겠다고 한 거야?"

"응. 이것보다 확실하게 아이를 지울 수 있는 방법이 어디 있겠어. 과거를 리셋하면 전부 없었던 일이 돼 버릴 텐데."

다미가 어떤 각오로 이곳까지 찾아왔는지 조금은 알 것 같았다. 여전히 납득할 수는 없었지만.

"언니, 나는 이런 기억을 안고 계속 살아갈 자신이 없어. 언니는 안 그래? 차라리 아무것도 몰랐던 때로 돌아가고 싶지 않아? 나는 말야. 과거를 바꾸는 데 성공하면 거품 밖으로 나가서 소멸할 생각이었어. 이 따위 인생 전부 잊어버리게."

"다미야, 그래도 일단은 밖에 나가서…."

"닥쳐!"

다미의 목소리가 점차 흥분으로 떨렸다.

"살면서 뭐가 제일 끔찍했는지 알아? 언니 너야. 숨 막히니까 제발 착한 척 좀 그만해! 대체 언제까지 그런 식으로 엄마

행세 하려는 건데? 내가 대체 언제까지 너한테 비참하게 매달려서 버텨야 하는데? 날 이해하지도 못하면서. 내가 이렇게 된 건 전부 너 때문이야. 니가 너무 미워. 부러워. 세상에서 제일 싫어. 그런데… 필요해. 나는 언니가 필요하다고! 언니가 날 버리고 떠났을 때 내가 얼마나, 얼마나…."

다미는 안간힘을 다해 분노를 발산할 대상을 찾고 있었다. 열이 오른 탓인지 동생은 어지럼을 느끼며 휘청거렸다. 해미는 동생의 몸을 부축하려 했다. 하지만 동생은 그녀의 손길을 거칠게 뿌리쳤다.

"챙기는 척하지 말라고! 몇 년 만에 나타나서는, 뭐? 엄마가 되살아나면 내가 고마워할 줄 알았어? 짐짝처럼 버리고 떠날 때는 언제고, 이제 와서 좋은 언니인 척하는 거야? 그러면 다 없었던 일이 될 거 같아? 더러운 기억이 온몸에 덕지덕지 붙어 있는데, 이제 와서 없었던 일이 될 거 같냐고!"

다미가 숨을 헐떡거렸다. 폐에서 헛숨이 들락거리는 소리가 났다. 가슴을 꽉 움켜쥔 손이 부들부들 떨렸다. 겨우 호흡을 정돈한 동생은 고개를 떨어뜨리며 낮게 중얼거렸다.

"이젠 지쳤어. 남에게 뭔가를 기대하는 일은. 그러니까 그냥 내버려 둬. 작전이 성공해서 소멸하든, 실패하고 여기서 죽어 버리든."

"안 돼. 넌 밖으로 나가. 나머지 작전은 내가 알아서 할 테니까."

해미는 스마트스틱을 집어 들었다. 쌍둥이에게 다미를 데려가라고 말할 셈이었다. 하지만 다미가 그녀의 팔을 붙잡으며 버텼다.

"언니, 원하는 걸 다 가질 순 없어. 우리 같은 사람들은 뭔가를 얻으려면 반드시 뭔가를 잃게 되어 있어. 전부 선택일 뿐이야. 그러니까 날 포기해. 날 버리고… 엄마를…."

다미의 몸이 아래로 툭 떨어졌다.

"다미야!"

해미는 황급히 동생의 몸을 붙잡았다. 다미는 이미 의식을 잃은 상태였다.

* * *

해미는 기절한 다미를 침대에 눕힌 다음, 밖으로 나와 스마트스틱으로 전화를 걸었다. 신호가 한 번 울리기도 전에 쌍둥이가 전화를 받았다.

이번엔 제발 휘가 받아라. 제발….

— 또 뭐야?

현이었다. 자기도 모르게 입에서 욕설이 튀어나왔다.

"새끼야, 너도 알고 있었지?"

현은 그녀가 무슨 말을 하는지 눈치 빠르게 이해했다.

— 본인이 희망했어. 알리지 말아 달라고. 우린 그저 산모

가 원하는 대로….

"쌉소리 집어치우고 빨리 차나 보내. 다미 아랫배에서 출혈이 시작됐어."

— 차는 이틀 후에야 들어갈 수 있어.

"내 말 못 들었어? 다미가 위험하다니까! 차가 없으면 구급차를 보내든지 헬기를 보내든지 그 대단한 위원회 권한으로 그 정도는 해 줄 수 있잖아! 청와대 직속이라며? 사람도 마음대로 죽였다 살린다면서?"

— 그런 문제가 아니야.

"그럼 뭐가 문젠데?"

— 당신은 설명해 줘도 이해 못 해. 그리고 미리 경고하는데, 절대 119에는 신고하지 마. 구급대에게 시간여행 장치를 들켰다간 즉시 임플란트가 작동할 테니까.

도무지 말이 통하지 않았다.

"당신이랑은 무슨 말을 해도 소용없겠어. 휘도 옆에 있어? 휘를 바꿔 줘."

— 기다려.

수화기 너머가 조용해졌다. 그리고 잠시 후 휘의 목소리가 들렸다.

— 휘입니다. 산모는 지금 어떤 상태죠?

"이대로 두면 태아가 죽을 거예요. 산모도 위험해질 거고. 빨리 조치를 취해 줘요."

— 미안해요. 위원회는 뭐든 할 수 있지만 그 시간대에서는 아니에요.

"뭐?"

— 위원회는 그 시간대에 존재하지 않아요.

"그게 무슨 헛소리야?"

— 저희는 미래에서 왔어요. 2045년보다 훨씬 먼 미래 시점에서요.

"웃기지 마. 당신들이 미래에서 왔으면 지금 내 전화는 어떻게 받았어?"

— 전화기에 부재중 기록이 남아요. 기록된 시간대로 다이브해서 받았고요.

그제야 해미는 이해할 수 있었다. 쌍둥이가 왜 10분마다 방을 나갔다 들어왔는지. 왜 항상 시간에 쫓기듯 설명을 쏟아내고 사라졌는지. 어떻게 해미의 이력을 샅샅이 파악했으며, 자매의 사원증을 미리 준비했는지. 정보력이 아니었다. 그들은 그녀에게 이야기를 들은 다음, 다시 과거로 돌아와 뭐든 아는 것처럼 연기하며 같은 이야기를 풀어놓은 것뿐이었다. 쌍둥이는 몇 번이나 테스트를 반복했을 것이다. 그녀와 다미를 설득할 수 있을 때까지.

어쩌면 지금 이 대화 또한 처음이 아닐지도 모른다는 생각이 들었다. 불길한 상상이 계속해서 가지를 치며 뻗어 나갔다. 믿을 수 없었다. 믿고 싶지 않았다. 해미는 어떻게든 쌍둥이가 미래에서 왔다는 논리를 부정해 보려 했다.

"당신들 집 앞까지 찾아왔잖아. 당신들이 다이버라면 어떻게 서초에서 그 먼 거리를 이동했지? 최대한 머무를 수 있는 시간은 10분이라며."

— 슈트의 제한 시간은 10분이지만 벨을 이용하면 한 시간까지 체류 시간을 늘릴 수 있어요. 시행착오를 꽤 거쳐야 했지만 저희는 벨을 트럭에 싣고 해미 씨 집 앞까지….

"그런 설명은 됐어. 알겠으니까 다미를 어떻게 구할 건지만 알려 줘요."

휘는 짧게 침묵했다.

— 미안해요. 저희가 그 시간대의 행정력에 미칠 수 있는 영향은 미미해요. 폐쇄구역 내로 자동차 한 대 보내는 것조차 힘들 정도로요. 공식적으로 지금 해운대엔 아무도 없어요. 그곳엔 방사능 대기질 측정 장치가 있을 뿐이죠. 사전에 허가된 대로, 차는 이틀 후에야 들어갈 수 있어요.

"누가 그딴 대답 듣고 싶다고 했어? 지금 사람이 죽어 가고 있다니까! 이 개새…."

해미는 퍼뜩 정신을 차렸다. 자신은 지금 화를 낼 수 있는 입장이 아니었다, 오히려 부탁해야 할 처지였다. 다미가 죽어가고 있었다. 그녀는 감정을 가다듬었다. 최선을 다해 말투를 골라 조심스럽게 말을 이어 나갔다.

"흥분해서 미안해요. 사과할게요."

— 괜찮습니다. 이해합니다.

"그래도, 자동차 한 대는, 차 한 대쯤은 보내 줄 수 있잖아요. 잘 생각해 보면 분명 방법이 있을 거예요. 부탁이에요. 제발 다미만 내보내 줘요. 작전은 나 혼자서 어떻게든 꼭 성공시킬 테니까…"

해미는 울먹이며 스마트스틱에 매달렸다. 하지만 휘는 단호했다.

— 침착하세요, 해미 씨. 무조건 성공해야 해요. 무슨 방법을 써서라도요. 그럼 모든 게 리셋될 거예요. 지난번처럼요.

"그게 가능하긴 해요?"

— 과거는 바꿀 수 있어요. 그건 확실합니다. 지금 해미 씨가 그곳에서 저희와 통화하고 있다는 사실 자체가 그 증거니까요.

"그럼 대체 왜…"

엄마를 살릴 수가 없는 거야? 그녀는 어금니를 세게 깨물었다.

— 해미 씨. 벌써 7분이 흘렀어요. 이제 남은 시간이 별로 없어요. 그러니까 제 말 잘 들으세요. 동생을 죽게 내버려 둬선 안 돼요. 다미 씨는 시간여행 사업에서 아주 중요한 사람이에요. 왜냐면 저희가….

갑자기 시끄러운 소리가 났다. 휘의 목소리가 끊겼다.

잠깐의 정적이 흐르고 다시 목소리가 들렸다. 휘가 아닌 현의 목소리였다.

― 지금부턴 나랑 이야기해.

"휘는 어디 있어? 다시 휘를 바꿔 줘."

― 휘는 해선 안 될 말을 하려고 했어. 그래서 내가 미래로 돌려보냈어. 거기도 다른 바쁜 일이 많거든.

"아직 휘랑 하던 얘기가 안 끝났어."

― 아이는 괜찮아. 산모의 출혈은 일시적인 현상이고.

"네가 어떻게 알아? 상태를 보지도 않았으면서."

― 당연히 알지. 우리가 어디에 있다고?

"…미래."

― 걱정 마. 태아에 대해서는 충분히 파악하고 있어. 아이는 무사히 태어날 거야. 특별히 후유증도 없을 거고. 남들보다 불행한 어린 시절을 보내긴 하겠지만, 어쨌건 큰 사고 없이 어른이 돼. 꽤 중요한 직업도 갖게 되고.

현은 남의 일이라는 듯 감정 없이 말했다.

"그걸 어떻게 믿지?"

― 믿든지 말든지 마음대로 해. 난 상관없으니까.

"거짓말이면 여기서 나가자마자 널 찾아서 죽여 버릴 거야. 아직 태어나지 않았다면 태어나자마자 죽여 버릴 거고."

현은 코웃음 쳤다.

― 그러시든가. 지금 작전은 어디까지 진행됐지?

해미는 지금까지의 진행 경과를 정리해 알려 주었다.

"이제 거의 다 됐어. 조금만 더 하면 돼. 이틀 뒤엔 분명히 차가 도착하는 거지?"

— 아니, 생각이 바뀌었어.

"뭐?"

— 작전이 성공하면 그때 차를 보내 줄게.

"이 개새끼가!"

하마터면 스마트스틱을 집어 던질 뻔했다. 그녀는 부르르 떨리는 손을 억지로 부여잡았다.

— 날 너무 그렇게 미워하진 마. 나도 당신 동생이 죽는 걸 바라진 않으니까. 안타깝지만 한 사람 때문에 일을 그르칠 수는 없어. 당신은 모르겠지만, 이 일에는 생각보다 많은 사람들의 목숨이 걸려 있거든.

"내가 성공하길 원해? 그럼 숨기는 것 없이 전부 털어놔."

— 궁금한 걸 물어봐. 대답해 줄게.

"왜 이렇게 과거를 바꾸는 게 힘들지? 내가 모르는 정보가 있어?"

— 응? 내가 알려 주지 않았었나? 요즘은 기억이 뒤죽박죽이라….

그는 잠시 망설였지만 결국 입을 열었다.

— 좋아. 특별히 알려 줄게. 통제된 실험실과는 달리 실제의 역사에는 복원력이 있어. 과거가 바뀌지 않았다면 변화의 양이 충분하지 않았다는 뜻일 거야. 지금보다 더 큰 충격을 줘

야 해.

"어느 정도로?"

— 홀로그램 지도에 우리가 입력해 놓은 계획이 있어. 접근 코드는 WSUFK-7629.

지도에 코드를 입력하자 검은색 선으로 루트가 그려졌다. 해미는 지도를 빠르게 재생시켜 동선을 눈으로 훑었다. 움직임을 지켜보면서도 어처구니가 없었다.

"사람을 쏘라고?"

— 괜찮아. 총으로 쏘는 건 3종 접촉이니까.

"지금 그걸 묻는 게 아니잖아."

— 인공지능이 제시한 수백 가지 시나리오 중에 성공 확률이 가장 높은 방법이야. 죄책감을 가질 필요는 없어. 타깃은 어차피 사망이 확정된 사람이니까. 방사능에 노출되어 열 시간 가까이 고통받다 죽은 사람이지. 차라리 총에 맞아 죽는 편이 몇 배는 행복한 결말일걸? 이건 살인이 아니라 자비를 베푸는 일이야.

해미는 상자 밑바닥에서 권총을 꺼내 들었다. 하지만 정말로 쏠 수 있을지 확신이 들지 않았다. 수도 없이 사격훈련을 받았지만 진짜 사람을 쏜 적은 한 번도 없었다. 그녀는 한참 동안 총구를 바라보았다.

"정말 이 방법뿐이야?"

— 그래.

현이 차갑게 한마디를 덧붙였다.

— 너무 걱정하지 마. 잘못되면 규칙을 바꿔서 처음부터 다시 하면 되니까. 당신이 실패해도 또 다른 민해미와 민다미가 결국 성공하게 될 거야.

"지금 뭐라고…."

— 뭐야, 설마 이번이 처음일 거라 생각했어?

19

2025 ── 해운대

#수칙 6 다이버는 결코 과거의 누군가를 죽여서는 안 된다.

과거에 착지하자마자 해미는 삼거리에서 한참 동쪽에 위치한 빌딩 옥상에 자리를 잡았다. 잠시 후 눈앞으로 어린 해미가 지나갔지만 무시했다. 이번 작전의 목적은 달랐으니까.

아직 시간이 조금 남아 있었다. 그녀는 재킷 안쪽에서 권총을 꺼내 약실을 확인했다. 총알은 확실히 장전되어 있었다. 총구에 소음기가 붙어 있어 위치를 들킬 염려도 없었다. 모든 조건이 완벽했다.

사람을 직접 쏘아야 한다는 점만 제외하면.

그녀는 방금 전 현이 했던 말에 대해 생각해 보았다. 쌍둥이는 대체 이 짓을 몇 번이나 반복하고 있는 걸까? 위원회 빌딩에 무수한 방이 존재한 이유는 실패할 때마다 방을 옮겨 다시 시작하기 위해서였을 것이다. 그녀가 완벽하게 그들을 믿을 때까지, 시간여행을 결심하게 될 때까지, 또는 동생이 함께하도록 만들 때까지 아마도 쌍둥이는 몇 번이나 그 빌어먹을 테스트를 반복했을 터였다. 대체 몇 명의 민다미가 그 방에서 총에 맞아 죽었을까? 또 몇 명의 민해미가 그 모습을 지켜봐야 했을까.

어쩌면 시간여행 작전 자체가 이미 수십 번 리셋되고 새로 쓰였을지도 모르는 노릇이었다. 다이브 수칙을 조금씩 바꿔 가며, 장비와 훈련 내용을 바꿔 가며. 만약 작전에 실패하더라도 방을 한 칸 옮겨 다시 처음부터 시작하면 그만이었다. 휴머노이드에 입력된 코드를 수정하기만 하면 자매를 새로운 방으로 안내할 수 있으니까. 어쩌면 놈들은 각각의 방에 다른 버전의 민해미와 민다미를 앉혀 두고 시간여행 작전이 성공할 때까지 영원히 이 짓을 반복할 작정인지도 몰랐다.

고민하는 사이 정해진 시간이 되었다. 삼거리에서 어린 해미와 어긋난 엄마는 이제 곧 그녀의 눈앞을 지나 동쪽으로 이동할 것이다. 그리고 타깃 또한 비슷한 타이밍에 엄마의 근처를 스쳐 지나갈 것이다.

어차피 죽은 사람이야. 움직이는 시신. 좀비를 쏘는 거나 다름없어.

그녀는 마음속으로 그렇게 중얼거리며 권총의 안전장치

를 풀었다. 이제 곧 생존한계선이 엄마를 덮칠 예정이었다. 이곳이 마지노선이었다. 여기서 방향을 돌리지 못한다면 엄마가 살아남을 가능성은 없었다. 해야 해. 그녀는 다시 한번 굳게 다짐하며 경계를 강화했다. 타깃이 달려오는 모습이 시야에 포착되었다. 타깃은 예정된 경로대로 이동하고 있었다. 상대의 얼굴을 확인하자마자 그녀는 절망했다.

현, 이 씹새끼. 타깃이 어린애라는 말은 안 했잖아.

초등학생 정도로 보이는 여자아이였다. 다미를 꼭 닮은, 비슷한 키에 비슷한 옷차림을 한 어린아이가 혼자 도망치고 있었다.

'진수아의 눈앞에서 타깃을 쏴. 치명상이지만 당장 죽지는 않을 정도로. 적당히 몸통을 맞히면 될 거야. 어쨌든 즉사만 아니면 돼.'

현의 의도를 알 것 같았다.

잠깐 동안 다리를 쏘면 어떨까 상상해 보았다. 어쩌면 엄마와 저 아이 둘 다 살아남을 수도 있잖아. 하지만 그렇게 되지 않으리라는 것을 알고 있었다. 만약 그녀가 지시를 어기고 아이를 살린다 하더라도 쌍둥이가 모든 것을 리셋해 다시 처음부터 시작할 것이 분명했다. 어차피 아이는 살릴 수 없었다.

어차피 죽을 아이야. 힘들어도 해야 해. 내가 저 애를 쏘면 엄마는 분명 다친 아이를 데리고 지하철역으로 되돌아갈 거야. 엄마는 그런 사람이니까. 딱 한 번만 방아쇠를 당기면 돼.

그럼 엄마는 살 수 있어.

아이가 서서히 다가오고 있었다. 이제 곧 타이밍이었다.

다미의 말처럼 애초부터 모든 건 선택의 문제였다. 하나를 얻으려면 다른 하나를 버려야 했다. 지금껏 항상 그렇게 살아왔다. 어차피 모두를 살릴 수는 없었다. 누군가를 죽여서 다른 누군가를 살릴 수 있다면 그렇게라도 해야만 했다.

판단을 정지해. 감정을 지워. 지금은 아무것도 생각하지마. 엄마를 살리는 것만 생각해. 내가 지금 쏘지 않으면 엄마랑 다미가 죽어.

그녀는 결심을 마쳤다.

천천히 권총을 들어 아이를 겨누었다. 아이의 표정과 행동이 시야에 들어왔다. 아이의 눈빛 속에 스며 있는 감정은 그녀가 누구보다도 잘 아는 감정이었다. 겨우 눈물을 참아 내고 있는 눈동자. 불안하게 두리번거리는 시선. 떨고 있는 어깨. 무너져 내릴 듯한 두 다리. 그런 것들의 의미를 그녀는 너무나도 잘 알고 있었다. 자신 또한 그곳에서 똑같은 감정을 겪었으니까.

하, 이제 와서 이러기야?

눈물이 시야를 방해했다. 그녀는 눈가를 문질러 닦은 다음 다시 한번 아이의 가슴을 겨누었다. 총구가 사방으로 흔들거렸다. 그녀는 호흡을 꾹 눌러 참으며 손가락에 힘을 주어 방아쇠를⋯⋯.

당기지 못했다.

총구가 아래로 떨어졌다. 결국 참았던 울음이 터져 나왔다. 그녀는 옥상 모서리에 웅크리고 앉아 작게 흐느꼈다. 외로웠다. 참을 수 없이 동생이 보고 싶었다.

아이와 스쳐 지나간 엄마는 이번에도 동쪽으로 향했다. 무의미한 죽음을 향해, 딸이 존재하지 않는 저편을 향해.

그녀는 무릎을 꿇고서 멀리 사라져 가는 엄마의 뒷모습을 하염없이 바라보았다.

20

2025 —— 서울

문득 그날의 기억이 떠올랐다.

해운대로 여행을 떠나기 일주일 전, 경찰서에서 전화가 왔다. 주거침입 신고가 들어왔다고. 오랜 통화를 마친 엄마는 심각한 표정으로 검지를 까딱이며 식탁을 가리켰다. 해미는 조심스럽게 식탁 앞에 앉아 푹 고개를 숙였다.

"얘기해 봐."

엄마가 말했다.

"대체 남의 집 베란다엔 왜 들어갔어? 위험하게."

"그냥 실수야. 지붕에서 미끄러져서 떨어졌어."

"뭐? 어디서 떨어졌다고?"

엄마의 표정이 한층 심각해졌다. 떨어졌다는 말은 하지 말걸. 해미는 생각 없이 뱉은 말을 후회했다. 시청자 도네이션 때문에 지붕 사이를 뛰어넘었다는 말은 아예 꺼내지 않는 편이 좋을 것 같았다. 거기까지 말했다간 엄마가 기절할 테니까.

"내가 미쳐, 진짜. 괜찮아? 다친 데는 없고?"

"응. 멀쩡해."

엄마가 다가와 그녀의 몸 여기저기를 만졌다. 건드릴 때마다 멍든 곳이 욱신거렸다. 아프지 않은 척 연기하느라 고역이었다.

그치만 티를 냈다간 다시는 못 하게 할 테니까.

"어휴, 또 그 파쿠르인지 뭔지 그거 한 거야?"

"파쿠르 아니고 프리러닝."

"그거나 그거나!"

해미는 크게 한숨을 쉬며 턱을 괴었다, 고개를 푹 숙였다, 옆을 보았다, 어디를 쳐다봐야 할지 몰라 이리저리 시선을 움직였다. 엄마와 눈을 마주칠 용기가 나지 않았다.

"해미야. 그거 그만하면 안 될까?"

역시나.

"엄마가 공부하란 말까진 안 할게. 다시 선수 생활로 돌아가고 싶진 않아? 코치님한테 엄마가 한번 말씀드려 볼까?"

"엄마, 나 반항하는 거 아니야."

"그럼 뭔데? 사격선수 하겠다고 그 난리를 치더니 이제는 또 그만두겠다고."

"말했잖아. 속사권총은 여성부가 없다고."

"다른 종목으로 참여하면 되잖니. 너 25미터도 성적 좋았 잖아."

"25미터는 그냥 남들만큼 쏘는 거고. 나는 속사를 제일 잘 한단 말야. 우리 학교 남자 선수 중에 나보다 속사 잘 쏘는 사 람 한 명도 없어. 근데 왜 대표로 못 나가게 하냐고. 짜증 나. 안 할 거야."

"공부도 싫다. 운동도 싫다. 벌써 몇 번째야? 해미 너 육상 도 그렇게 그만두고, 태권도도 포기하고, 이번엔 사격까지 그 러고, 엄마가 언제까지 참아 줘야 해?"

"아, 프리러닝 할 거라니까."

"그게 무슨 운동이야?"

"왜? 나 구독자 10만 명 넘어. 내 채널 얼마나 유명한지 모 르지? 하루에 몇만 원씩 도네도 들어온다니까. 좀만 있어 봐. 진짜 대박 날 거야. 엄마가 라이브 캠만 사 줬어도 벌써 100만 구독자 찍었을걸. 요새 휴대폰으로 영상 찍는 사람 나밖에 없 다니까."

"너무 위험하잖아. 지붕에서 떨어졌다며?"

"괜찮아. 이제 그런 실수 안 해."

"해미야!"

엄마의 잔소리에 귀가 따가웠다. 잔소리. 잔소리. 잔소리. 잔소리. 엄마가 한참 동안 이야기를 쏟아 냈지만 내용은 하나 도 귀에 들어오지 않았다. 마치 온라인 채팅창에서 욕설이 필터링되는 것처럼. 해미는 자꾸만 딴청을 피웠다.

"아무튼 엄마가 볼 땐 여자애가 할 만한 일이 아닌 거 같아. 다른 취미를 한번…."

"여자애?"

해미의 머릿속에 새빨간 스위치가 켜졌다. 여자애. 항상 그 단어가 걸림돌이었다. 원하는 사격 종목에 참여하지 못하게 할 때도, 때려 주고 싶은 남자아이와 태권도 대련을 못 하게 말릴 때도 어른들은 항상 그 단어를 이용해 그녀를 막아섰다. 그리고 육상부 코치가 그녀의 허벅지를 쓰다듬으려 했을 때도.

도저히 참을 수가 없었다. 해미는 발끈하며 일어나 소리쳤다.

"내가 어디서 뭘 하든 엄마가 무슨 상관인데? 언제 신경이나 써 줬어? 엄만 어차피 공부 잘하는 다미만 있으면 되잖아. 하루 종일 다미 옆에만 붙어 다니면서."

"지금은 다미가 중요한 시기니까 그렇지."

"나는 안 중요해?"

"해미야, 그런 뜻이 아니잖아. 너도 중요하지. 올해 잘 넘겨서 다미 영재학교만 입학하면 내년부터는…."

"아, 됐거든?"

해미는 방으로 들어가 문을 걸어 잠갔다. 엄마는 그녀를 쫓아오는 시늉조차 하지 않았다. 그랬으면 했는데. 문을 두드려 한 번 더 설득해 주길 바랐는데.

그랬다면 그날, 그런 말을 하지 않았을지도 모르는데.

* * *

갑자기 여행은 무슨.

해운대로 내려가는 기차 안에서도 해미는 굳은 표정을 풀지 않았다. 입을 꾹 닫고 한마디도 하지 않을 셈이었다. 다미가 바다를 보고 싶다며 짜증을 부리자마자 엄마는 곧장 해운대행 기차표를 끊었다. 내가 가자고 말했어도 그랬을까? 아마 아니지 않을까?

"엄마, 언제 도착해? 내 친구들은 세 시간이면 간다고 그랬는데."

다미가 몸을 뒤틀며 짜증을 부렸다.

"다미야, 이건 그거랑 다른 기차야. 대신에 이거 타면 바다 앞까지 바로 도착해. 그게 더 편하잖아, 그치? 그리고 이렇게 의자를 돌려서 마주 앉을 수도 있고."

"다리 불편해."

다미는 앞자리까지 다리를 쭉 뻗고 잠이 들었다. 동생을 배려하느라 해미는 엄마와 마주 보고 앉아 무릎이 닿을 정도로 부대끼며 다섯 시간을 참아야 했다.

"해미야."

엄마가 그녀를 불렀다. 턱을 괸 채 창밖을 응시하던 해미는 말없이 고개만 슬쩍 돌려 엄마를 보았다. 엄마는 싱긋 웃고 있었다. 억지로 웃고 있는 티가 났다.

"진짜 아무 말 안 할 거야? 좀 웃어. 기왕 바다 보러 가는 건데."

엄마는 그렇게 말하며 휴대폰 카메라를 들이밀었다. 부끄러워진 해미는 서둘러 손바닥으로 렌즈를 가렸다. 찰칵.

"에이, 시커멓게 손만 찍혔네."

엄마는 카메라를 확인하며 투덜거렸다.

"아, 찍지 말라고. 앞머리 엉망이니까."

"왜? 이쁘기만 한데. 암튼 그놈의 성질머리는."

"그렇게 찍고 싶으면 엄마 셀카나 찍어."

"나는 셀카 그런 거 부끄러워. 딸 너가 좀 찍어 줘라."

"싫다니까."

엄마의 요청을 뿌리치며 해미는 야구모자를 푹 눌러쓰고 눈을 감았다. 얼마 후 다시 슬쩍 눈을 떠 보니 엄마는 금세 잠이 든 채 새근거리고 있었다. 그녀는 팍 인상을 찌푸렸다. 뭐야, 사진 찍어 주려고 그랬더니.

그랬음 사진이라도 남아 있었을 텐데.

* * *

여행은 첫 단추부터 엉망진창이었다.

지루한 기다림 끝에 기차가 도착했지만 바다는 코빼기도 보이지 않았다. 주위엔 회색빛 아파트들만 가득할 뿐이었다. 엄마는 난처한 표정으로 중얼거렸다.

"이상하다. 옛날엔 분명 바닷가에 기차역이 있었는데….."

"그러게, 제대로 알아보지도 않고. 이게 뭐야."

해미는 투덜거리며 스마트폰으로 정보를 검색했다. 엄마가 기억하고 있는 해운대역은 이미 한참 전에 폐쇄된 지 오래였다. 기차역은 바다에서 한참 떨어진 곳으로 옮겨져 이름도 '신 해운대역'으로 바뀌었다. 해운대역은 이제 지하철만 운행하고 있었다.

"엄마, 이제 어떡해?"

다미가 엄마의 옷자락을 붙잡았다. 엄마는 안절부절못하고 있었다. 결국 해미가 지도 앱을 이용해 길을 찾았다.

세 모녀는 지하철을 두 번이나 갈아타고서야 겨우 해운대역에 도착할 수 있었다. 한참 동안 길을 헤맨 탓에 이미 해가 저물고 있었다.

낑낑거리며 트렁크를 끌고 도착한 숙소도 실망스럽기는 마찬가지였다. 고급 호텔까진 기대도 하지 않았지만 그래도 이 정도일 줄은. 이층 침대만 겨우 욱여넣은 좁은 방에선 잠 자는 것 외엔 아무것도 할 수 없었다. 샤워실도 화장실도 전부 공용이었다.

"그래도 여기 뷰는 좋대. 바다가 한눈에…. 어라?"

엄마가 태평하게 커튼을 걷었다. 하지만 창문 너머는 옆 건물로 막혀 있었다.

"됐고, 난 피곤해서 먼저 잘래. 둘이서 뭐 맛있는 거라도 먹고 오든가."

해미는 씻지도 않고 침대에 드러누웠다. 예쁜 옷으로 갈아입은 다미가 바다를 보러 가자며 칭얼거리기 시작했고, 엄마는 동생의 손을 잡고 밤바다를 구경하러 나갔다. 한참 후 두 사람이 숙소로 돌아올 때까지도 그녀는 잠들지 못했다. 팬스레 잠든 척 연기하며 불편한 자세로 한참을 뒤척인 후에야 진짜로 잠에 빠져들 수 있었다.

이른 아침 눈을 뜨자마자 그녀는 몰래 밖으로 나왔다. 이제 막 해가 떠오를 무렵이었다.

"이 새벽에 들어올 사람이 있으려나?"

그녀는 별 기대 없이 라이브 스트리밍을 켰다. 그런데 의외로 금세 접속자가 늘어나기 시작했다. 아마도 다른 채널을 시청하며 밤을 샌 사람들이 마감 포워딩을 타고 호기심에 쏟아져 들어온 모양이었다. 예상보다 많은 접속률에 업된 그녀는 채팅창에 인사를 건네며 곧장 건물 위로 뛰어올랐다.

스티커를 붙이며 주변의 높은 건물로 올라간 그녀는 어젯밤 지도 앱을 보며 구상했던 코스를 육안으로 확인했다. 머릿속에 그려 본 이미지대로 충분히 가능할 것 같았다.

"여러분, 여러분. 저기 앞에 초록 지붕 보이지? 저기까지 한

번에 뛸 거야."

그녀는 휴대폰 카메라를 클로즈업해 목적지를 비추었다.
말도 안 된다는 채팅이 마구 쏟아지기 시작했다. 우쭐해진 그
녀는 제대로 몸도 풀지 않고 루트를 달렸다. 카메라에 얼굴이
잘 잡히도록 신경 쓰느라 조금 위태위태할 때도 있었지만 큰
문제는 없었다.

— 캣윙 우승!

— 캣윙 우승!!!!!!

— 고양이!! 우승!

— 중딩 우승!!!

— 캣윙 우승!!!!!

.

.

.

채팅창이 폭발하며 도네이션이 쏟아졌다. 오늘 좀 되는데?
해미는 난이도를 높여 다시 한번 코스를 뛰었다. 이번엔 미션
도 받았다. 건너편까지 한 번에 뛰어넘으면 3000원. 목적지까
지 양손 안 쓰고 도착하면 5000원. 옥상에서 눈 감고 텀블링
하면 1만 원. 그녀가 미션에 성공할 때마다 채팅창에서는 점점
더 위험한 동작이 새로운 미션으로 등장했다. 해미는 그 모든
미션을 능숙하게 해냈다. 서비스로 카메라에 손을 흔들며 윙
크와 미소를 보내는 것도 잊지 않았다. 분위기에 취해 몇 시간

이 순식간에 지나갔다.

"오늘 방송은 여기까지. 여러분, 내일은 서울에서 다시 뛸게. 그럼 안녕!"

방송을 끄고 골목을 빠져나오자마자 그녀는 깜짝 놀랐다. 엄마가 앞에서 기다리고 있었다. 정말 심각한 표정으로.

"아, 깜짝이야. 여기 있는 건 어떻게 알았어?"

엄마의 표정이 싸늘했다.

"따라와."

엄마는 그녀를 근처 카페로 데려갔다. 걷는 내내 꽉 붙잡힌 손목이 아팠다. 하지만 아무 말도 할 수 없었다.

"뭐 마실래?"

음료를 묻는 목소리조차 차갑게 얼어붙어 있었다. 엄마가 조금 무서웠다.

"…아아?"

"여기 아이스 아메리카노 두 잔요."

곧 음료가 나왔다. 모녀는 창가 테이블에 앉아 서로를 바라보았다.

불길하게도 긴급재난문자가 울렸다. 지진이었다. 그날의 첫 번째 지진. 문자가 아니었으면 지진이 일어났다는 사실조차 몰랐을 정도로 가벼운 진동이었다.

"요즘 지진이 잦네."

해미는 딴청을 피우며 엄마의 주의를 돌려 보려 했다. 하지만 엄마는 재난문자는 조금도 신경 쓰지 않았다.

"방금 방송하는 거 봤어. 다른 영상도 몇 개 봤고."

그녀는 또다시 고개를 푹 숙였다.

"…채널명은 어떻게 알았대."

"다미가 알려 줬어."

"에이씨, 걔는 진짜. 혼자만 알고 있으라니깐."

쪼르륵. 해미는 일부러 딴청을 피우며 빨대에 입을 가져갔다.

"하지 마."

"뭐?"

"엄마는 이런 건 줄 몰랐어. 이건 허락 못 해."

"엄마가 뭔데 허락해?"

"아까 채팅창에 모인 사람들, 너 다치는 거 보려고 모여 있는 거야. 너 떨어져서 죽는 거 보고 싶어서."

"…다 그런 건 아니야."

"굳이 그런 놈들한테 인기 얻으려고 노력하지 않아도 돼."

"누가 인기 땜에 이러는 줄 알아?"

엄마는 그녀의 손을 꽉 붙잡았다.

"해미야, 다른 좋은 일도 많아. 꼭 이렇게 위험한 일 안 해도 괜찮아. 평범한 일 하면서도 얼마든지 행복할 수 있어."

"엄마처럼 되라고?"

해미는 엄마의 손을 뿌리치며 차갑게 되물었다.

"난 엄마처럼 시시하게 살기 싫거든?"

말하자마자 후회했다. 이상하게도 자꾸만 본심과는 다른 말이 입에서 튀어나왔다. 관성처럼 달라붙은 말투가 사라지지 않았다. 실은 말려 주길 원했잖아. 관심 가져 주길 원했잖아. 원하는 대로 됐잖아.

그런데 왜 매번 이렇게 돼 버리는 걸까.

"꼴 보기 싫으니까 내 인생에 그만 간섭하고 꺼져! 그냥 확 죽어 버리라고!"

얼굴이 화끈해졌다. 스스로 뱉어 놓고도 말이 너무 심했다 싶었다. 이번엔 진짜로 사과해야겠다는 생각이 들었다.

"엄마, 방금은 미안…."

해미는 푹 숙인 고개를 들어 엄마를 보았다. 깜짝 놀라 몸이 굳었다. 진심으로 겁이 났다. 엄마는 생전 처음 보는 얼굴을 하고 있었다. 자신에게 그런 표정을 지을 줄은. 아니, 누구한테든 그런 표정을 지을 수 있는 사람이라는 걸 처음 알았다.

엄마가 지금껏 한 번도 진짜로 화낸 적이 없었다는 걸, 그 표정을 보고 알게 되었다.

엄마가 휙 손바닥을 들어 올렸다. 해미는 차라리 다행이라 생각하며 질끈 눈을 감았다. 하지만 뺨을 맞는 일은 없었다. 다시 눈을 뜨자 엄마는 축 늘어진 어깨로 눈물 없이 울고 있었다.

"너만 안 태어났으면 나도…."

엄마에게서 그 말을 듣는 순간 모든 것이 끝나 버렸다.

하루도 빠짐없이 그 순간을 후회했다. 더 좋은 말을 해 줄 수도 있었잖아. 더 상냥하게 말할 수도 있었잖아. 하필 그 한마디가 엄마에게 건넨 마지막 말이 되고 말았다. 꺼지라고. 죽어 버리라고. 그 말 때문에 엄마가 죽은 거라는 생각을 떨칠 수가 없었다.

수천수만 번이나 그 순간으로 돌아가 바로잡고 싶었다. 이제야 기회가 왔는데, 누구에게도 주어지지 않은 기적 같은 기회가.

그런데 왜? 대체 왜냐고.

빌어먹을 과거는 왜 바뀌질 않는 건데?

21

2045 ── 해운대

현재로 돌아오자마자 스마트스틱에서 벨 소리가 울렸다. 쌍둥이였다. 통화 버튼을 누르자 현의 목소리가 들렸다.

— 실망이네. 압박이 부족했나?

"애를 죽여야 하는 줄은 몰랐어. 부탁이야. 다른 건 뭐든지 할게. 한 번만 더 기회를 주면 내가…."

— 기회는 충분히 줬어.

현은 단호했다.

— 이제 다이브 머신에 거품이 얼마나 남았지? 하루? 이틀? 남은 시간 동안 한번 열심히 해봐. 거품이 떨어지면 너흴 소멸시키고 새로 시작할 테니까. 다음 번엔 그 애를 쏠 수밖에 없도록 만들어 줄게.

통화가 끊어졌다. 해미는 다시 전화를 걸었지만 연결되지 않았다.

* * *

　미안해, 엄마. 그래도 사람은 못 죽이겠어.

　해미는 서둘러 옷을 갈아입고 다음 번 다이브를 준비했다. 희망이 아예 없는 것은 아니었다. 쌍둥이의 말처럼 분명 과거는 바뀌고 있었으니까. 매번 다이브를 마치고 돌아올 때마다 엄마의 행동은 조금씩 달라져 있었다. 다만 결정적인 변화를 이끌어 내지 못했을 뿐.

　다미의 상태가 점점 나빠지고 있었다. 하혈은 잦아들었지만 감염열이 문제였다. 아무리 아이스 팩을 갖다 대도 불덩이처럼 뜨거운 몸이 식질 않았다. 다미가 고통스러운 표정을 지을 때마다 미쳐 버릴 것만 같았다.

　주변만 맴돌며 깨작거리고 있을 때가 아니었다. 그녀는 좀 더 과감한 방법을 쓰기로 마음먹었다. 다른 사람들까지 영향을 미쳐 다소 과거가 바뀌더라도 이제는 어쩔 수 없었다.

　해미는 3단계 지역으로 눈을 돌렸다. 엄마가 삼거리를 통과한 후 거쳐 가게 되는 동쪽의 넓은 구역. 그곳에 있는 사람들은 대부분 생존하지 못했다. 웬만큼 영향을 미쳐도 문제는 없을 터였다.

　그녀는 끊임없이 다이브했다. 과거로 돌아가 입간판을 쓰러뜨려 엄마가 갈 수 있는 길을 막아 버렸다. 사방에 불을 지르고, 키가 꽂혀 있는 자동차를 운전해 물리적으로 경로를 차단하기도 했다. 엄마의 앞길을 막고 또 막아 동쪽엔 아무것도 없다는 메시지를 엄마의 머릿속에 심어 줄 작정이었다.

그러나 엄마는 멈추지 않았다. 입간판을 쓰러뜨렸을 땐 깜짝 놀라면서도 그 위를 뛰어넘었고, 거리에 불을 질렀을 땐 소화기를 가져와 불을 껐다. 엄마는 어떻게든 방법을 찾아 동쪽으로 향했다.

돌아가. 부탁이니까 제발 돌아가란 말이야.

이렇게까지 자신의 목소리를 무시하는 엄마가 미워질 정도였다. 그녀는 점점 더 과격한 방법으로 엄마를 막아섰다. 이제는 자신의 행동이 엄마를 살리기 위한 것인지 고통을 주기 위한 것인지도 분간하기 어려웠다.

그녀는 과거로 돌아가 자동차를 폭파했다. 엄마는 몸이 몇 미터나 튕겨 나가 바닥을 뒹굴었다. 그다음엔 근처의 PC방에 폭탄을 설치해 하늘에서 유리 조각이 쏟아지게 만들기도 했다. 하다 하다 나중엔 직접 자신의 손으로 엄마를 밀쳐 보기도 했다.

그럼에도 엄마의 의지는 꺾이지 않았다. 온몸에 상처를 입으면서도 엄마는 다시 일어나 동쪽으로 나아갔다. 과거로, 다시 과거로, 또다시 과거로. 질리도록 다이브를 반복했지만 결과는 그대로였다. 엄마의 상태는 아무것도 달라지지 않았다.

얼마 남지 않은 희망마저 조금씩 깎여 나갔다.

이게 대체 몇 번째 다이브였지?

갑자기 졸음이 쏟아졌다. 해미는 벨트에서 불면 주사를 꺼내 들고 왼팔을 보았다. 팔에 쓰인 숫자가 12인지, 1과 2인지 헷갈렸다. 시간 감각이 무너지고 있었다. 그녀는 불면 주사를 놓은 다음, 숫자를 전부 지우고 3이라고 썼다. 주사기의 버튼을 누르는 데만도 엄청난 의지력이 필요했다. 체력이 완전히 고갈되어 손가락 하나 움직이는 일조차 힘겹게 느껴졌다.

남은 방법이 있기는 한 걸까?

지긋지긋했다. 모든 것이. 생각하는 것조차 지쳤다. 이제는 자신이 무엇을 바라는지조차 알 수 없었다. 엄마를 살리고 싶은 간절함과 자포자기가 1초마다 시계추처럼 왔다 갔다 했다. 다미가 아니었다면 이따위 짓은 당장이라도 포기했을 것이다. 아니, 애초에 시작조차 하지 않았을 것이다.

전부 다미 너 때문이야.

스치듯 동생을 원망하는 감정이 지나갔다. 그리고 깜짝 놀랐다. 잠시나마 그런 생각에 빠진 자신이 견딜 수 없게 혐오스러웠다.

"언니…."

다미의 목소리가 들렸다. 퍼뜩 정신을 차린 그녀는 동생의 곁으로 다가가 손을 잡았다.

"정신이 들어?"

천천히 몸을 일으킨 다미가 벽에 걸린 시계를 보았다. 날짜가 바뀌기 직전이었다. 마지막 밤이 저물어 가고 있었다.

"솔직히 말해 줘. 오늘 안에 성공 못 하면 우린 사라지는 거지?"

"…응."

"그나마 다행이네."

"뭐가 다행이란 거야?"

"우리가 아니어도 또 다른 민해미와 민다미가 엄마를 구할 테니까. 언니, 이제 그만해도 괜찮아. 나 언니 원망 안 할게."

"괜찮아, 다미야. 아직 할 수 있어. 언니가 꼭 해낼게."

다미는 한숨을 쉬었다.

"너도 참 불쌍해. 엄마랑 똑같아."

"뭐가?"

다미는 떨고 있는 언니의 손을 꽉 쥐었다.

"이제 그만 쉬자. 얼마 남지 않은 시간은 엄마가 아니라 우리를 위해 쓰자. 그랬으면 좋겠어."

"우리를 위해서?"

"응. 나 언니랑 이야기하고 싶어. 죽을 때까지."

"죽긴 누가 죽는다고. 너 안 죽는다니까."

"어차피 전부 소멸하고 새로 시작될 텐데. 그게 그거지."

다미가 콜록거리며 마른침을 힘겹게 삼켰다. 말라붙은 입술이 터져 피가 흐르고 있었다. 해미는 손수건에 물을 묻혀 동생의 입을 적셨다.

"있잖아, 언니."

"응."

"내 배 속에 있는 아이들, 쌍둥이다?"

"잘됐네. 혼자면 외로울 텐데."

"그래서 못 했어."

"뭘?"

"하나면 지울 수 있을 거 같았는데. 둘이라고 하니까 왠지 못 하겠더라."

상상조차 되지 않았다. 다미가 어떤 각오를 품고서 이곳까지 왔을지, 얼마나 간절한 마음으로 삶을 지우려 했을지. 그녀는 아무 말도 할 수 없었다.

"이름은 외자로 지으려고 해. 휘와 현이라고. 벌써 이름까지 짓고 웃긴다, 그지."

다미가 살짝 웃더니 기침을 콜록거렸다.

"방금 이름이 뭐…라고?"

"휘와 현."

이름을 듣자마자 머릿속이 복잡해졌다.

"너 혹시 위원회 쌍둥이 이름이 뭔지 알아?"

"왜? 모르는데, 언니는 알아?"

"아니…. 나도 몰라."

다미에게 말해 줄 필요는 없을 것 같았다. 그녀는 입을 꾹 다물었다.

"언니, 안아 줘."

다미가 팔을 뻗었다. 해미는 말없이 상체를 숙여 동생을 꽉 끌어안았다.

"우리 그냥 이대로 아무 느낌 없이 사라지는 거겠지? 아프진 않겠지? 기억이라도 남으면 좋겠는데."

"응. 다 괜찮을 거야."

그녀는 동생의 머리를 쓰다듬었다.

"히히, 조금 무섭긴 하다."

"걱정 마, 다미야. 한숨 자고 나면 다시 처음부터 시작할 수 있을 거야. 아무 일 없었던 것처럼."

시간여행에 대해 아는 것은 아무것도 없었지만, 그녀는 동생을 안심시키기 위해 최선을 다해 노력했다.

"있잖아, 언니."

동생이 울먹이고 있었다. 눈물 때문에 마주 닿은 뺨이 축축했다.

"언니가 너무 미워. 그러면서도 걱정돼. 몇 번이나 과거로 다이브하는 언니가 부러우면서도 불쌍해. 도대체 언니를 어떻게 대해야 할지 모르겠어. 언니 잘못 아닌 거 나도 아는데, 그런데도 언니를 원망하지 않고는 견딜 수가 없어."

"이해해. 나도 그러니까."

"미안해. 나 알고 있었어. 나 때문에 언니랑 엄마가 싸웠다는 거. 해운대로 가자고 고집부린 것도 나였고. 그런데도 언니 탓을 멈출 수가 없었어. 두려워서. 내 탓이라고 인정해 버리면 언니가 날 버릴까 봐. 미워할까 봐. 혼자가 되어 버릴까 봐 두려웠어. 그렇게 언니 탓이라도 하지 않으면 견딜 수가 없었어.”

“괜찮아. 네 잘못 아니야.”

“아니, 내 잘못이야.”

“사실은 나도….”

해미는 용기를 내어 고백하려 했다. 엄마에게 저지른 끔찍한 실수를. 평생의 후회를. 하지만 다미는 어느새 잠들어 있었다. 그녀는 쥐고 있던 손수건으로 동생의 얼굴에 맺힌 눈물을 정성스레 닦아 주었다.

* * *

조금씩 퍼즐이 맞춰지는 기분이었다.

이제야 좀 알 것 같았다. 어째서 자신이 다이버로 선택되었는지. 수많은 희생자들 중에서 하필 엄마가 구조 대상으로 선정되었는지. 전부 다미 때문이었다. 모든 것이 다미와 이어져 있었다. 어째서 쌍둥이가 그렇게 다미에게 집착했는지 이제는 이해할 수 있었다.

우리만 목숨을 걸었던 게 아니었네. 너희도 엄청난 각오를 하고 작전에 뛰어든 거였구나. 나쁜 자식들. 이러면 내가 더 너희를 미워할 수가 없잖아.

그제야 해미는 휘가 했던 말의 의미를 이해했다.

'다미 씨를 설득하려면 해미 씨가 필요했어요.'

쌍둥이는 처음부터 알고 있었다. 배 속에 아이들을 품고 있는 다미가 작전에 참여하도록 설득할 수 있는 사람은 언니뿐이라는 걸. 그들은 그녀를 이용해 다미를 끌어들였다. 그건 다시 말해 쌍둥이 또한 자신들의 목숨을 걸었다는 의미였다. 지금 다미의 배 속에 있는 건 그들 자신이었으니까. 만약 다미가 잘못된다면 쌍둥이 또한 목숨을 잃을 터였다.

'해미 씨를 설득하려면 다미 씨가 필요했고요.'

너희의 진짜 계획은 결국 이거였구나. 다미를 이용해 날 여기까지 몰아세우는 것. 바로 지금 이 순간까지 날 데려오는 것. 너희가 원하는 대로 날 조종하려면 내 감정을 극한까지 몰아붙여야 했겠지. 너희가 옳아. 다미가 눈앞에서 죽어 가고 있지 않았다면 나는 이 정도로 결심을 굳히진 못했을 거야. 실망시켜서 미안해. 그런데도 난 방아쇠를 당기지 못했어. 과거를 바꾸지 못했어. 너희가 원했던 결말은 이게 아니었겠지.

휘야. 현아. 너희는 대체 어떤 일을 겪었니? 대체 어떤 아픔을 지우고 싶기에 이렇게까지 해야 했던 거니?

걱정하지 마. 결국엔 너희가 원하는 대로 될 테니까. 무슨 일이 있어도 이모가 꼭 할머니를 구해 줄게. 설령 패러독스를 겪는 한이 있더라도.

* * *

혼자서 모든 준비를 마친 해미는 홀로그램 지도의 가운데, 삼거리 광장 위에 엉덩이를 깔고 앉아 고민했다.

역사를 바꾸는 것이 정말 가능하긴 한 걸까?

이미 수십 번이나 다이브를 시도했다. 그런데도 결과는 바뀌지 않았다. 우주가 우리 모두의 운명을 정해 놓기라도 한 것처럼. 고정된 역사의 목적지가 존재하기라도 하는 것처럼. 인과를 수정하려는 그녀의 노력은 항상 시간선 밖으로 미끄러졌다.

어쩌면 정말로 운명이라는 게 있는 걸까? 세계는 설정된 대로 흘러갈 뿐이라고? 내게 이런 삶이 주어진 것도, 사고로 죽어 간 수많은 사람들도, 이 끝 모를 증오도, 아픔도, 슬픔도, 모두 정해진 시나리오라고?

다미가 죽어 가는 것도 모두 신의 계획대로일 뿐이라고?

"좆까."

해미는 팔을 휘둘러 홀로그램 지도를 치워 버렸다. 그리고 다미의 곁으로 다가가 엄마의 머리핀을 뽑았다. 테이블에서 표적기를 집어 든 해미는 다이브 머신에 올라 자신의 관자놀이를 겨누고 방아쇠를 당겼다.

그녀의 마지막 다이브가 시작되었다.

22

2025 ── 해운대

#수칙 7   3종 접촉이 권장되며,

2종 접촉은 허가되지만,

1종 접촉은 금지된다.

이젠 정말 이 방법뿐이야.

그녀는 굳게 다짐했다. 죽음은 두렵지 않았다. 죽어서 끝날 일이라면 얼마든지 목숨을 던질 각오가 되어 있었다. 하지만 패러독스가 일어나 존재가 소멸해 버린다면, 내가 존재했다는 사실조차 지워져 세상 누구도 나를 기억하지 못하게 돼 버린다면….

그건 조금 쓸쓸한 일일지도.

그녀는 쓴웃음을 지으며 입고 있는 옷을 두 팔로 쓰다듬었다. 하늘색 셔츠원피스. 그날 엄마가 입었던 것과 똑같은 옷이었다. 엄마와 똑같은 메이크업을 하고, 엄마와 똑같은 모양으로 땋은 가발도 뒤집어썼다. 그리고 엄마가 했던 리본 모양 머리핀도.

과거에 착지하자마자 그녀는 이동을 시작했다. 스마트워치의 타이머도 노이즈 캔슬링 이어폰도 설정하지 않았다. 이제 그런 건 필요 없었다. 그저 숨이 터지도록 몸을 움직일 뿐이었다. 그녀는 건물 위쪽과 아래쪽을 입체적으로 넘나들며 달리고 점프하고 뛰어내렸다 기어오르기를 몇 번이나 반복했다. 수십 명의 해미를 피해 삼거리에 도달하려면 남아 있는 방법은 이것뿐이었다.

그녀는 삼거리에 도착하자마자 동쪽으로 향했다. 그리고 정확한 타이밍에 뒤로 돌아섰다. 이제 곧 등장할 타이밍이었다. 과거의 자신이. 어린 해미가.

온몸이 불타는 듯한 고통이 느껴졌다.

과거의 자신과 영향을 주고받기 시작했다는 뜻이겠지. 다행히 아직은 보호거품이 버텨 주고 있어. 그러니까 참아. 묵묵히 걸음을 옮겨. 결코 빠르지도 느리지도 않게.

불안해도 절대 뒤를 돌아보면 안 돼. 과거의 나는 분명 잘 따라오고 있을 테니까. 나에 대해선 내가 제일 잘 알잖아. 아닌 척해도 언제나 엄마를 원한다는 거. 쿨한 척해도 결국 똑같은 어린애라는 거. 항상 엄마에게 의존하고, 매달리고, 언제나 엄마 뒤를 졸졸 따라다니고. 그렇게 매번 엄마를 힘들고 곤란하게 만들지.

그러니까 이번엔 분명 성공할 거야.

이윽고 그녀는 삼거리에 도착했다. 눈앞에선 지긋지긋한 광경이 반복되고 있었다. 첫 번째 해미가 엄마와 팔을 부딪치고, 휴대폰이 바닥을 처절하게 굴러가고, 후드를 입은 행인이 그 위를 지나쳐 가고, 또 다른 해미가 자전거로 엄마를 가로막고, 넘어지려는 엄마를 멈춰 세우고, 버려진 자동차 속으로 뛰어들었다.

엄마는 삼거리 가운데 못 박힌 채, 못난 딸에게 발목을 붙잡히고 있었다.

그녀는 쓰고 있던 가발을 집어 던지며 천천히 왼손을 들어 엄마 쪽을 가리켰다. 한층 강렬해진 통증이 그녀의 전신에서 끓어오르기 시작했다. 내쉬는 숨결이 불길처럼 뜨거웠다. 당장이라도 무릎이 꺾여 쓰러질 것만 같았다. 대체 얼마나 더 버틸 수 있을까?

자, 어서 가. 진짜 엄마는 저기에 있어.

그녀는 모든 것을 운명에 맡긴 채 눈을 감았다.

그런 그녀의 곁을 빠르게 지나쳐, 어린 해미가 앞으로 달려 나갔다. 아이는 크게 소리 질렀다. 수십 번의 다이브 동안 처음 있는 일이었다.

"엄마!"

아이의 외침을 들은 엄마가 굳은 고개를 돌렸다. 처음으로 시선이 마주쳤다. 긴장이 풀린 아이가 웃으며 울음을 터뜨렸다. 그런 아이를 보호하듯 엄마는 아이의 곁으로 달려갔다. 아이는 온 힘을 다해 엄마의 품으로 뛰어들었고, 엄마는 커다란 두 팔로 아이의 몸통을 꽉 끌어안았다.

"가자, 해미야."

"응."

모녀는 손을 잡고 달리기 시작했다. 서쪽을 향해.

힘이 풀려 바닥에 털썩 주저앉은 그녀는, 오직 서로만을 의지한 채 석양을 향해 멀리 달아나는 모녀를 바라보았다.

하지만 그 순간,

어디선가 날아온 탄환이 엄마의 머리를 관통했다.

당신을

지키기 위한

시
간

23

2025 ── 해운대

기억하는 일만큼 무서운 저주가 존재할까.

기억하는 일만큼 무거운 형벌이 존재할까.

화재 현장에서 무너지는 기둥에 아이가 깔리던 장면이 잊히지 않았다. 가여운 얼굴이 형체를 잃고 깨진 수박처럼 찌그러지는 형상이, 가녀린 뼈가 비상식적인 각도로 꺾여 부러지는 순간이, 마치 눈꺼풀 안쪽에 각인되기라도 한 것처럼 생생하게 되풀이되었다. 몇 번이고. 몇 번이고. 아마도 죽을 때까지 계속되겠지.

무수한 죽음의 순간이 그녀의 눈앞에서 벌어졌었다. 침몰하는 배에 갇혀 유리창을 긁어 대던 이등병. 염소 가스에 폐포가 막혀 거품을 흘리던 화학공장 노동자. 뒤집힌 눈으로 한

강 변에 떠오른 교복 차림의 학생. 치매에 걸려 커터 칼로 자신의 배를 가른 중년의 여인. 농기계에 몸의 절반이 말려 들어간 할머니와 아무것도 모른 채 그 농기계를 몰았던 귀가 불편한 할아버지….

또다시 마주한 엄마의 죽음은 그 모든 기억을 단숨에 끄집어냈다. 뾰족한 밤송이를 주먹으로 꽉 쥐는 것처럼. 날카로운 바늘 뭉치를 목구멍에 삼킨 것처럼. 기억은 형체 없는 통증이 되어 쉴 새 없이 그녀의 폐부를 찔러 댔다. 숨을 쉴 수가 없었다.

엄마의 몸은 마치 중력이 사라지기라도 한 듯 너무나도 느릿하게 무너져 내렸다. 흩뿌려진 피와 뇌수가 허공을 떠돌다 어린 해미의 얼굴을 덮었다. 아이는 질끈 눈을 감았다.

뭐야? 이게 대체 뭐냐고.

해미는 퍼져 가는 피 웅덩이를 망연히 바라보며 공황 상태에 빠졌다. 샛노란 토사물이 바닥에 쏟아졌지만 자신이 토했다는 사실조차 한동안 인식하지 못했다. 세상과 격리된 채 고통스러운 순간의 기억만이 끝없이 반복될 뿐이었다.

뒤늦게 상황을 이해한 아이가 한 박자 늦게 비명을 지르며 주저앉았다. 어린 자신의 비명 소리가 귀를 찌르자 퍼뜩 정신이 돌아왔다. 그녀는 오른손으로 자신의 뺨을 때렸다.

침착해. 아직 되돌릴 수 있어.

그녀는 범인을 찾기 위해 고개를 바삐 움직였다. 엄마는 오른쪽에서 총을 맞았어. 그렇다면 저격이 가능한 위치는…. 그녀는 호텔 옥상을 올려다보았다. 검고 기다란 총신이 난간 너머로 삐져나와 있는 것을 확인할 수 있었다. 번쩍. 스코프의 렌즈에 짧게 빛이 반사되었다. 해미는 황급히 몸을 던졌다. 피하는 것과 동시에 탄환이 그녀가 있던 자리를 때렸다.

그녀는 범인을 추적하기 위해 서둘러 몸을 일으켰다. 하지만 그 순간, 다이브 한계 시간을 알리는 경고음이 머릿속에 울렸다.

제기랄. 그녀는 황급히 벨트의 다이얼을 돌렸다.

24

2045 ─── 해운대

다이브 머신이 굉음을 일으키며 해미를 뱉어 냈다. 계단을 따라 굴러떨어진 해미는 입고 있던 옷의 일부를 찢고 슈트에 충전용 호스를 연결했다.

"언니? 무슨 일이야?"

시끄러운 소리에 깨어난 다미가 동그래진 눈으로 비틀거리며 곁으로 다가왔다.

"현장에 또 다른 다이버가 있었어. 그놈이 엄마를 죽였어."

"뭐?"

"호텔 옥상에서 저격총을 쐈어. 정체는 모르지만 훈련받은 군인이야. 거품이 충전되는 대로 돌아가서 막을게. 위치를 아니까 돌아가면 막을 수 있을 거야."

다미는 검지로 입가를 쓰다듬으며 생각에 잠겼다.

"아니, 여기서 막자. 과거에서 엄마를 구한다 해도 그놈들이 또다시 다이브해서 다른 방법으로 엄마를 죽일 거야. 같은 짓이 반복될 뿐이야."

"그놈들이 언제 어디에 있을 줄 알고?"

"지금 해운대에 있어."

"그게 무슨 뜻이야?"

"만약 그 범인이 우리보다 과거나 미래에서 다이브했다면 우린 역사가 바뀌었다는 사실조차 알아채지 못했을 거야. 우리가 상대의 시간 이동을 감지하고 변화를 느꼈다는 건 상대가 우리와 거의 동시에 다이브했다는 뜻이야. 그것도 서로의 거품 입자가 얽힐 정도로 가까운 거리에서. 대략 이 정도 범위 내에 그놈들의 캠프가 있을 거야."

다미는 집게손가락을 펼쳐 홀로그램 지도에 원을 그렸다.

"다이브 머신에서 거품 입자가 확산되는 거리는 대략 100미터 내외야. 상대와 입자가 얽혀 영향을 주고받으려면 200미터 이내에 캠프가 있어야 해. 그러니까 우리 캠프를 중심으로 이 정도 범위 안에 그놈들이 있을 거야."

해미는 지도를 면밀히 살펴보았다. 발전소 사고 때문에 당시 현장 일대에는 정전이 발생했다. 20층 가까이 되는 호텔의 옥상까지 걸어서 올라가려면 꽤 시간이 소요될 터였다. 저격범의 캠프는 호텔에서 멀지 않은 곳에 있어야 했다. 그러면서도 인적이 없는 곳이어야 했고. 그렇다면 가능한 후보지는 한 곳뿐이었다. 그녀는 손가락으로 그곳을 가리켰다.

"호텔 뒤쪽 아파트 공사 현장. 여기뿐이야."

그 순간, 길고 가느다란 피리 소리가 들렸다. 익히 들어 본 소음. 박격포탄이 떨어지는 소리였다. 머리보다 몸이 먼저 반응했다. 해미는 다미를 감싸며 바닥에 엎드렸다. 폭음과 함께 대지를 뒤엎는 듯한 진동이 주위를 뒤흔들었다.

"다미야, 그대로 엎드려 있어."

해미는 슈트의 충전을 중단하고 곧장 밖으로 뛰쳐나갔다. 밖은 한밤중이었다. 그녀는 어둑한 벽체를 더듬으며 덩굴을 타고 건물 위로 올라갔다. 포탄이 떨어진 곳은 근처의 옥상이었다. 좁은 골목이 참호처럼 텐트를 보호한 덕분에 피해를 입지 않을 수 있었다. 운이 좋았다고밖에 말할 수 없었다.

"저쪽이다!"

멀리서 외치는 소리가 들리더니 총성이 쏟아졌다. 그리고 반대편에서는 기관총 소리와 함께 탄환이 신체를 관통하는 익숙한 소음이 들렸다. 무언가 와르르 무너지는 소리가 났다. 더 이상 사람들의 외침은 들리지 않았다.

주위가 전장으로 변해 있었다.

해미는 다시 텐트로 돌아와 다미를 휠체어에 태우고 상황을 설명했다.

"이유는 모르지만 주위가 완전히 달라졌어."

"엄마를 암살한 놈들 때문일 거야. 언니가 가서 그놈들을 막아야 해."

"너는 어쩌고? 혼자 두기엔 너무 위험해."

"언니가 출발하면 아무 물건이나 다이브 머신에 집어넣고 기계를 작동할 거야. 그럼 한동안은 안전해. 보호거품이 감싸고 있는 동안엔 텐트가 시공간 바깥으로 밀려나니까. 아무도 여길 찾을 수 없을 거야."

다미는 그렇게 말하며 스마트스틱을 건넸다.

"그러니까 서둘러. 마찬가지로 상대가 다이브 머신을 작동하면 언니도 그놈들을 찾을 수 없다는 뜻이니까."

해미는 고개를 끄덕이며 텐트 밖으로 뛰쳐나갔다.

* * *

주위는 완전히 달라져 있었다. 높이 솟은 건물들이 대부분 무너져 드문드문 형체만 남았고, 타오르는 불길 때문에 사방이 새빨갛게 물들었다. 그녀는 감각을 예민하게 곤두세우며 수산 시장 거리를 빠르게 달려 나갔다.

갑자기 탄환이 그녀의 발 근처를 때렸다. 해미는 재빨리 전봇대 뒤로 몸을 엄폐했다. 고개를 슬쩍 내밀어 보았지만 어두워서 상대의 위치를 확인할 수 없었다. 총알이 수차례 기둥을 때렸다. 그녀는 반쯤 찢어진 옷을 완전히 벗어 던지고 검회색 슈트 차림으로 어둠 속에 녹아들었다.

호흡을 가다듬은 해미는 전봇대 밖으로 달려 나갔다. 그녀의 발자취를 따르듯 탄환이 벽을 두드리며 쫓아왔다. 그녀는 건물 사이 익숙한 골목으로 몸을 꺾었다. 몇 번이나 다이브를 반복하며 몸으로 익힌 루트였다.

골목이 꺾이는 지점에서 군인들과 맞닥뜨렸다. 놀랍게도 군인들은 자기들끼리 총검을 휘두르며 육탄전을 벌이고 있었다. 방금 전 총성도 그렇고, 최소한 두 세력이 이곳에서 전투를 벌이고 있어. 대체 무슨 일이 벌어지고 있는 거야? 그녀는 군인들의 눈을 피해 담장 위로 뛰어올랐다. 몸이 노출되지 않도록 최대한 낮게 몸을 숙이며 프리러닝 기술로 옥상을 가로질렀다.

— 언니, 들려?

스마트스틱에서 노이즈 섞인 다미의 목소리가 들렸다.

"응. 듣고 있어."

— 그놈들을 붙잡으면 꼭 물어봐. 왜 우리와 동시에 다이브했는지. 어쩌면 그게 엄마를 구할 중요한 열쇠일지도 몰라.

대답하려는 순간 누군가 외치는 소리가 들렸다.

"민해미다! 옥상 위에 있어!"

사방에서 총알이 쏟아졌다. 하지만 무의미하게 주변을 때릴 뿐이었다. 그녀는 겁먹지 않았다. 한밤중에 달리는 사람을 소총으로 맞히는 건 굉장히 어려운 일이니까.

갑자기 아래쪽에서 무언가가 날아와 발끝에 차였다. 섬광

수류탄이었다. 그녀는 생각할 틈도 없이 수류탄을 집어 좁은 골목 아래에 던져 넣고 눈을 감았다. 번쩍이는 소리와 함께 마구잡이로 총성이 울렸다. 그녀는 그 위를 뛰어넘어 삼거리 광장으로 향했다.

광장은 불길에 휩싸여 있었다. 개방된 공간에 몸이 노출되는 위험을 감수하는 수밖에 없었다. 포화가 잠시 잦아드는 틈을 노려 그녀는 신속하게 광장을 가로질렀다. 다행히 발견되지 않은 모양이었다. 그녀는 곧장 호텔 정문으로 향했다. 로비를 지나 뒷문으로 빠져나오자 예상대로 텐트가 보였다. 그녀는 홀스터에서 권총을 꺼내 무작위로 텐트를 향해 난사했다. 휙휙 소리와 함께 텐트에 10여 개의 구멍이 뚫렸다. 한 탄창을 전부 비운 그녀는 새 탄창으로 교체하며 안으로 뛰어들었다.

텐트 안에서 그녀가 마주한 것은 가슴에 총을 맞고 쓰러진 군인이었다. 그의 군복에 새겨진 휘장은 생전 처음 보는 문양이었다. 그가 쿨럭 피를 토하며 고개를 들었다. 아는 얼굴이었다.

"정민수, 너야?"

"누님…. 사격 실력 진짜 엉망이네요. 급소에 하나도 안 맞았잖아."

민수의 얼굴은 그녀가 기억하는 모습과는 조금 달랐다. 마지막으로 봤을 때보다 스무 살 정도는 더 나이가 들어 보였다.

"미래에서 온 거야?"

"하하…. 그새 좀 많이 늙었죠?"

그가 힘겹게 몸을 일으키려 했다. 하지만 해미는 사정없이 그의 턱을 걷어찼다. 가까운 곳에 떨어져 있는 저격총을 멀찌감치 발로 쳐서 밀어내고, 핏물이 솟구치는 가슴을 문지르듯 짓밟아 비틀었다. 민수가 비명을 질렀다.

"말해. 네가 엄마를 죽였어?"

민수가 대답을 머뭇거렸다. 해미는 민수의 얼굴에 총구를 들이밀었다.

"대답해. 죽여 버리기 전에."

"…미안해요. 전쟁을 막으려면 어쩔 수 없었어요."

"무슨 전쟁?"

"누님도 봤잖아요. 지금 주위가 어떤 꼴인지."

"그게 엄마랑 무슨 상관인데?"

민수는 대답하지 않았다. 그녀는 상처를 더 세게 짓눌렀다. 민수가 또다시 비명을 질렀다. 두 다리가 바닥을 긁으며 바둥거렸다.

"누님이 성공해 버렸으니까! 최초로 과거를 바꿨으니까! 쌍둥이는 헤게모니를 틀어쥐고 본격적으로 시간여행 사업을 확대했어요. 지난 20년 동안 수많은 유가족들이 시간여행에 도전했다 목숨을 잃었어요. 그래서 우리 유가족들은…."

그가 심하게 기침을 했다. 해미는 가슴을 조금 느슨하게 풀어 주었다.

"우리는 시간여행을 전부 없었던 일로 되돌릴 겁니다."

"밖에 있는 사람들이 전부 미래에서 온 다이버들이라고?"

"다들 M.D.M.을 차지하려는 거예요. 2045년 8월의 해운대가 M.D.M.의 위치를 특정할 수 있는 유일한 시공간 좌표니까. 시간관리청은 권력에 눈이 멀어 산산조각이 났어요. 대체 몇 개의 그룹으로 나뉘었는지도 모를 정도로."

"M.D.M.이 대체 뭔데?"

"누님들이 사용하고 있는 다이브 머신 말이에요. 우린 그걸 Multiverse Dive Machine이라고 불러요. 다른 그룹은 다른 이름으로 부르는 모양이지만. M.D.M.은 최초로 과거를 수정하는 데 성공한 모델이에요. 이후로 모든 다이브 머신은 M.D.M.의 설계 사상을 베이스로 만들어졌죠. M.D.M.은 모든 시간여행 장치와 인과적으로 얽혀 있어요. 다시 말해 M.D.M.을 차지하는 그룹이 이 시간전쟁에서 승리한다는 뜻이죠. M.D.M.을 패러독스로 소멸시키면 나머지 모든 그룹의 시간여행 장치들도 함께 역사 속에서 소멸할 테니까. 누구도 건드릴 수 없는 절대적인 권력을 쥐게 되는 거예요."

"왜 여기서 다이브했어? 미래에서가 아니라. 왜 굳이 나와 동시에 다이브했지?"

민수가 허탈하게 웃었다.

"뭐야, 그런 기본적인 것도 모르는 거예요? 루프에 갇히지 않으려고 그런 거죠."

"루프?"

"루프 패러독스."

"자세히 설명해."

"저도 과학적인 원리까진 몰라요. 우리 그룹 과학자들이 알죠. 제가 아는 건 다이브 수칙뿐이에요. 상대의 시간여행에 개입할 때는 동시에 다이브하지 않으면 루프에 갇혀 소멸할 위험이 있다는 거."

더 물어봐야 별 소용이 없을 것 같았다. 그녀는 다른 질문을 꺼냈다.

"생각을 읽고 뇌를 녹이는 바이오 임플란트 기술에 대해 들어 본 적 있어?"

"그놈들이 누님 머리에도 임플란트를 심었어요? 혹시 그런 거면…"

"묻는 말에만 대답해."

그녀는 발에 살짝 힘을 주었다.

"아뇨. 그런 건 들어 본 적 없어요."

"없는 게 확실한 거지?"

"확실해요."

역시 속은 거였네. 그녀는 쓸쓸한 기분을 삼켰다.

"하지만 이런 기술은 있죠."

딱. 민수가 손가락을 튕겼다. 그는 복잡한 디자인의 전자칩이 심어진 장갑을 끼고 있었다.

"임플란트는 잘 작동하는군요."

갑자기 누군가 그녀의 오른손을 잡아당겼다. 기묘한 이질감. 저항할 수 없는 힘이 그녀의 정신에 올라탄 것만 같았다. 갑자기 권총을 쥔 손이 제멋대로 움직였다.

"미안해요, 누님. 전부 끝나고 나면 되살려 줄게."

민수가 손을 움직여 자신의 머리를 겨누자, 권총을 쥔 오른손이 멋대로 움직여 그녀의 관자놀이를 겨냥했다. 생각할 틈도 없었다. 상대가 반응하기 전에 끝내야 했다. 그녀는 본능적으로 왼손을 움직여 오른손을 꺾었다. 손아귀에서 흘러나온 총을 붙잡은 그녀는 곧장 민수의 머리를 겨누고 자기도 모르게 방아쇠를 당겼다.

몸이 움직임을 마친 뒤에야 뒤늦게 정신이 작동했다. 자신이 무슨 일을 저질렀는지 깨달은 그녀는 깜짝 놀라 소리를 질렀다.

"민수야!"

억압이 풀렸다. 그녀는 구멍이 뚫린 민수의 얼굴을 끌어안았다.

"미안해…. 나도 죽일 생각까지는…."

그녀는 민수의 시신을 조심스럽게 바닥에 내려놓고 눈을 감겨 주었다.

"내가 꼭 되살려 줄게. 엄마를 구하고 나면."

해미는 담요를 가져와 민수의 얼굴을 덮었다. 순식간에 마음이 가라앉았다. 그런 자신이 소름 끼칠 정도로. 방금 전에 사람을 죽였는데도 아무렇지 않게 냉정을 유지하고 있었다. 괜찮아. 전부 되돌리면 돼. 아직 방법은 모르지만. 그녀는 애써 자신을 기만했다.

그녀는 찬찬히 텐트 안을 살펴보았다. 민수가 사용했던 다이브 머신은 여전히 정상적으로 작동하고 있었다. 그녀가 사용하던 기계와 구조도 동일해 보였다.

바닥에 떨어진 저격소총을 집어 들고 탄창을 확인했다. 탄환은 충분히 채워져 있었다. 그녀는 스마트스틱을 꺼내 동생을 호출했다.

"다미야, 듣고 있지? 여기서 다이브할게. 암살범은 처리했어. 이제 돌아가서 저격을 막을 거야."

— 언니, 안 돼! 보호거품도 충전 안 했⋯.

말릴 틈도 없이, 해미는 다이브 머신으로 뛰어들었다.

25

2025 ── 해운대

#수칙 8   다이버는 추락으로 죽지 않는다. 다시 떠오르지 못해 죽을 뿐.

거품의 잔압을 체크하고 또 체크하라.

잔압 부족. 잔압 부족. 이어폰에서 끊임없이 경고음이 흘러나왔다. 해미는 착지하자마자 호텔을 향해 달렸다. 로비 왼편 엘리베이터는 작동을 멈춘 채였다. 그녀는 비상계단을 뛰어올랐다. 끝을 모르고 반복되는 계단을 오르고 또 올라 옥상에 도착했다.

눈앞에 정원으로 꾸며진 호텔 옥상이 펼쳐졌다. 그녀는 곧바로 민수를 발견할 수 있었다. 그는 이제 막 난간에 저격소총을 올려놓고 있었다. 화단에 몸을 숨긴 그녀는 망설일 새도 없이 한쪽 무릎을 꿇고 민수를 향해 총을 겨누며 소리쳤다.

"민수야, 멈춰!"

깜짝 놀란 민수가 고개를 돌렸다. 하지만 총구는 여전히 삼거리를 향한 채였다.

"미래의 제가 졌나 보네요."

"상황 파악 됐으면 이제 그만해."

민수는 보란 듯이 어깨에 개머리판을 붙이고 노리쇠를 당겼다.

"그 총 쏘기만 해 봐, 어릴 적 너를 찾아서 죽여 버릴 거야."

하지만 그는 아랑곳 않고 스코프에 눈을 가져갔다.

"정말 괜찮겠어요? 나는 지금 바로 쏠 수도 있는데."

민수가 능구렁이처럼 빈정거렸다. 그의 말대로였다. 곧 어린 해미가 삼거리를 지날 타이밍이었다. 그 전에 상황을 정리해야 했다. 그녀는 방아쇠에 손을 얹었다.

"무리하지 마요. 40년 동안이나 누나를 지켜봐 왔어. 누나는 선한 사람이에요. 저 같은 놈이랑은 다르죠. 누군가를 손쉽게 죽일 수 있는 종류의 사람이 아니에요."

민수의 표정이 진지해졌다. 말로는 결코 그를 설득할 수 없다는 것을 직감적으로 깨달았다. 하지만 같은 사람을 연속해서 두 번이나 죽이고 싶진 않았다. 지금도 손안에 더럽고 잔인한 느낌이 잔뜩 남아 있었다.

제기랄, 어떻게든 막아야….

삐―――――

잔압 부족을 경고하는 소리가 최종 단계임을 알렸다. 보호 거품이 완전히 고갈되기까지 10초도 남지 않았다는 의미였다. 그녀는 숨을 참았다. 지금 폐 속에 차 있는 공기는 그녀가 속한 시공간의 것이 아니었다. 보호거품이 떨어지면 그녀의 폐가 얼마나 손상될지 알 수 없었다.

뭐라도 해야 했다.

그녀는 들고 있던 총을 집어 던졌다. 똑같은 저격소총 두 자루가 충돌하는 순간, 패러독스가 일어나며 둘 다 거품이 되어 소멸해 버렸다. 민수는 텅 비어 버린 두 손을 쥐었다 펴며 허탈하게 미소 지었다.

"포기해. 이제 총도 없으니까."

그녀는 마지막 남은 호흡을 쥐어짜 경고했다. 당장이라도 숨이 끊어질 것 같았다. 얼마나 더 참을 수 있을까? 1분? 30초? 그녀는 민수에게 들키지 않기 위해 최선을 다했다.

"누님은 아직도 시간여행에 대해 이해를 못 했구나."

정민수는 검지로 관자놀이를 짧게 두드렸다.

"누님, 생각해 봐. 패러독스 때문에 저격총은 시공간에서 완전히 소멸했어. 이 세상에 처음부터 존재하지 않게 된 거라고. 그럼 어떤 일이 벌어질까? 아마 나는 애초부터 다른 총을 가져왔겠지."

그가 등 뒤에 매고 있던 돌격소총을 당겨 그녀를 겨누었다. 해미는 반사적으로 홀스터에서 권총을 뽑아 들고 방아쇠를 당겼다.

탄환에 맞은 민수의 몸이 휘청거렸다. 그는 찢겨 나간 목을 붙잡으며 핏기 서린 눈으로 그녀를 노려보았다.

"누님…. 나는 누님을…."

그가 무어라 입술을 달싹거렸지만 바람 새는 소리만 들릴 뿐이었다. 상처를 부여잡은 손가락 사이로 울컥 피가 쏟아졌다. 비틀비틀 뒷걸음질 치는 몸이 난간에 닿아 휘청거렸다.

"안 돼!"

해미는 서둘러 달려가며 손을 뻗었다. 하지만 붙잡지 못했다. 민수의 몸은 균형을 잃고 뒤집히며 난간 너머로 사라졌다.

호텔 아래로 추락한 민수의 몸이 삼거리에 주차된 자동차 위로 떨어졌다. 탕. 떨어진 충격으로 탄환이 발사되며 길게 총성이 울려 퍼졌다. 자동차의 도난 방지 사이렌이 잔상처럼 오래도록 거리에서 메아리쳤다.

민수는 움직이지 않았다. 총상을 입은 상처에서 새빨간 핏물이 커다란 원을 그리며 퍼져 나갔다. 사람들이 비명을 지르며 그의 주위에서 빠르게 흩어졌다.

그녀는 터져 나오는 구역질을 참으며 벨트의 다이얼을 돌렸다.

26

2045 ── 해운대

다이브 머신에서 굴러떨어진 해미는 균형을 잃고 바닥에 쓰러졌다. 지진이라도 일어난 듯 사방이 진동하고 있었다. 그녀는 억지로 몸을 일으켰다. 온몸의 근육이 끊어질 것처럼 비명을 질렀다.

이번엔 대체 무슨 일이 일어난 거야?

비틀거리며 텐트 밖으로 빠져나오자마자 그녀는 절망했다.

폭풍.

온 세계를 삼킬 듯한 검회색 폭풍이 사방을 휘감고 있었다.

그 순간, 스마트스틱의 벨 소리가 울렸다. 쌍둥이였다.

── 왜 이제야 받는 겁니까.

휘의 목소리가 다급했다.

"좀 바빴어요. 그쪽이 먼저 내 전화를 씹었잖아요."

— 저도 바빴습니다. 이쪽도 사정이 복잡해서요.

네 정체를 알아. 그 말이 턱 끝까지 올라왔지만 지금은 참기로 했다. 그보다 시급한 문제부터 확인해야 했다.

"도대체 무슨 일이 일어나고 있는 거예요?"

그녀는 가까운 배관을 타고 건물 위로 올라가며 물었다.

— 미리 말하지 못해서 미안해요. 큰 전쟁이 있었어요.

"알아요. 방금 제가 막았고요. 제가 정민수를 죽였어요."

— 아뇨, 해미 씨. 당신은 막지 못했어요. 오히려 키웠지.

스마트스틱 너머에서 총성이 들렸다. 그리고 사람들의 비명도. 휘의 목소리도 덩달아 다급해졌다.

— 유가족들의 그룹이 리더를 잃고 폭주하기 시작했어요. 놈들이 과도하게 다이브 머신을 사용하는 바람에 시공간이 엉망진창으로 망가지고 있어요. 이제 곧 해운대 전역이 패러독스로 붕괴할 겁니다. 거기서 빨리 탈출….

시끄러운 폭발음과 함께 통화가 끊어졌다.

"휘! 대답해, 휘!"

다시 전화를 걸었지만 휘는 받지 않았다. 조카들이 부디 살아남았길 기도하며, 그녀는 옥상 난간에 손을 얹었다.

옥상에 오르자마자 전체 상황을 확인할 수 있었다. 서쪽에서부터 시공간이 물결치며 주변이 이해할 수 없는 형태로 빠르게 대치되고 있었다. 파도가 휩쓸고 간 공간은 잿빛으로 물들었고, 수십 개의 돌풍이 닿는 곳마다 공간이 검붉은 거품으로 변해 송두리째 사라졌다.

빨리 다미에게 돌아가야 해. 그녀는 발걸음을 서둘렀다.

몇 개의 건물을 뛰어넘은 다음 지붕 위를 미끄러지며 골목 아래로 내려왔다. 누군가 갑자기 튀어나와 총을 겨누었지만, 그는 갑자기 생겨난 돌풍에 휩쓸려 거품으로 치솟았다. 그녀는 돌풍을 피해 몸을 굴렀다. 모두가 혼란에 빠져 있었던 탓에 누구의 방해도 받지 않고 금세 텐트까지 돌아올 수 있었다.

"언니!"

다미가 바닥에 쓰러져 있었다. 해미는 다미를 향해 달려갔다.

그 순간, 대지가 또 한 번 거세게 흔들렸다. 다리가 풀려 버린 그녀는 바닥에 머리를 부딪혔다. 충격 때문인지 시야가 둘로 번지며 흐릿해졌다. 몸에 힘이 들어가지 않았다.

다미야, 대체 뭐라고 말하고 있는 거야?

다미가 손을 내뻗으며 무어라 소리치고 있었지만 굉음이 목소리를 집어삼켰다. 텐트 바깥까지 쫓아온 폭풍이 주변의 모든 것을 휩쓸어 삼키고 있었다. 시간이 한참이나 흘렀는데도 진동은 멈출 줄을 몰랐다. 해미는 흔들리는 대지를 움켜쥐며 천천히 앞으로 기어갔다.

동생의 입 모양이 조금 더 또렷해졌다. 동생은 같은 말을 반복하고 있었다.

이제 조금만 더 가면 되는데. 조금만 더 가까이 손을 뻗으면 닿을 것 같은데. 이대로 소멸하고 싶지 않았다. 아직 아무것도 닿지 않았어. 조금만 더 시간을 줘. 제발. 우리가 손끝이라도 닿을 수 있게.

다이브 머신 주위의 거품이 줄어들면서 돌풍이 조금씩 거리를 좁혀 왔다. 거센 바람이 몰아치며 텐트가 미친 듯이 펄럭거렸다. 그녀는 두 팔에 힘을 주어 한 뼘 앞으로 몸을 끌어당겼다. 이번엔 닿을 줄 알았는데. 손가락이 스치듯 어긋날 뿐이었다. 해미는 다시 한번 온몸에 힘을 주어 앞쪽으로 몸을 밀어넣었다. 이윽고 거품이 텐트 안쪽까지 줄어들자 티타늄 뼈대가 엉킨 실타래처럼 찌그러지며 검회색 돌풍 속으로 사라졌다.

공기의 유출을 따라 다미의 몸이 붕 떠올랐다. 해미는 반사적으로 팔을 뻗어 동생의 손을 붙잡았다. 다미의 몸에서 떨어져 나온 휠체어가 돌풍 속으로 빨려 들어갔다.

"언니!"

"꽉 잡아, 다미야!"

해미는 마지막 힘을 쥐어짜 소리쳤다. 폭풍이 거세게 다미의 몸을 잡아당겼다. 다미의 발끝이 점점 위로 떠올랐다. 땀으로 가득한 손바닥이 조금씩 미끄러졌다. 다미는 여전히 같은 말을 반복하고 있었다.

"언니! 날 잊지 말아 줘! 마지막까지 웃는 얼굴로 기억해 줘!"

다미는 필사적으로 웃고 있었다. 울면서도.

"나 사실은 언니가 정말…."

다미의 손이 휙 빠져나갔다. 모든 것이 순식간에 어둠 속으로 사라졌다. 텅 빈 허공을 휘저으며 손을 쥐었다 펴기를 수차례 반복하던 해미는, 손톱이 부러지도록 주먹을 쥐고 땅을 내리쳤다. 세상을 향해 목이 찢어지도록 오열했지만 굉음에 파묻혀 아무것도 들리지 않았다.

거품이 조금씩 쪼그라들며 그녀를 압박해 왔다. 하지만 그녀는 뒤로 물러나지 않았다. 몸을 동그랗게 웅크리고 이대로 다미를 따라 소멸할 셈이었다. 그녀는 몸의 긴장을 풀고 눈을 감았다.

기다려, 다미야. 나도 금방 따라갈게. 네가 존재했다는 사실을 잊어버리기 전에.

하지만 그 순간, 그녀의 머릿속을 스치는 생각이 있었다. 다미를 살릴 수 있어. 모든 걸 원래대로 되돌릴 수 있어. 해미는 허겁지겁 손을 뻗어 거품 가장자리에 아슬아슬하게 놓인 표적기를 움켜쥐었다. 그리고 다이브 머신 위에 올라 다시 한 번 다이브했다. 한 시간 전으로.

27

한 시간 전 ── 해운대

"좆까."

홀로그램 지도를 엉덩이에 깔고 앉아 있던 해미는 자리에서 일어나 홀로그램 지도를 치워 버렸다. 그리고 다미의 머리에서 엄마의 머리핀을 뽑아 자신의 머리에 깊게 꽂았다. 테이블에서 표적기를 집어 든 그녀는 다이브 머신에 올라 자신의 관자놀이를 겨누고 방아쇠를 당겼다. 해미가 과거로 떠나자 허공에 홀로 남은 표적기가 툭 아래로 떨어졌다.

30초 후, 다이브 머신 위로 해미가 착지했다. 비틀거리는 기척에 깨어난 다미가 눈가를 비비며 웅얼거렸다.

"으응…. 언니? 뭐 하고 있어?"

해미는 동생을 꽈악 끌어안았다.

"언니, 왜 그래?"

"그냥, 반가워서."

"꼴은 또 왜 이렇게 엉망…."

다미의 표정이 달라졌다.

"아니구나."

그녀는 찬찬히 동생의 얼굴을 살펴보았다. 동생은 이미 알고 있다는 표정이었다. 그녀가 그녀가 아님을. 그녀가 어떤 선택을 마쳤는지를. 하지만 아무것도 모르는 것처럼 가만히 웃어 주었다.

"다이브할 거야?"

"응. 이번이 진짜 마지막이야."

"그래."

다미는 더 묻지 않았다.

해미는 다이브 머신으로 다가가 충전용 호스를 벨트에 연결했다. 의자에 앉아 충전을 기다리는 동안 해미는 아까 전 하지 못했던 이야기를 하기로 마음먹었다.

"있잖아, 다미야."

"응."

"할 말이 있어."

그녀는 천천히 고백했다.

"그날, 그 일이 있던 날. 나는 엄마에게 해서는 안 될 말을 했어. 내 인생에서 꺼지라고, 확 죽어 버리라고. 그게 엄마가 죽기 직전 딸에게 들은 마지막 한마디였어."

그녀의 목소리가 심하게 떨렸다.

"그러니까 엄마가 죽은 건 전부 나 때문이야. 내가 그런 나쁜 말을 해서, 내가 엄마를 미워해서, 그래서 엄마가…."

그녀는 울먹이고 있었다.

"나도 그러려고 그런 건 아니었는데…."

어느새 다미가 다가와 그녀를 뒤에서 끌어안았다. 포근한 뺨이 맞닿는 감촉이 느껴졌다. 동생은 그녀에게 업히듯 매달려 귓가에 부드럽게 속삭여 주었다.

"많이 힘들었지?"

가슴속 무언가가 무너져 내렸다. 더는 아무 말도 할 수 없었다. 어깨가 떨릴 정도로 한참을 흐느꼈지만 그녀는 끝내 울음을 참았다. 아직 할 일이 남아 있었다.

충전이 끝나자마자 그녀는 거울 앞에 서서 검정 드레스를 입었다. 다미가 등 뒤에서 단추 채우는 것을 도와주었다.

"괜찮아?"

다미는 고개를 끄덕였다.

"응. 잘 어울리네."

"그걸 묻는 게 아니잖아."

"응. 알아."

다미는 잠시 호흡을 가다듬었다.

"괜찮아. 당신은 내가 아는 그 언니가 아닌걸."

그래, 우리의 시간도 이미 끝나 버렸구나. 해미는 쓸쓸한 표정으로 천천히 다이브 머신을 향해 몸을 돌렸다.

"언니, 잠깐만."

다미가 그녀를 불러 세웠다. 고개를 돌리자 동생이 손에 반창고를 들고 이마를 가리키고 있었다. 모르는 사이 이마에 상처가 난 모양이었다. 동생이 말없이 반창고를 붙이는 동안 그녀는 마지막으로 동생의 얼굴을 찬찬히 살펴볼 수 있었다.

해미는 바닥에 떨어진 표적기를 주워 동생에게 건넨 다음, 경쾌한 발걸음으로 다이브 머신 위에 올라섰다.

"걱정 마, 다미야. 내가 전부 되돌려 놓을게. 다시 처음부터 시작하는 거야."

"응."

"다시 볼 수 있어서 반가웠어."

해미는 동생을 향해 활짝 웃어 보였다. 다미 또한 미소로 답하며 표적기를 들어 그녀를 겨누었다.

"고마웠어, 언니."

다미가 방아쇠를 당겼다. 이번에야말로 진짜 마지막이기를 바라며, 해미는 눈을 감았다.

28

2025 ── 해운대

#수칙 9　최초의 1분을 보험으로 남겨 두어라. 모든 것이 잘못될 경우 수습
할 수 있도록. 하지만 그러려면 큰 희생을 치러야 할 것이다.

당신을 이해하고 싶었다. 당신의 삶을 살며. 당신과 같은
길을 걸으며. 똑같이 느끼고, 똑같이 후회하고, 똑같이 고통받
으며 이해해 보려 노력했다. 왜 나를 낳았는지. 나를 사랑했는
지. 밉진 않았는지. 마지막 순간 당신이 대체 무슨 생각을 했
을지 궁금해 미칠 지경이었다.

시간이 흘러 당신이 나를 낳은 나이가 되면 당신을 이해할
수 있을 줄 알았다. 하지만 당신의 나이를 훌쩍 넘긴 후에도
나는 당신이란 사람을 온전히 이해하진 못했다. 내 안쪽은 이
미 오래전에 망가져 버렸으니까. 감정이란 감정은 가루가 되어

버린 지 오래였으니까.

당신이 죽은 순간 모든 게 무너져 내렸다. 내 삶뿐만이 아닌 세상 전체가.

항상 그런 생각을 했다. 나는 언제나 당신의 걸림돌이었다고. 원치 않게 나를 임신하지 않았더라면 당신의 삶은 전혀 달라졌을 거라고. 당신은 겨우 스물셋이었다. 아이를 갖지 않았더라면 그리 이른 나이에 결혼하는 일은 없었을 것이다. 어쩌면 더 좋은 남자를 만났을지도 모른다. 아니면 누구도 만나지 않고 혼자서 행복한 삶을 살았을지도 모르고. 적어도 홀로 힘겹게 아이를 키우게 되진 않았을 것이다. 그날 해운대에 있지도 않았을 테고.

그러니까 당신이 목숨을 잃은 건 전부 나 때문이야. 내가 태어나 버렸기 때문에. 내가 당신을 불행하게 만들었기 때문에.

전부 내 책임이야.

그러니까 이번엔 내가 꼭 엄마를 지켜 줄게.

* * *

영원히 끝나지 않을 것 같던 추락이 끝나고, 해미의 다이브가 시작되었다. 다이버 수칙을 무시하기로 마음먹은 그녀는 앞선 모든 해미들보다도 이른 시간까지 거슬러 내려가 가장 먼저 현장에 착지했다. 세 번째 지진이 일어나기 전이었다.

그녀는 최단 거리를 달려 동쪽으로 향했다. 그녀가 묵었던 숙소 앞으로. 불안한 표정으로 거리를 서성이는 어린 해미가 보였다. 가여운 아이.

곧이어 사방에서 시끄러운 소리가 났다. 긴급재난문자였다. 그녀는 휴대폰을 보지 않고도 그게 무슨 내용인지 알 수 있었다. 누군가 도망쳐야 한다고 소리치고 있었으니까. 그녀는 휴대폰의 소음을 차단하지 않고 그대로 걸음을 옮겼다.

그녀는 쌍둥이를 생각했다.

궁금해. 너희는 이런 나의 선택을 원망할까? 아니면 지금 이 순간까지도 모두 너희의 계획에 포함되어 있는 걸까? 하긴, 어느 쪽이든 무슨 소용이겠니. 이제 너희는 내가 존재했다는 사실을 기억조차 못 하게 될 텐데. 이 모든 기억이 전부 없었던 일이 되어 버릴 텐데.

아무튼 다행이야. 귀여운 조카들을 위해 이모가 해 줄 수 있는 일이 남아 있어서. 너희가 원하는 결말을 내가 만들어 줄게. 그 대신 이제부턴 너희가 엄마를 지키는 거야. 절대 속 썩이지 말고. 위험한 짓 하지 말고. 못된 표정으로 째려보지도 말길. 부탁해. 부디 내 하나뿐인 동생이 행복할 수 있게. 다미가 웃을 수 있게.

안녕.

이제 후회를 치유할 시간이야.

그녀는 거침없이 자신을 향해 나아갔다. 어린 해미의 코앞까지 다가서서, 이제 막 도망치려는 아이의 앞길을 가로막았다. 사방을 어지러이 헤매던 아이의 시선이 그녀에게 집중되었다. 그녀는 어린 자신의 눈을 똑바로 마주하며 밝게 미소 지었다.

아주 짧은 시간 동안 어린 해미의 미간이 찌푸려졌다.

그리고,

해미는 자신의 존재가 검붉은 거품으로 변해 사라져 가는 것을 느끼며 눈을 감았다.

다
미
의

세
계

29

일곱 살이 되던 해, 수아는 부모님을 잃었다.

엄마가 일하던 백화점이 통째로 붕괴했다. 마침 휴가 중이던 아빠도 그곳에 함께 있었고. TV에서는 분홍빛 건물이 무너져 내리는 광경을 수도 없이 반복해 보여 주었다.

너무 오래전 일이라 기억은 파편으로만 남아 있다. 검은 옷을 입은 사람들이 장례식장에 모여 앉아 오열했고, 할머니는 어린 손녀의 곁에 붙어 앉아 작은 손을 꽉 쥐었다. 누가 누구를 위로했던 걸까. 할머니의 손은 하염없이 떨고 있었다. 수아는 남은 손으로 할머니의 손을 다시 덮었다. 장례가 끝나고 나니 수아의 곁에는 할머니만 남아 있었다.

그 후로 수아는 할머니와 함께 살았다. 학교에 갔다 돌아오면 언제나 할머니가 집에서 기다리고 있었고, 할머니는 웃으며 옛날 냄새가 나는 밥을 지어 주곤 했다. 할머니의 사랑을 독차지한 덕분에 부족할 것 없는 어린 시절을 보낼 수 있었다. 사실 뭐가 부족한 건지도 잘 몰랐지만.

시간이 흘러 열일곱 살이 되던 해, 수아는 현수와 사귀기로 결정했다.

딱히 대단한 사랑을 꿈꾼 것은 아니었다. 그녀는 운명의 짝이나 아찔한 로맨스 같은 단어와는 거리가 먼 사람이었으니까. 그냥 현수가 편하고 좋았다. 연애를 시작하기엔 딱 그 정도 이유가 적당하다고 생각했다.

정확히 언제부터 사귀기 시작한 거냐고 주위에서 물을 땐 조금 곤란했다. 고백 같은 건 없었으니까. 동갑내기 친구였던 현수와는 어려서부터 친했고, 어느샌가 둘은 함께 손을 잡고 걷고 있었다. 그렇다고 처음 키스한 날을 사귄 날로 하자니 너무 촌스러운 느낌이었고. 뭐, 딱히 불편한 점은 없었다. 일일이 기념일 같은 걸 챙기지 않아도 되어 오히려 편했달까.

금세 3년이 흘러 그녀는 대학에 진학했다. 체육을 했던 현수는 특기생으로, 그녀는 지망하던 대학의 물리학과로. 두 사람은 서울에서 다시 만났다. 으레 그렇듯 기숙사 생활부터 시작해 하숙집으로, 조금 더 자유로운 자취방으로 거처가 옮겨졌다. 두 사람은 자연스레 서로의 방을 오가며 잠이 들었다.

첫 경험은 의외로 별것 없었다. 생각보다 시시했달까. 겨우 이런 일에 온 세상이 왜 그리 호들갑을 떠는지 이해할 수 없었다. 그래도 밤새 꼭 붙어 체온을 느낄 수 있다는 점은 좋았다. 할머니와 단둘이 살아온 그녀에겐 누군가에게 꼭 안겨 지낼 기회가 별로 없었으니까. 다들 이런 보드라운 감촉을 누리며 살아온 걸까? 학자금 대출이니 아르바이트니 이런 고민이 없는 삶은 대체 어떤 느낌일까? 시시한 질투가 불쑥불쑥 치솟았지만 그래도 괜찮았다. 현수가 있었으니까. 다행히도 아이가 생기진 않았다. 다행인데도, 다행이지 않았다.

졸업 학기가 되자 현수는 장교로 군에 입대했다. 장래를 알 수 없는 선수 생활보다는 그편이 안정적일 거라는 이유였다. 학비 때문에 ROTC로 복무하기도 했고. 그러면서 현수는 수아에게 제안했다. 결혼하자고. 그녀가 대학원을 졸업할 동안 자신이 대신 학비를 벌겠다고. 그렇게 말하며 초록색 에메랄드가 박힌 촌스러운 반지를 들이밀었다. 세상 무슨 그런 시시한 프러포즈가 다 있는지.

그런데도 왜 쪽팔리게 울음을 터뜨렸을까. 이상하게도 눈물이 났다. 눈물의 이유가 기쁨인지, 슬픔인지, 쓸쓸함인지, 그녀는 잘 설명할 수 없었다.

현수가 군에 입대하고 1년이 지날 즈음, 두 사람은 결혼식을 올렸다. 군복을 입은 하객들이 잔뜩 찾아와 이상한 칼춤을 받으며 혼례를 마쳤다. 꼴에 좋은 소대장이었던지, 이미 전역한 병사들도 잔뜩 현수를 찾아왔다. 반면 그녀의 하객은 연구실 동기들과 교수님이 전부였다. 그녀를 키워 준 할머니는 이미 1년 전에 하늘로 떠나고 없었다. 현수가 그녀에게 프러포즈한 장소는 텅 빈 장례식장이었다.

그래서였을까? 혼례를 치르는 내내 눈물이 났다. 이상할 정도로 우울하기만 했다. 여전히 그녀는 눈물의 이유를 알지 못했다.

몇 년 뒤, 부부는 계획했던 대로 아이를 가졌다. 딸이었다. 아이에게 다미라는 이름을 지어 주었다. 수아는 아이를 한 명만 낳기로 결심했다. 왜인지 모르지만 그게 자연스러운 일처럼 느껴졌다.

현수는 중위로 승진했고 사고 한 번 당하는 일 없이 무사히 5년간의 복무 기간을 채웠다. 그는 대위로 승진하는 대신 전역을 택했다. 아이의 곁에 조금이라도 함께 있고 싶다면서. 앞으로는 자신이 육아를 맡을 테니 학업을 끝까지 마쳤으면 좋겠다면서.

수아는 학교로 돌아가 박사과정을 마쳤다. 정부의 지원금으로 운영되는, 이름도 발음하기 어려운 연구소에 취직도 했다. 그동안 현수는 대리운전이니 택배니 배달이니 이것저것 고생해서 모은 돈으로 작은 사업을 시작했다. 어느새 다미는 훌쩍 자라 초등학교에 입학했다.

부산에서 방사능 유출 사고가 일어났을 때, 수아는 다미와 함께 서울에 있었다. 사고는 그녀와는 한참 멀리 떨어진 사건일 뿐이었다. 현장을 바라보면서도 "저런, 안타까운 일이 일어났나 봐." 하고, 남 일처럼 막연히 피해자들을 동정할 뿐이었다.

그런데도 왜 그렇게 눈물이 났을까. 그곳에서 죽어 간 아이들이 안타까워서였을까. 수아는 밤새 뉴스란 뉴스를 다 찾아보며 눈물을 쏟았다. 남편이 왜 그러느냐고 물어도 답할 수 없었다. 입을 열기만 해도 오열이 쏟아졌다. 세상에 거대한 실수가 일어나기라도 한 것 같았다. 어느새 다미도 그녀의 옷자락을 붙잡고 울음을 터뜨렸다. 현수는 이유도 모르면서 모녀를 보듬으며 함께해 주었다.

대단히 괴로운 일도, 대단히 기쁜 일도 없었다. 커다란 굴곡 없이 무난한 일상이 이어졌다. 꿈에 그리던 연구소에서의 생활도 막상 안에 들어와 보니 평범한 사건들이 반복되는 똑같은 직장일 뿐이었다.

물론 아이가 커 가는 모습을 지켜보는 건 특별한 기쁨을 주는 일이었다. 아이가 몸을 뒤집었을 때, 옹알대는 소리로 '엄 음맘마!' 하고 외쳤을 때, 까르르 웃을 때, 걷기 시작했을 때, 유치원에서 만난 친구를 남친이라며 집에 데려왔을 때, 처음으로 함께 바다를 보았을 때, 100점짜리 시험지를 가져왔을 때, 경시대회에서 상을 탔을 때, 졸업하고 대학에 입학했을 때에도 그녀는 다시없을 기쁨을 느꼈다.

이상하게도 좋은 일이 있을 때면 자꾸 눈물이 났다. 좋은 날일수록, 기쁜 날일수록 감정의 굴곡이 심해졌다. 그건 다미도 마찬가지였다. 모녀는 묘한 동질감을 느끼며 매번 함께 울음을 삼켰다.

다미는 다치는 일 없이 어른으로 자랐고, 엄마를 따라 물리학을 연구하는 과학자가 되었다. 엄마의 연구를 잇겠다며 같은 주제로 졸업 논문도 썼다. 자신의 이름이 인용된 딸의 논문을 받아 보는 일은 학자로서 꽤 각별한 경험이었다.

물론 제 짝을 데려와 결혼하겠다며 고집을 피울 땐 조금 얄밉기도 했다. 하지만 부모에게 달리 무슨 선택지가 있을까. 다 큰 어른이 서로 좋다는데 못 이기는 척 허락해 주는 수밖에. 다미는 결혼식을 올렸고 얼마 뒤 아이를 낳았다. 쌍둥이였다. 아이들은 엄마를 닮아 무척이나 총명했다. 서로 장난치며 뛰어다니는 손자들을 볼 때마다 그녀는 함박 웃음을 짓다가도 문득문득 슬픈 표정이 되곤 했다.

* * *

언제나처럼 그날도 다미가 아이들을 데리고 수아를 찾아왔다. 남편이 일주일간 출장이라며, 며칠만 자고 가겠다며 딸은 어울리지도 않는 애교를 부렸다. 수아가 손자들과 놀아 주는 동안 다미는 식탁에 앉아 함께 나눠 먹을 사과를 깎았다. 혼자 아이를 보느라 조금 피곤했던지, 다미는 사과를 깎다 말고 고개를 뒤로 젖히더니 허리를 두드리며 신음을 뱉었다.

"에고고 죽것다."

"애 키워 보니까 이제 엄마 마음을 좀 알 거 같아?"

"에이, 엄마는 나만 키우면 됐잖아. 쌍둥이 키우는 건 완전 다른 문제거든? 들어가는 에너지가 두 배가 아니라 제곱이라 니깐."

"그래도 신랑이 좀 거들잖니."

"걔는 혼자서 보는 일은 없잖아. 그게 얼마나 부담인데."

"애, 나도 너희들 키울 때 혼자서…."

수아는 잠시 말을 멈추었다.

"아니, 너. 너 키울 때 힘들었다고. 너 아기 땐 아빠가 아직 군인이어서…."

당황스러웠다. 수아는 어떻게 말을 이어 가야 할지 알 수 없어 입을 다물었다. 다미도 마찬가지였다. 오래도록 무거운 침묵이 흘렀다. 모녀는 서로 눈치를 보며 어색한 표정만 지을 뿐이었다. 다미는 이윽고 결심한 듯, 사과가 담긴 접시를 옆으로 치우며 말했다.

"엄마."

"응."

"엄마, 있잖아."

"왜?"

"아니다. 됐어."

"뭔데? 얘기해 봐."

"아니야."

"뭐냐니까."

"뭐냐면… 그게, 있잖아."

"응."

"우리 꼭 기억해야 하잖아."

"그러게, 꼭 기억해야 하는데."

"그것만큼은 절대 잊으면 안 되는 거잖아."

"그래야지."

"근데… 그게 뭐였지?"

"그러니까."

눈물이 쏟아졌다. 모녀는 이유도 모른 채 서로를 끌어안고 흐느껴 울었다. 깜짝 놀란 아이들도 덩달아 울음을 터뜨렸다. 현수가 퇴근해 네 사람을 토닥였지만 울음은 그칠 줄 몰랐다. 밤이 끝나도록, 해가 떠올라 다시 떨어질 때까지.

그즈음이었다. 쌍둥이가 그들을 찾아온 것은.

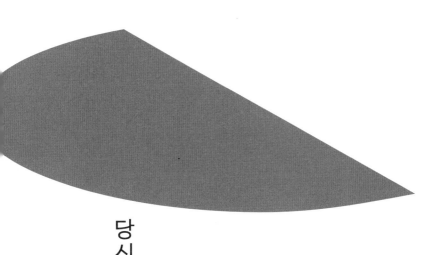

당신을

만나기 위한

시간

30

2025 ── 해운대

한참이 지나도 세상은 끝나지 않았다.

대체 언제 패러독스가 시작되는 거야? 해미는 미간을 찡그리며 소멸을 기다렸지만 아무 일도 일어나지 않았다. 몇 초가 흘러도 그녀는 소멸하지 않았다.

톡. 톡.

누군가 그녀의 이마를 짧게 두드렸다. 깜짝 놀란 그녀는 한껏 움츠러들었다가 서서히 눈꺼풀을 들어 올렸다. 믿을 수 없는 일이 눈앞에서 벌어지고 있었다.

엄마가 있었다.

다이버 복장을 한, 머리가 드문드문 희끗해진 모습의 엄마가 어린 해미의 뒤에 서서 한 손으로 아이의 눈을 가리고 서 있었다.

가슴이 저릿했다. 울컥 눈물이 차올랐다. 그녀는 있는 힘껏 엄마를 부르려 했다. 하지만 엄마가 검지를 입술로 가져가며 소리 없이 입 모양으로 말했다. 쉿. 그녀는 입을 꾹 다물었다. 엄마는 턱짓으로 옆쪽을 가리켰다. 저쪽에 숨어 있으란 거지? 그녀는 고개를 끄덕이며 엄마가 시키는 대로 골목 안에 몸을 숨겼다.

"엄마? 엄마야?"

어린 해미가 눈을 가린 손을 더듬으며 물었다. 세월의 흔적이 가득한 피부에 손끝이 닿자마자 어린 해미는 깜짝 놀라 소리치며 바둥거리기 시작했다.

"뭐야, 우리 엄마 아니잖아! 지금 이게 무슨 짓이에요?"

"아, 미안해요. 우리 딸인 줄 알았네. 잘못 봤어요."

엄마는 능청스럽게 연기하며 어린 해미의 얼굴에서 손을 뗐다. 어린 해미가 뒤를 돌아보기도 전에 엄마는 벨트의 다이얼을 돌려 미래로 사라졌다. 어린 해미는 짜증을 부리며 고개를 두리번거렸지만, 이내 정신을 차리고 다시 지하철역 쪽으로 달려가기 시작했다.

톡. 톡.

갑자기 등 뒤에서 누군가 그녀의 어깨를 두드렸다. 또 엄마였다.

"엄마? 대체 어떻게…."

"미래로 돌아갔다가 다시 과거로 다이브했어. 마주치지 않게 돌아오는 루트를 이용하느라 시간이…"

"아니, 지금 그걸 묻는 게 아니잖아!"

그녀는 순식간에 열다섯 살로 되돌아갔다. 어린 시절 그때처럼 칭얼거리는 말투가 저도 모르게 튀어나왔다. 엄마는 싱긋 웃었다. 그날, 기차에서처럼.

"우리 딸 많이 컸네."

"뭐야, 20년 만에 만나서 하는 말이 겨우…. 흑."

아무런 전조도 없이 눈물이 왈칵 쏟아졌다. 그녀는 서러운 울음을 터뜨리며 두 팔로 엄마를 꽉 끌어안았다.

"엄마… 엄마…."

해미는 몇 번이나 엄마를 부르며 그녀의 품으로 파고들었다. 다시는 떨어지지 않을 거야. 절대 사라지게 두지 않을 거야. 그런 그녀의 마음을 안다는 듯, 엄마는 포근한 손길로 그녀의 머리를 쓰다듬어 주었다.

"미안해, 해미야. 엄마가 진짜 오래 안아 주고 싶은데, 남은 시간이 많지 않아."

자신이 다이브 중이었다는 사실을 그제야 떠올렸다. 미래가 바뀐 건가? 대체 엄마는 언제, 어디서 온 거지? 다시 미래로 돌아가도 만날 수 있는 걸까? 복잡한 질문들이 머릿속을 빙글빙글 맴돌았다. 그녀는 천천히 힘을 풀었다.

엄마가 살포시 그녀를 품에서 떼어 냈다. 몸이 떨어지는 순간 들러붙은 살점이 찢겨 나가는 듯 마음이 고통스러웠다.

"엄마가 미안해."

"엄마가 뭐가 미안해."

"이것저것 전부 다."

"뭐야, 그게. 진짜 미안한 건 나거든?"

그녀는 눈물을 닦으며 울먹이는 목소리로 힘겹게 말했다. 더 말했다간 눈물이 다시 쏟아질 것 같았다. 엄마는 다시 한 번 짧게 그녀를 안아 준 다음, 천천히 등을 톡톡 두드리며 딸을 진정시켰다.

"잔압은 몇 분 정도 남았니?"

엄마가 상냥한 목소리로 물었다. 그녀는 스마트워치를 보았다.

"5분 정도."

"그 정도면 충분해. 일단 따라와. 가면서 설명해 줄게."

엄마가 그녀의 손을 잡고 앞장서 걷기 시작했다. 그녀는 엄마의 손길에 이끌려 조심스럽게 뒤를 따랐다.

"지금 어디 가는 거야?"

"민수부터 막아야지."

"민수? 정민수? 엄마가 걔를 어떻게 알아?"

"왜 몰라. 내 자식처럼 돌봐 준 아이인데."

이야기를 나누면 나눌수록 점점 더 혼란스럽기만 했다.

모녀는 또다시 삼거리에 도착했다. 첫 번째 다이브가 시작되려면 아직 시간이 조금 남아 있었다. 두 사람은 여유롭게 호텔 입구로 향했다. 로비에 들어서자마자 엄마는 분말소화기를 하나 집어 들더니 복도 안쪽으로 걸어갔다. 신기하게도 화물용 엘리베이터가 아직 작동하고 있었다. 모녀는 엘리베이터를 타고 옥상으로 향했다.

"임시로 배터리를 설치했어. 계단으로 올라가려니 엄마가 기운이 딸려서."

그녀가 묻기도 전에 엄마가 답을 주었다. 버튼 아래쪽에 납작한 배터리 같은 것이 붙어 있었다. 옥상에 들어서자마자 엄마는 출입문을 닫고 그 옆에 몸을 숨겼다. 그녀는 반대쪽에서 엄마와 똑같은 자세를 취했다.

"엄마가 알아서 할 테니까 해미 넌 가만히 보고만 있어."

말이 끝나기가 무섭게 문이 열렸다. 엄마는 능숙한 움직임으로 민수의 팔을 끌어당기며 그의 뒤통수를 내리쳤다. 민수는 반응 한번 하지 못하고 정신을 잃었다. 엄마는 민수의 소총을 빼앗은 다음 벨트의 다이얼을 돌려 민수를 미래로 돌려보냈다.

"따라와."

엄마는 옥상 한쪽에 놓인 제설 도구함에서 투명한 원통을 하나 꺼내더니, 금속 호스를 뽑아 자신의 벨트에 연결했다. 그런 다음 호스를 하나 더 뽑아 해미의 벨트에도 연결해 주었다.

"벨을 작게 축소한 거야. 보조 거품통이라고 생각하면 돼. 이걸 이용하면 10분 정도 추가로 과거에 머무를 수 있어."

"이런 장비가 있다고?"

여태껏 빠듯하게 시간에 쫓긴 자신이 바보처럼 느껴졌다.

"그럼. 이런 것도 없이 내가 어떻게 다이버가 됐겠니. 낼모레면 환갑인데."

"이런 건 대체 어떻게 구했어?"

"다미가 만들었어."

"거짓말. 다미가 어떻게 이런 걸 만들어?"

"네가 아는 동생이랑 다르니? 하긴, 시간선이 크게 갈라졌으니까."

"시간선이 갈라지다니, 그건 또 무슨 소리야? 시간은 덮어씌워지는 거잖아."

"쌍둥이가 그러던?"

해미는 말문이 막혀 버렸다. 하지만 엄마는 그 이상 자세히 설명해 주지 않았다. 그 대신 그녀를 옥상 난간 쪽으로 데려갔다.

"여기서 지켜보면 알 거야. 우리한테 무슨 일이 일어나고 있는 건지."

해미는 삼거리에 시선을 집중했다. 이제 곧 첫 번째 해미가 나타날 시간이었다. 그리고 과거의 엄마도. 지겹도록 반복된 장면이 또다시 재현되겠지.

그런데 기묘한 광경을 발견했다.

검은 옷을 입은 누군가가 삼거리로 걸어와 바닥에 못을

박고 있었다. 그리고 또 다른 누군가가 나타나 그 근처에 깨진 보도블록을 내려놓았다. 그가 사라지자마자 세 번째 해미가 달려와 못을 제거했고, 곧이어 첫 번째 해미가 과거의 엄마와 부딪쳤다. 휴대폰이 바닥에 떨어진 순간, 그녀는 확실히 보았다. 양쪽에서 검은 옷을 입은 사람들이 동시에 방향을 틀어 휴대폰을 향해 다가가는 것을. 후드 차림의 여자가 휴대폰을 걷어차려는 순간, 다행히도 두 번째 해미가 나타나 그를 막았다. 휴대폰은 여전히 제자리에 남아 있었다.

이후로도 비슷한 일이 반복되었다. 누군가 엄마의 이동경로에 투명한 낚싯줄 같은 것을 설치했고, 해미는 장애물에 걸려 넘어지는 엄마를 붙잡아 일으켰다. 또 다른 누군가가 엄마를 방해하면 이번엔 해미가 그를 막았다. 해미가 장애물을 설치하면 누군가가 우회로를 만들었고, 불을 지르면 근처에 소화기를 가져다 놓았다. 해미가 다이브할 때마다 또 다른 다이버가 나타나 그녀를 방해하고 있었던 거였다.

높은 곳에서 그 모습을 지켜보자 확실해졌다.

"저 사람… 엄마야?"

"응, 엄마야."

"대체 왜 그랬어? 왜 날 막은 거야?"

"널 구하려고."

"그게 무슨 말도 안 되는 소리야? 엄마가 나를 왜 구해?"

엄마는 대답 대신 챙겨 온 분말소화기를 삼거리로 집어 던졌다. 그리고 소화기를 향해 소총을 겨누었다. 해미는 엄마가 무엇을 하려는지 직감했다. 이제 곧 어린 해미가 엄마를 발견할 타이밍이었다. 엄마는 또 한 번 그녀를 막으려는 거였다.

"엄마! 하지 마, 안 돼!"

그녀가 소리쳤지만 엄마는 망설임 없이 방아쇠를 당겼다. 펑 하고 소화기가 터지며 삼거리가 연막으로 가득 찼다. 하얀 분말을 뒤집어쓴 과거의 모녀는 서로를 발견하지 못한 채 지나쳐 갔다. 모든 노력이 또다시 수포로 돌아갔다. 해미는 엄마의 옷깃을 붙잡아 흔들었다. 갑자기 모든 게 원망스러웠다. 엄마는 왜 항상 날 막아서는 거야? 대체 왜?

"대체 왜 그런 거야! 왜!"

"말했잖니. 널 구하려는 거라고."

현기증이 났다. 엄마를 놓아준 해미는 주르륵 바닥에 무너져 내렸다. 그녀는 난간에 등을 기댄 채 앞머리를 감싸 쥐었다. 엄마가 총을 쏘는 순간 패러독스가 일어날 거라 생각했다. 엄마도 다미도 그녀도 모두 함께 소멸해 버릴까 봐 두려웠다. 하지만 다행히도 패러독스는 일어나지 않은 모양이었다. 그런데 엄마는 어떻게 패러독스를 피한 거야?

"이해가 안 돼. 과거의 자신에게 영향을 끼치면 패러독스가 일어나야 하잖아."

"그것도 쌍둥이가 그러던?"

엄마가 무심하게 되물었다.

"자신을 죽이는 경우엔 루프 패러독스는 일어나지 않아. 죽었다는 사실만 남고 미래는 전부 삭제되니까."

"대체 루프 패러독스가 뭔데?"

"시간 고리에 갇힌 존재는 상태가 한 가지로 고정되지 않아. 과거가 미래를 변화시키고, 미래가 다시 과거를 변화시키니까. 과거와 미래가 끊임없이 서로에게 영향을 끼쳐 진동을 일으킬 경우, 우주는 해당 존재를 오류로 인식하고 삭제해. 현실은 반드시 한 가지로 확정되어야 하니까. 그게 루프 패러독스야. 시간의 고리에 갇히는 일. 네가 방금 전에 겪을 뻔했던 일."

엄마의 얼굴이 조금 지쳐 보였다.

"해미야. 너랑 나는 고리에 갇혔어. 그래서 저렇게… 한없이 서로를 괴롭히며 루프를 반복하고 있는 거야."

"엄마, 도대체 그동안 무슨 일을 겪은 거야?"

갑자기 퍽 하고 엄마가 쥐고 있던 원통이 깨졌다. 엄마는 황급히 원통을 바닥에 던졌다. 원통은 순식간에 검붉은 거품이 되어 사라졌다. 잔압 부족. 잔압 부족. 스마트워치가 진동하며 경고 메시지가 표출되기 시작했다. 엄마는 해미의 벨트에서 호스를 떼어 내며 말했다.

"보호거품이 다 떨어졌어. 이제 돌아가야 해, 해미야."

"미래에서도 엄마를 만날 수 있어?"

엄마는 고개를 가로저었다.

"아니, 거기선 만날 수 없어. 출발한 시간선이 다르니까."

"그럼 안 갈래. 못 돌아가. 내가 어떻게 엄마를 다시 만났는데."

"곧 있으면 또 다른 네가 옥상에 도착할 거야. 그 전에 빨리 여길 벗어나야 해."

"그럼 다른 곳으로 옮겨. 옮겨서 마저 이야기해. 이대로는 절대 엄마 못 보내."

해미는 필사적으로 엄마의 소매를 붙잡았다. 불안했다. 지금 엄마를 놓치면 다시는 만나지 못할 것만 같았다. 팔다리가 힘없이 떨렸다. 또다시 울컥 눈물이 쏟아질 것 같았다.

엄마는 단단한 손길로 떨고 있는 해미의 손을 꽉 붙잡아주었다. 신기하게도 떨림이 멈추었다. 엄마는 해미의 손을 벌린 다음, 손바닥 위에 이어폰이 칭칭 감긴 낡은 휴대폰을 올려놓았다. 해미는 얼떨결에 휴대폰을 받아 들었다. 액정이 쩍 갈라진 모습이 낯익었다. 그날, 그녀가 잃어버린 바로 그 휴대폰이었다.

"이걸… 어떻게?"

"엄마가 현장에서 회수했어. 네가 궁금해하는 내용은 전부 그 안에 녹음되어 있으니까 돌아가서 꼭 들어 봐. 다 듣고 나면 다시 여기로 돌아와. 사고 발생 1분 뒤, 건너편 빌딩에서 다시 만나."

하지만 해미는 여전히 망설였다.

"괜찮아. 분명 다시 만날 수 있어. 약속."

엄마가 미소 지으며 새끼손가락을 내밀었다. 쪽팔리게 새끼손가락은 무슨. 해미는 엄마의 손을 꽉 움켜쥐며 말했다.

"꼭 다시 돌아올게. 그땐 더 많은 얘길 해 줘."

"응."

해미는 벨트의 다이얼을 돌렸다. 순식간에 그녀의 모습이 사라졌다.

* * *

딸이 사라지자마자 수아는 옥상 구석에 몸을 숨겼다. 얼마 후 또 다른 해미가 옥상에 나타나 사방을 두리번거렸다. 바닥에 널브러진 소총을 발견한 해미는 절망한 표정으로 욕설을 뱉으며 미래로 되돌아갔다. 딸의 모습을 몰래 지켜보는 일만은 몇 번을 반복해도 익숙해지지 않았다. 언제나처럼 이번에도 한없는 후회가 아래에서부터 목구멍을 차곡차곡 채웠다. 뭔가가 명치에 걸려 있는 것 같았다. 갑갑해진 그녀는 크게 심호흡하며 옷자락을 펄럭거렸다.

난간 너머로 고개를 내밀어 아래쪽을 보았다. 여전히 수많은 진수아와 민해미가 해운대 곳곳을 달리고 있었다. 다급하게 숨을 몰아쉬며, 상처 입으며, 서로를 위해 서로를 막아서며 자신을 내던지고 있었다.

미안해, 해미야. 엄마가 널 힘들게 만들었구나.

"어때? 계획대로 잘될 것 같아?"

갑자기 등 뒤에서 목소리가 들렸다. 다미가 도착한 모양이었다. 수아는 다미를 바라보는 대신 고개를 들어 먼 하늘을 올려다보았다. 해가 떨어진 하늘이 점차 어둑해지고 있었다.

"글쎄, 끝까지 잘 속여 봐야지."

수아의

세계

31

새로운 녹음_6.m4a

잘 들리니, 해미야?

엄마야.

무슨 말을 해야 할지 모르겠다는 말만큼은 절대 하지 말라고 다미가 신신당부했는데, 막상 녹음을 시작하려니까 정말 무슨 말부터 꺼내야 할지 모르겠다. 20년 동안 지금 이 순간만 기다려 왔다고 생각했는데. 그런데도 말을 꺼내기가 쉽지 않네. 이상해. 아직도 망설이는 내가 너무 이상하고 우스워.

모르겠다. 그냥 바로 말할게.

해미야, 미안해. 전부 다. 너무 많이.

엄마는 실패했어. 너무 많은 실패가 쌓여서 이제는 뭘 더 어떻게 수습해야 할지 모르겠어. 널 위해 내가 할 수 있는 모든 걸 다 했는데. 그런데도 결과가 겨우 이거야. 미안해. 나도 우리가 이런 식으로 결말을 맞이하게 될 줄은 몰랐어.

이제부터 내가 하게 될 이야기는 어쩌면 별로 듣기 좋은 내용은 아닐지도 몰라. 그래도 한 번은, 꼭 한 번은 너에게 들려주고 싶었단다. 내가 어떤 사람이었는지 너는 알 자격이 있으니까. 부탁해. 어쩌면 이제 곧 사라져 버릴지도 모를 내 기억들을 들어 주렴.

크게 심호흡하는 소리가 들렸다.
엄마는 떨고 있었다.

해미야. 너는 계획에 없던 아이였어.

엄마가 겨우 스물세 살이었을 때, 아직 결혼이라는 걸 한 번도 생각해 본 적 없던 그때, 갑작스럽게 네가 배 속에 들어섰어. 당황스러웠지. 대체 왜 나한테 이런 일이 생기나 싶었고.

솔직히 처음엔 널 지우려고 했어. 그런데 네 아빠가 기어이 날 말리더라. 자기가 어떻게든 책임지겠다면서. 아무 능력도 없는 주제에 뭘 믿고 그랬는지. 뭘 어떻게 책임지겠다는 건지. 대체 무슨 자격으로 남의 인생을 책임질 수 있다고 생각한 건지. 결국 그렇게 금방 떠나 버릴 거였으면서. 엄마는 지금도 그 사람이 원망스러워.

결국 우린 결혼했어. 네 아빠는 군인이 됐고 엄마는 학교를 그만둬야 했지.

그래도 아빠는 책임감이 강한 사람이긴 했어. 실수를 만회하기 위해서라면 무슨 일이든 할 사람이었지. 아무리 그래도 그렇게 갑자기 떠날 줄은 몰랐어. 큰돈을 벌어 오겠다면서, 너희 둘을 제대로 키우려면 이 방법밖에 없다면서 아빠는 상의도 없이 해외로 떠났어. 그딴 식으로 책임을 지라는 말이 아니었는데. 내가 그렇게 울며 붙잡았는데도 네 아빠는 멀리 떠나버렸어.

사실 나는 네 아빠가 군인이라는 것만 알았지 무슨 일을 하는지도 잘 몰랐어. 어디 있는지, 누구랑 지내는지 하나도 말해 주질 않았거든. 그저 막연히, 무슨 영화에서나 보던 그런일을 하나 보다 했지. 그렇게 위험한 일을 하고 있는 줄은 상상도 해 본 적 없었어.

네 아빠가 교전 중에 사망했다는 소식을 전달받은 날, 조용히 널 어린이집에 보내고 혼자 서럽게 울었던 기억이 나. 그때 나는 겨우 스물여섯이었어. 한참 어린애였지. 배 속에 아기를 품은 철없는 어린애. 다미는 아직 태어나기도 전이었어.

그렇게 나는 모든 걸 잃었어.

솔직히 말해 너무 힘들었어. 아무도 내가 이런 일을 겪게되리라고 이야기해 준 적이 없었으니까. 취직하고 결혼해서 아이를 낳고 늙어 갈 거라고, 세상은 그렇게만 가르쳤으니까. 그

길을 벗어난 삶에 대해서는 단 한 번도 배워 본 적이 없었어. 앞으로 어떻게 살아야 하는지 가르쳐 주는 사람도 없었고. 나는 아무런 정보도 없는 상황에서 결과도 예측되지 않는 선택을 무수히 반복해야 했어. 어쩌면 너희에게 평생토록 악영향을 미칠지도 모르는 치명적인 결정들을 말이야.

해미야, 엄마도 엄마로 살아 본 건 처음이었어.

알아. 엄마도 최선을 다해 버티고 있었다는 거.
나도 그랬으니까.

가끔은 네가 내 인생을 빼앗으러 온 약탈자처럼 느껴졌어. 솔직히 널 원망하기도 했어. 예쁜 네가 사랑스러우면서도 동시에 미웠어. 너는 마치 영원히 도달할 수 없는 지평선처럼 느껴졌어. 한없이 가까워질 순 있어도 결코 닿을 수는 없는 그런 존재. 무한히 사랑하지만 온전히 사랑할 수는 없는 사람. 엄마는 항상 네가 어색하게만 느껴졌어.

하하. 엄마 실격이다, 그지?

해미야. 그런데도 넌 정말 예쁜 아이였단다. 낮잠에 들었다 깼을 때 날 바라보던 그 눈빛이 어찌나 귀엽던지. 진부하지만 너는 정말 천사 같았어. 나는 널 사랑할 수밖에 없었어. 내 삶을 한없이 유예시키는 너를. 내 꿈을 빼앗아 간 너를 그래도 사랑할 수밖에 없었단다.

해미야. 너는 아빠를 닮았어. 모험가였지. 집 안에 있는 가구란 가구는 모조리 올라가야만 직성이 풀리는지, 항상 높은 곳에 올라가려는 널 뜯어말리느라 하루가 다 갔어. 집 밖에만 나갔다 하면 꼭 한 군데씩 상처가 생겨서 엄마는 잠시도 네게서 눈을 뗄 수가 없었어.

네가 사격선수가 되겠다고 말했을 땐 정말 깜짝 놀랐어. 말은 안 했지만 실은 네 아빠도 원래 사격선수였거든. 피는 못 속인다는 말을 정말 싫어했는데, 어쩌면 그런 게 있을지도 모른다는 생각이 들더라. 커 갈수록 너는 점점 더 아빠를 닮아 갔어. 너는 매번 새로운 도전을 원했고 항상 위험한 일에 이끌렸어. 엄마는 그런 네가 걱정스러웠어. 솔직히 프리러닝인지 뭔지 그걸 시작했을 땐 너무너무 무서워서 심장이 멎어 버릴 것 같았어. 지금도 엄마는 네 영상을 마음 편히 못 봐. 이제는 그것만이 널 만날 수 있는 유일한 방법인데도.

이제 와 말이지만, 다미를 강원도에 있는 영재학교에 보내려고 했던 이유도 그래서였어. 그 핑계로 도시를 벗어나면 네가 빌딩 사이를 뛰어다니는 걸 그만두지 않을까 싶어서. 적어도 높은 건물에서 떨어질 일은 없을 것 같아서.

엄마는 너처럼 살아 본 적이 없었어. 조용히 학교랑 집만 오가고 위험한 짓은 엄두도 못 냈지. 프리러닝 같은 건 꿈도 꿔

본 적 없었어. 그래서 널 대하는 게 특히 서툴렀나 봐. 엄마는 하루하루가 너무 두려웠어. 혹시나 네가 아빠처럼 될까 봐. 너도 내 곁을 떠날까 봐 두려워서…….

엄마는 한참이 지나도록 말이 없었다.
어쩌면 울고 있었을지도.
해미는 녹음 파일을 건너뛰지 않고 기다렸다.

그래서 더 모질게 굴었었나 봐. 억지로라도 네가 안전한 길을 걷게 만들고 싶었어. 널 단단히 무장시키고 싶었어. 엄마가 살아온 세계는 항상 거절당하는 세계였으니까. 항상 누군가 죽고 다치고 상처 입어 버려지는 세계였으니까. 돌이켜 보면 너에겐 좋은 말을 한 적이 없었던 것 같아. 잔소리로 심하게 옥죄기만 했던 것 같아.

토라진 네가 방문을 걸어 잠갔을 때 문을 두드렸더라면 좋았을걸. 엄마가 말이 심했다고 사과했더라면, 그래도 엄마는 널 응원한다고 말해 주었더라면, 그랬더라면 우리가 이런 일을 겪지 않았을 거란 생각을 하곤 해. 그땐 왜 그러지 못했을까.

나약한 모습을 보여선 안 된다고. 부모가 자식에게 기싸움에서 밀리면 안 된다고. 왜 그런 이상한 생각을 했는지 모르겠어. 그땐 조금이라도 흔들리는 모습을 보이면 무너져 버릴 것만 같았어. 엄마는 너무 약한 사람이니까. 엄마는 강하다던데, 왜 나만 이렇게 약한 걸까 끝도 없이 거울을 보며 자책했었어.

엄마가 용기를 내지 못해서 다미가 대신 용기를 냈어. 밤늦게 셋이서 바다에 가자고 하더라. 바다를 보면 기분이 좋아질 테니까 거기서 언니랑 화해하라면서. 어린것이 어쩜 그렇게 기특한 생각을 했는지. 참 착한 아이지. 그런데도 엄만 망설이기만 했어. 기차 안에서도 내내 비겁하게 자는 척하며 너를 피했어. 숙소에 널 남겨 두고 도망치기만 했어.

사고가 있었던 그날도 카페에서 너와 싸우려던 건 아니었어. 실은 사과하고 싶었어. 이상하게도 상황은 점점 내가 원하는 것과는 반대 방향으로만 흘러가더라. 나는 결국 네 입에서 나쁜 말이 나오게 만들고 말았어.

네가 했던 그 말이 진심이 아니라는 걸 알고 있었는데. 네 아픔을 끌어안고 보듬어 주었어야 했는데. 미안해. 엄마는 그렇게 상냥한 사람이 아니었어. 그보단 많이 못나고 부족한 사람이었어.

변명하자면 엄마는 많이 지쳐 있었어. 궁지에 몰려 있었어. 네 아빠가 남겨 준 보험금이 떨어진 후론 아무리 열심히 일해도 빚이 점점 늘기만 했어. 나이가 들수록 할 수 있는 일도 줄어들었고, 생활비가 부족해 우울증 약도 처방받지 못한 지 오래였어.

그래, 다 변명이지. 어떤 이유로 그 일을 정당화할 수 있겠니. 너에게 그 말만은 하지 말았어야 했는데.

'너만 안 태어났으면…' 그 말을 채 마치기도 전에 후회했어. 내가 얼마나 큰 잘못을 저지르고 말았는지 바로 알 수 있었어. 왜냐면 네 눈을 마주 보고 말았으니까. 그날 너는 충격을 받은 표정이 아니었어. 오히려 너는 확신에 가득 찬 눈빛을 하고 있었어. 역시나 그랬다는 듯이, 평생 의심해 온 세상의 어두운 비밀을 증명해 내기라도 한 것처럼. 그제야 내가 무슨 짓을 저질러 왔는지 깨달았어.

그저 말 한마디가 문제가 아니었어. 길다면 길고 짧다면 짧을 너의 열다섯 평생 동안 나는 수없이 많은 상처를 너에게 물려주고 있었던 거야. 네 아빠에 대한 미움을, 그 사람에 대한 원망을 전부 너에게 쏟아 내고 있었던 거야. 그건 내가 온전히 떠안았어야 할 아픔인데. 결코 드러내선 안 될 감정이었는데. 나는 그러지 못했어. 엄마는 엄마 실격이야.

그렇지 않아.

해미는 속으로 반박했다.

32

2025 ─── 해운대

"난 엄마처럼 시시하게 살기 싫거든?"

딸의 말을 더는 듣고 싶지 않았다. 해미야, 제발 그만. 제발 좀 그만해.

"꼴 보기 싫으니까 내 인생에 그만 간섭하고 꺼져! 그냥 확 죽어 버리라고!"

머릿속에서 무언가가 툭 하고 끊어지는 것만 같았다. 세상이 눈앞에서 사라지고 혼자만 남겨진 기분이었다. 딸이 무어라 말하고 있었지만 들리질 않았다.

전부 너 때문이야.

수아는 자기도 모르게 손을 치켜들었다. 그러나 힘없이 팔이 떨어졌다. 하긴, 이러는 게 다 무슨 소용이야. 이미 내 인생은 돌이킬 수 없이 망가졌는데. 여기서 뭘 바꿔 보려 한들 달라질 일이 뭐가 있겠어? 이미 한참 늦었어. 그때 이미 내 삶은 끝났으니까.

시시하게 살기 싫다고? 나처럼 살고 싶지 않다고? 너만 그런 줄 아니? 나도 그래. 나도 나처럼은 살고 싶지 않았어. 나도 하고 싶은 일이 있었어. 나도….

"너만 안 태어났으면 나도…."

말을 뱉자마자 깜짝 놀라 입을 다물었다. 끔찍한 실수였다. 다시 주워 담을 수 없는 말을 무슨 말로 덮어 수습해야 할지 혼란스럽기만 했다. 그녀는 스스로를 자책하며 한참 머뭇거렸다.

그 순간, 두 번째 지진이 일어났다. 아이스 아메리카노가 담긴 컵이 넘어져 테이블 위가 검게 물들었다. 수아는 황급히 컵을 일으켜 세웠다.

삐———

한 박자 늦게 긴급재난문자가 울렸다. 인근에서 지진이 일어났다는 내용이었다. 문자를 확인한 그녀는 곧장 자리에서 일어났다.

"빨리 숙소로 돌아가자. 방에 다미 혼자 있어서 걱정돼."

"응. 다미 겁먹었겠다."

어색했던 분위기가 끝나 다행이라 생각하며, 모녀는 서둘러 숙소로 향했다.

* * *

언제 지진이 일어났냐는 듯 사람들은 금세 평온을 되찾았다. 심각한 건 자신뿐인 것 같았다.

수아는 재난문자가 싫었다. 그 문자는 매번 싫은 기억을 떠올리게 했으니까. 사람들은 죽음이 찾아오는 데 이유가 있다고 말하지만, 사실은 그렇지 않다. 죽음은 언제든 누구에게나 이유 없이 찾아올 수 있었다. 어릴 적 부모의 죽음을 겪으며 그녀는 그 사실을 뼈저리게 깨달았다. 한시라도 빨리 이곳을 벗어나야만 마음이 편해질 것 같았다.

"엄마!"

등 뒤에서 다미가 짜증을 냈다.

"아직 바다 못 봤는데 왜 돌아가!"

수아는 무릎을 꿇고 다미와 눈높이를 맞췄다.

"다미야, 다음 주에 다시 오자. 약속."

그녀가 새끼손가락을 내밀었지만 다미는 토라진 표정을 풀지 않았다.

"그냥 잠깐이라도 구경하고 가지? 지진도 끝난 거 같은데."

해미가 말했다. 수아는 고개를 가로저었다.

"엄마가 왠지 불안해서 그래. 돌아가는 기차도 자주 없잖아. 오늘은 빨리 돌아가고 다음 주에 다시 오자. 진짜 약속."

"진짜지?"

"그럼."

다미는 마지못해 새끼손가락을 걸었다.

세 모녀는 트렁크에 짐을 채워 넣고 숙소를 나섰다. 밖은 여전히 평온했다. 남들은 아무 일도 없는데 엄마는 왜 맨날 이렇게 호들갑인지 모르겠다니까. 해미는 그렇게 투덜거리며 트렁크를 끌었다.

"아, 맞다."

지하철역까지 절반쯤 갔을 즈음, 갑자기 해미가 걸음을 멈췄다.

"아이씨, 쪽팔리게. 엄마, 나 잠깐만 숙소에 갔다 올게. 지하철역에서 만나."

"뭔데 그래?"

"별거 아니야. 금방 갔다 올게. 뛰어가면 금방이야."

해미는 그렇게 말하며 트렁크를 남겨 두고 뛰어갔다.

"해미야!"

등에다 대고 소리쳤지만 해미는 금세 인파 속으로 사라졌다. 하여튼 엄마 말은 죽어도 안 들어요. 투덜거리면서도 그녀는 딸의 뒤를 쫓지 않았다. 해미는 얄밉지만 든든한 딸이었다. 자신보다도 훨씬. 길을 잃고 헤매는 일은 없으리라 믿었다. 수아는 다미를 데리고 지하철역으로 향했다.

"엄마."

다미가 그녀의 손을 붙잡으며 말했다.

"왜?"

"화해했어?"

"응…. 아니. 아직 못 했어."

"집에 돌아가면 꼭 화해해. 그럼 다음 주에 바다 못 와도 뭐라고 안 할게."

수아는 머뭇거렸다. 그러자 어린 딸이 새끼손가락을 내밀었다.

"약속."

"응, 그래. 약속."

그녀는 마지못해 손가락을 걸었다.

"엄마, 우리 언니 기다렸다 같이 가면 안 돼?"

"응, 그러자. 엄마가 메시지 보낼게."

그녀는 휴대폰을 꺼내 딸에게 메시지를 보냈다.

> ≫ 그리로 가는 중. 방에 가만히 있어. 괜히 엇갈리면
> 큰일이니까.

수아는 다미와 함께 숙소로 돌아가기 시작했다. 숙소에서 셋이 함께 이동하는 편이 나을 것 같아서였다. 가능하면 바다도 잠깐 보고. 기회가 되면 아까 미안했다고 사과도 해야겠어.

하지만 그 순간, 또다시 지진이 일어났다. 가장 강력했던 세 번째 지진. 수아는 휘청거리는 다미를 감싸며 바닥에 무릎을 꿇었다. 다미가 그녀의 품으로 파고들며 비명을 질렀다.

삐━━━━

또다시 긴급재난문자가 울렸다. 이번엔 규모 6.2였다. 지진이 점점 강해지고 있었다. 왠지 불길했다. 혼자 떨어져 있는 해미가 걱정되기 시작했다.

해미 얘는 대체 뭘 두고 왔길래 돌아간 거야? 아까 어떻게든 붙잡았어야 했는데.

삐━━━━━

재난문자가 연달아 날아왔다. 내용이 점점 심각해졌다.

[국민안전처] 고리1호 연료건물 화재로 방사성 물질 유출
반경 30㎞ 즉시 대피

[부산광역시] 지하철 2호선 해운대역 긴급 열차 운행 알림
(1분 간격 출발)

사람들이 웅성거리기 시작하자 겁이 났다. 공포에 사로잡혀 제대로 된 판단을 내리기 힘들었다. 어서 여길 빠져나가야 한다는 생각뿐이었다. 혼란에 빠진 인파가 썰물처럼 해운대를 빠져나가고 있었다. 수아는 고민에 빠졌다.

해미를 데리러 가야 하나? 아니면 다미부터 안전한 곳으로 옮겨야 할까?

위험할 정도로 많은 사람들이 거리로 쏟아져 나오고 있었다. 다미를 데리고 저 사람들을 거슬러 이동할 수 있을까? 다미 때문에 빨리 이동하지도 못 할 텐데. 혹시 다미를 놓치기라

도 하면 어쩌지? 그러다 다미까지 위험에 빠뜨리면 어떡하지?

선택해야 했다. 무엇이 옳은 선택인지는 알 수 없지만. 그녀는 트렁크를 버리고 다미를 안아 들었다.

"다미야, 빨리 지하철역으로 가자."

"언니는?"

"일단 너부터 안전한 곳에 데려다 놓고 데리러 갈 거야."

다미가 싫다고 소리치며 바둥거렸지만 그녀는 무시했다.

지하철역에 도착할 즈음에야 문자를 보냈다는 사실을 떠올렸다. 해미가 정말로 숙소에서 기다리고 있으면 어떡하나 걱정이 되었다. 지하로 내려온 그녀는 가까운 벤치에 다미를 앉힌 다음 조용히 딸을 타일렀다.

"다미야. 여기서 얌전히 기다릴 수 있지? 혹시 엄마가 늦으면 혼자서라도 먼저 지하철에 타. 저기 군인 아저씨들이 다미 안전하게 지켜 주실 거야."

"안 돼! 엄마 가지 마!"

수아는 몸을 숙여 다미를 꽉 끌어안았다.

"다미야, 다 같이 집에 가야지. 엄마가 꼭 언니 데려올게."

언니를 데려온다는 말에 다미는 푹 고개를 숙였다. 주먹을 꽉 쥐며 최대한 두려운 마음을 참고 있었다.

"빨리 와야 해?"

"착하다, 우리 다미. 엄마 진짜 빨리 갔다 올게."

수아는 다미의 머리를 쓰다듬어 준 다음 자리에서 일어났다. 그녀는 곧장 책임자처럼 보이는 군인을 향해 걸어갔다. 다행히도 그는 협조적이었다.

"무엇을 도와드릴까요?"

"저기 앉아 있는 아이 보이시나요? 제 딸이에요. 제발 부탁드려요. 10분이 지나도 제가 돌아오지 않으면 저 아이를 꼭 열차에 태워 주세요."

"선생님은요?"

"큰애가 아직 밖에 있어요. 제가 가서 데려와야 해요."

"밖은 지금 엉망입니다. 다시 못 돌아오실 수도 있습니다. 차가 언제까지 운행할 수 있을지도 모르고요."

"알아요. 그래도 달리 방법이 없어서요."

군인은 고개를 끄덕였다.

"…알겠습니다. 부디 무사히 돌아오시길 빌죠."

* * *

해미가 정말 얌전히 방에서 기다리고 있을까?

밖으로 나오자마자 수아는 휴대폰을 꺼내 해미에게 전화를 걸었다. 하지만 먹통이었다. 메시지를 보내려 해도 전부 전송 오류가 떴다. 직접 가서 확인해 보는 수밖에 없었다. 전력으로 달리면 5분도 걸리지 않을 터였다.

그녀는 혼란에 빠진 사람들을 거슬러 앞으로 나아갔다.

좁은 골목길을 통해 최단 코스로 이동했지만 숙소까지 가는 길은 험난했다. 그녀는 몇 번이나 사람들과 어깨를 부딪히며 숙소 근처까지 도착했다. 그리고 그곳에서 딸의 뒷모습을 발견했다. 날개가 그려진 검정 재킷이 멀리서도 한눈에 보였다. 해미는 썰물처럼 쓸려 나가는 인파를 따라 이동하고 있었다. 가만히 방에 머무르고 있지 않아 다행이라고 생각했다.

어휴, 그럼 그렇지. 해미 네가 내 말을 곧이곧대로 들을 리가 있나.

"해미! 민해미!"

그녀는 딸의 이름을 부르며 가까이 다가갔다. 하지만 빽빽하게 들어찬 사람들을 헤치고 나아가기가 쉽지 않았다. 다급해진 사람들은 하나둘 달리기 시작했고 해미도 그들과 함께 뛰었다. 딸을 따라잡기가 점점 더 힘들어졌다. 그녀는 최선을 다해 딸을 뒤쫓아 달렸다. 딸의 얼굴을 확인하고 싶었지만 둘 사이의 거리가 줄어들지 않았다.

금세 다시 지하철역에 도착했다. 계단에서 한참 줄이 밀려 뒤늦게 역 안으로 들어온 그녀는 딸의 모습을 놓치고 말았다. 자신을 향해 달려오는 다미를 끌어안으며 그녀는 주위를 살폈다. 해미는 보이지 않았다.

"다미야, 언니 못 봤니? 먼저 도착했을 텐데."

"언니?"

다미는 사방을 두리번거리더니 한쪽을 가리켰다.

"저 사람 아냐?"

날개가 보였다. 해미는 계단을 통해 승강장으로 내려가고 있었다. 수아는 다미를 데리고 승강장으로 향했다.

아래층 승강장으로 내려가니 어느새 해미는 지하철 안에 타고 있었다. 여전히 뒷모습만 보였다. 끝내 얼굴을 확인하지 못한 점이 찜찜했다. 다미도 똑같은 마음이었는지 자꾸만 그녀를 재촉했다.

"엄마, 저 사람 언니 아닌 거 같아."

"다미야, 걱정하지 마. 언니 맞아."

"근데 왜 한 번도 우리를 안 쳐다봐? 아무래도 언니 아닌 거 같다니까."

"엄마가 확인해 보고 올게."

수아는 줄에서 벗어나 열차 쪽으로 다가갔다. 그러나 군인들이 그녀를 제지했다.

"거기 여자분, 똑바로 줄 서세요!"

"저기 제 딸이 타고 있는지만 좀 확인할게요."

하지만 군인은 단호했다.

"저 차는 못 타십니다. 벌써 문 닫았어요. 지금 바로 출발할 거예요."

"아니, 타겠다는 게 아니라 저 애가 제 딸이 맞는지만 본다니까요?"

"도착지에 가서 확인하세요. 지금 줄에서 벗어나시면 다음 열차도 못 타십니다."

그렇게 실랑이하는 사이 열차가 출발해 버렸다. 수아는 딸이 떠나는 모습을 망연히 바라보아야 했다. 그녀는 어쩔 수 없이 다미와 함께 다음 열차를 기다렸다. 금세 다음 열차가 도착했다. 문이 열리자마자 사람들이 꾸깃꾸깃 차 안으로 밀려들어 갔다. 그녀와 다미도 무사히 열차에 올랐다. 열차에 오르기 직전까지도 다미는 걱정스러운 표정으로 계속 되물었다.

"엄마, 언니는?"

"언니는 앞차 타고 갔어. 엄마가 얼굴 확인했어."

"거짓말."

다미가 울먹이며 고개를 가로저었다.

"그 사람 언니 아니라니까."

"언니 맞아. 엄마가 확인했어."

그렇게 믿고 싶었다. 그래야만 했다. 그녀는 애써 자신을 다독이며 다미를 꽉 끌어안았다. 이제 곧 출발한다는 군인들의 외침이 들렸다.

"안 돼, 엄마! 지금 출발하면 안 돼! 언니 아직 안 왔어!"

군인이 수신호를 보내자 삐 소리가 나며 출입문이 닫혔다. 하지만 그 순간,

"에잇."

갑자기 다미가 문틈으로 발을 밀어 넣었다. 순식간에 일어난 일이었다. 출발을 막으려고 한 행동이었지만 평소와 달리

문은 다시 열리지 않았다.

열차가 서서히 움직이기 시작했다. 겁에 질린 사람들이 좀비 떼처럼 열차로 몰려와 창문을 두드렸다. 다미의 다리는 여전히 끼인 채였다. 한 발이 완전히 바깥으로 빠져나와 있었다. 겁에 질린 다미가 온몸을 바둥거렸다. 수아는 딸의 다리를 붙잡아 힘껏 끌어당겼다. 하지만 꿈쩍도 하지 않았다.

"차 좀 세워 주세요! 애 다리가 끼었어요!"

그녀가 아무리 외쳐도 열차는 멈추지 않았다. 오히려 점점 빠르게 가속했다. 열린 문틈으로 차가운 바람이 쏟아져 들어왔다. 모녀는 도와 달라 소리치며 울음을 터뜨렸다.

열차가 어두운 터널로 들어가는 순간, 무언가 부러지는 소리가 났다.

끔찍한 비명 소리가 차 안을 가득 채웠다.

* * *

마산까지 이동하는 내내 눈알이 빠지도록 주변을 둘러보았지만 날개 모양 재킷은 보이지 않았다. 체육관 안에서도 밖에서도 해미를 찾을 수가 없었다. 정신을 잃은 다미를 혼자 둘 수도 없어 수아는 몇 시간째 딸을 등에 업고 다녀야 했다.

한참 동안 이곳저곳을 헤맨 다음에야 그녀는 해미를 발견했다. 다미를 바닥에 내려놓고 미친 사람처럼 달려가 딸을 뒤에서 끌어안았다.

"해미야!"

그제야 처음으로 해미가 고개를 돌렸다. 눈물이 쏟아지려
는 찰나, 그녀는 그 자리에 얼어붙었다.

"누구세요?"

해미가 아니었다.

똑같은 옷을 입고 똑같은 헤어스타일을 한 다른 아이였다.

"미, 미안해요. 나는 우리 딸인 줄 알고…."

수아는 바닥에 주저앉았다. 날개 모양 재킷을 입은 소녀는
그녀를 이상한 사람처럼 쳐다보며 황급히 자리를 떠났다. 크
게 소리를 지른 탓에 주변 사람들이 모두 그녀를 쳐다보고 있
었다. 저 사람 웃긴다. 어떻게 자기 애도 못 알아보고 착각할
수가 있지? 모두가 말없이 그런 비난을 쏘아 보내고 있는 것만
같았다. 납득하지 못하는 건 그녀 스스로도 마찬가지였다. 어
떻게 딸을 못 알아볼 수가 있지? 그러고도 네가 엄마야? 그녀
는 자신을 욕하고 또 욕했다. 배가 텅 비어 버릴 정도로 오열
을 터뜨렸다.

며칠이 흘러도 해미는 체육관에 오지 않았다. 혹시나 어딘
가로 이송되었을까 싶어 전국의 병원이란 병원을 다 돌아다녔
지만 어디에도 해미는 없었다. 몇 주 만에 마산으로 다시 돌아
온 모녀는 이재민과 유가족이 엉망으로 뒤섞인 대피소에 텐트
를 얻었다.

사망자만 수천 명에 이르는 대재난이었다. 현장의 시신을 수습하는 데만도 1년 가까운 시간이 걸렸다. 수아는 다미와 함께 텐트에서 꼬박 1년을 보내야 했다. 깔끔했던 체육관엔 오랜 생활의 흔적이 가득 채워졌다. 잔뜩 깔린 장판 위로 빈 생수병과 소주병이 널브러졌고, 한쪽에는 때묻은 신발과 이불이 쌓여 갔다. 사람들은 제대로 씻지도 못한 행색으로 시간을 보내곤 했다.

시신을 수습한 사람들이 하나둘 떠나고 몇 안 되는 수의 사람들만 남게 되자 불안이 체육관을 잠식해 갔다. 혹시나 마지막까지 남는 사람이 자신이면 어쩌나 겁이 났다. 처음엔 시신으로 발견되면 어쩌나 걱정하던 사람들이 어느 순간부터는 시신조차 안 나오면 어쩌나 걱정하고 있었다. 어처구니없는 일이지만 시신이 나오면 사람들은 축하한다고 말했다. 시신을 되찾은 가족들은 고맙다고 답했고. 사람이 죽었는데 대체 뭐가 축하할 일인 걸까. 우리는 대체 뭐가 고마운 걸까. 수아는 자신이 드디어 미쳐 버린 거라고 생각했다.

거의 막바지에 이르러서야 해미의 시신이 발견되었다. 어처구니없게도 해미는 숙소에 있었다. 체크아웃을 마친 탓에 기록이 남지 않아 수색이 늦어진 모양이었다. 해미는 젖은 수건으로 창문과 입구를 틀어막고 방 안에서 엄마를 기다리고 있었다. 평소엔 지지리도 말을 안 듣더니 왜 하필 이럴 때만 엄마 말을 들어서는. 너무 황당하고 우스워서 눈물도 나오지 않왔다.

담당자는 담담한 표정으로 아이의 시신을 확인할 것인지 물었다. 방사능으로 온몸의 피부가 벗겨진 데다 시신의 부패도 심해 얼굴을 알아볼 수 없을 거라고 했다. 다미와 의논한 끝에 얼굴을 확인하지 않기로 했다. 해미의 마지막 모습을 아름답게 남겨 두기로 결정했다. 그녀는 자신의 딸인지 분별할 수조차 없는, 삼베로 꽁꽁 싸맨 시신을 마주해야 했다. 딸의 시신은 두꺼운 납덩어리 속에 콘크리트로 굳혀졌다.

놀랍게도 장례식장에는 드문드문 손님이 방문했다. 해미의 학교 친구들, 선생님들, 그리고 '캣윙'의 팬이라는 사람들. 딸과는 전혀 접점이 없을 것만 같은 얼굴을 한 사람들이 드문드문 나타나 모녀의 손을 꽉 잡아 주고 떠나곤 했다.

수아는 휴대폰을 열어 해미의 스트리밍 채널에 접속했다. 게시판은 해미를 걱정하는 글들로 가득했다. 꼭 살아 있어야 한다고. 제발 무사하다고 답해 달라고. 어떻게 알았는지 누군가 딸의 부고를 그곳에 알렸고, 그 아래로 수백 개가 넘는 추모의 댓글이 달리고 있었다. 1년이 지난 지금까지도 잊지 않고 찾아와 딸을 추모하는 사람들이 있었다.

해미야, 너는 이렇게나 사랑받는 아이였구나. 엄마는 몰랐어.

그녀의 옆에 앉은 다미도 똑같이 휴대폰을 보고 있었다. 다미는 말없이 영상을 하나 틀어 그녀를 향해 내밀었다. 스트리밍 방송 도중에 팬들이 따로 저장한 짧은 클립이었다. 어느 건물 옥상에서 해미는 잠시 휴식하며 사람들과 대화를 나누고 있었다.

화면 속 해미는 카메라를 바라보며 이렇게 말했다.

— 웅? 돈 벌면 뭐 할 거냐고? 난 엄마 다 줄 거야. 울 엄마 진짜 불쌍한 사람이거든. 하고 싶은 거 많을 텐데 암것도 안 해. 맨날 돈 아껴야 된다고만 그러고.

— 와, 진짜. 컨셉질 아니라니까. 구라면 내가 진짜 손모가지다, 손모가지.

해미가 자신의 손목을 치며 활짝 웃는 순간, 수아는 결국 울음을 터뜨리고 말았다.

33

새로운 녹음_13.m4a

해미야. 어떤 슬픔은 시간의 바깥에 존재해.

아무리 시간이 흘러도 결코 기억에서 지워지지 않아.

너에 대한 기억은 이제 내 안에 거대한 중력장처럼 자리 잡았고, 응축된 질량에 사로잡힌 나는 결코 그 무게에서 벗어나지 못해. 이곳에선 빛조차 발이 묶여 아무것도 보이지 않아. 텅 빈 진공이 모든 목소리를 집어삼켜. 나는 그저 사건의 지평선을 따라 빙글빙글 맴돌 뿐이야.

처음엔 네 방에 한번 들어가는 데만도 엄청난 노력이 필요했어. 그다음엔 네 방에 들어가지 않기 위해 노력해야 했고. 네 흔적이 남은 물건들을 전부 없애고 원래부터 없었던 사람이라고 생각해 보려 했어. 널 잊기 위해 정말 많이 노력했어.

그런데 안 되더라. 널 잊을 수가 없더라.

네가 죽은 후에 제일 먼저 떠올린 생각이 뭔지 아니?

라이브 캠 드론을 사 줄 걸 그랬다는 후회였어. 다미한테
물어봤더니 그거 얼마 하지도 않는 거였더라. 한 번도 뭘 사
달라고 말한 적 없던 네가 그렇게 부탁했었는데. 정말 갖고 싶
다고 했었는데. 그깟 카메라가 대체 뭐라고.

시간이 날 때마다 네가 올려놓은 프리러닝 영상들을 보곤
했어.

솔직히 마음이 편치는 않았어. 영상 속에서 넌 항상 고통
받고 있었으니까. 채팅창을 가득 채우는 그런 잔인한 말들에
너는 얼마나 상처받았을까. 네 외모를 품평하는 말들에, 남자
선수들과 비교하며 깎아내리는 말들에 얼마나 자존심이 상했
을까. 조금만 삐끗해도 생리 중이냐고 비아냥대는 놈들은 또
얼마나 싫었을까. 점프할 때 흘린 신음 소리를 캡처해 채팅창
에 반복해서 재생하는 짐승 같은 놈들을 눈앞에 두고도 어떻
게 너는 욕하지 않고 참을 수 있었을까.

결국 우리는 같은 싸움을 하고 있었더라. 비록 방식은 달
랐지만.

해미야. 한때는 나도 에이다 러브레이스나 캐서린 존슨 같
은 사람이 되고 싶었어. 멋지게 과학사의 한 페이지에 이름을
남기고 싶었지. 물리학자가 되겠다고 했을 때 사람들은 하나
같이 내게 똑같은 말을 했어. 여자의 뇌는 수학이나 물리를 잘

할 수 없게 만들어져 있다고. 여학생이 열 명에 한 명도 되지 않는 강의실에 들어설 때마다 나는 숨이 막히는 것 같았어. 뭔가를 증명해야 할 책임이 모조리 내 어깨 위에 얹혀 있는 것만 같아서.

너도 그랬겠지. 혼자서 많이 힘들었겠구나. 네게 조금 더 상냥하게 대했다면 좋았을걸. 네가 하려는 일을 응원해 줄걸. 조금만 더 좋은 말을 해 줄 걸 그랬어. 사랑한다는 말을 한 번이라도, 단 한 번이라도 더 많이 해 줄 걸 그랬어. 결국 너는 멀리 떠났고, 이제는 사랑한다는 말을 수백 번 해도 아무 소용이 없구나.

괜찮아. 지금 이렇게 닿았잖아.
다시 이렇게 우리가 서로를 만났잖아.

해미야. 네 동생은 엄마보다 몇 배는 더 힘들어했어. 다리를 다쳐서 잘 걷지도 못하는 몸으로 일주일에 몇 번씩 네 묘비를 찾아갈 정도로 널 잊지 못해 괴로워했어. 엄마가 아무리 말려도 소용이 없었어.

다미는 처음엔 학교에도 가지 않았어. 몇 년을 설득해도 엄마 말을 안 듣더니, 어느 날 갑자기 검정고시를 보고 대학에

떡하니 합격하더라. 과학자가 되어서 언니를 되살리고 싶다면서. 그게 얼마나 허황된 이야기인지 그 똑똑한 애가 몰랐을까. 그런 이유라도 붙이지 않으면 도저히 삶을 이어 나갈 도리가 없었던 거겠지.

몇 년 전엔 결혼식도 올렸어. 남편이라며 데려온 남자애가 좀 모자라 보이긴 했다만 그렇게 나쁜 사람 같지는 않더라. 갑자기 아이가 생겼다며 호들갑을 떨더니 쌍둥이도 낳았어.

결혼 생활이 그리 오래가진 못했어. 결국 두 사람은 이혼했어. 애들은 아빠가 데리고 떠나 버렸고. 헤어진 원인이 누구에게 있는진 바싹하게 말라 버린 그 애 얼굴만 봐도 충분히 알겠더구나.

쌍둥이 아이들이 얼굴도 잘 기억나지 않는 할머니를 찾아온 이유도 그래서였겠지. 그 아이들도 분명 상처 가득한 어린 시절을 돌이키고 싶었던 걸 거야. 어쩌면 이미 알고 있겠지만, 그 애들은 네 조카란다. 민휘와 민현. 엄마 성을 따른 걸 보면 아빠와 함께한 시간도 그리 행복하지는 않았던 모양이지.

그 귀여운 아이들은 먼 미래에서 잘 알지도 못하는 시간여행 기술을 훔쳐 나에게 왔어. 처음엔 믿지 않았지만 결국 나는 그 아이들에게 설득됐지. 사실 먼저 설득된 건 다미였어. 얼굴을 보자마자 제 자식들이라는 걸 한눈에 알아봤거든.

우린 그 애들이 가져온 반쯤 망가진 다이브 머신을 수리하기 시작했어. 몇 번의 시행착오가 있긴 했지만 결국 해냈지. 여전히 이 기계가 어떻게 시간여행을 가능하게 하는지에 대해선 완벽히 이해하고 있지 못하지만.

어쩌면 네가 알고 있는 시간여행의 규칙들은 우리가 만든 것일지도 몰라. 넷이 함께 시간여행 장치를 개량하며 몇 가지 기준을 세웠거든. 우리가 만든 규칙이 미래로 이어져 다시 너희에게 돌아간 건지도 모르지. 어떻게 그런 일이 가능한지는 잘 모르겠어. 시간이란 얼마나 복잡한 개념인지, 모든 걸 이해하고 설명하는 일이 불가능하게만 여겨져.

엄마는 잠시 호흡을 골랐다.

첫 번째 다이브에 성공하자마자 우리가 묵었던 숙소를 찾아갔어. 너무 궁금했거든. 네가 왜 거기로 돌아가야 했는지. 그 방에 대체 뭘 두고 왔기에 그랬는지. 별로 기대는 안 했어. 네가 이미 챙겨 나왔을지도 모른다고 생각했으니까.

그런데 거기 있더라. 네가 직접 쓴 사과 편지가.

내 베개 아래에 그런 게 놓여 있을 줄은 까맣게 몰랐어. 다미랑 내가 바다를 구경하는 동안 너는 숙소에 남아 그 편지를 썼던 걸까? 처음엔 그렇게 생각했어. 그런데 곰곰이 생각해 보니 그건 아닌 것 같더라. 방 안 어디에도 펜이 없었어. 네 유품에서도 펜은 발견되지 않았고. 어쩌면 네가 집에서부터 편지를 가져왔을지도 모른다는 생각이 들었어. 어쩌면 훨씬 오래 전부터 그 편지를 품에 지니고 있었던 걸지도 모르지. 방에 들어가 문을 잠갔을 때, 혹시 너는 그 안에서 화를 낸 게 아니라 편지를 쓰고 있었던 걸까? 어쩌면 카페에서 내가 너에게 심한 말을 했을 때도 너는 속으로 편지 생각을 하고 있었을까?

만약 내가 그 편지를 미리 발견했더라면 우리는 이런 일을 겪지 않아도 됐을까?

생각할수록 내가 미워지기만 했어.

네 편지를 읽자마자 나는 충동적으로 너에게 메시지를 보냈어. 숙소에서 기다리지 말라고, 빨리 지하철역으로 오라고. 쌍둥이는 과거를 바꾸는 작업은 신중하게 진행해야 한다고 했지만 그 순간만큼은 도저히 참을 수가 없었어. 나는 어떻게든 널 구해야만 했어.

나는 그렇게 과거를 바꾸기 시작했어.

34

2025 ── 해운대

영원히 끝나지 않을 것 같던 추락이 끝나고, 수아의 다이브가 시작되었다.

벌써 스물세 번째였다. 충동적으로 문자를 보내 해미가 숙소로 가는 것만은 막았지만, 혼란에 빠진 해미는 자꾸만 먼 길을 빙빙 돌며 타이밍을 놓쳤다. 그녀는 어린 해미가 잘못된 경로를 택하지 않도록 세밀하게 조정하고 또 조정해야 했다. 간판을 움직이고, 안내판의 방향을 돌려놓고, 때로는 귀에 속삭이거나 멀리서 소리치며 위기감을 조장하기도 했다. 지쳐 쓰러질 정도로 무수한 우여곡절이 있었지만 견딜 수 있었다. 이제 성공이 목전이었으니까.

그렇게 수아는 어린 해미를 지하철역에서 숙소로 향하는 최단 코스 골목길에 진입시키는 데 성공했다. 이제는 그 길에서 해미가 벗어나지 않도록 막기만 하면 과거의 자신과 해미가 만날 터였다. 작전은 최종 단계였다.

그녀는 과거에 착지하자마자 곧장 서쪽 대로를 통해 남쪽으로 향했다. 어린 해미보다 한 발 앞서 골목길에 도착한 그녀는 커다란 입간판으로 샛길을 막고 그 뒤에 몸을 숨겼다. 경로가 가로막히자 어린 해미는 방향을 꺾지 않고 앞으로 직진했다.

그녀는 간판을 제자리에 돌려놓고 어린 해미의 뒤를 쫓았다. 성공이었다. 과거의 자신과 해미가 서로를 끌어안았다. 모녀가 손을 잡고 지하철역으로 되돌아가는 모습을 바라보며 그녀는 마음속으로 쾌재를 불렀다.

그런데 이 불길한 기분은 대체 뭘까?

불안했다. 그녀는 좀 더 과거에 남아 두 사람의 뒤를 따라가 보기로 했다. 모녀가 무사히 탈출하는 모습을 봐야만 안심이 될 것 같았다.

모녀는 무사히 지하철역에 도착했다. 수아는 그들의 뒤를 쫓아 지하철역 안으로 들어갔다. 역 안에는 반가운 얼굴들이 많았다. 대부분 체육관에서 함께했던 사람들이었다. 얼핏 아버지와 함께 이동하는 민수의 모습도 보였다. 그녀는 민수의 아버지가 이곳에서 죽게 되리란 사실을 알고 있었다. 하지만 당장 할 수 있는 일이 아무것도 없어 안타까웠다. 이제 역사가 바뀌면 이 모든 인연도 없었던 일이 되겠지. 우리는 체육관에 머무르는 일 없이 서울로 돌아갈 테니까. 이 많은 사람들 중에서 오직 우리만. 수아는 죄책감과 안도감을 동시에 느꼈다.

모녀는 다미와 합류했고 세 사람은 곧장 승강장으로 내려갔다. 예상보다 조금 늦어지긴 했지만 마지막 열차를 타기에 충분한 시간이었다.

그녀는 멈춰 버린 에스컬레이터를 통해 반대편으로 내려간 다음, 그곳에서 멀리 떨어진 세 사람을 지켜보았다. 곧이어 마지막 열차가 들어왔고 사람들은 질서 정연하게 차에 오르기 시작했다. 수아는 신중하게 머릿수를 헤아려 보았다. 아슬아슬하지만 세 사람 모두 차에 탈 수 있을 것 같았다.

문제는 민수였다.

딱 한 사람. 딱 한 사람이 늘어난 탓에 민수는 지하철에 타지 못했다. 눈앞에서 탑승 줄이 끊어지자 민수의 아버지는 폭발했다. 그는 미친 사람처럼 소리를 지르며 군인을 밀치고 해미의 팔을 끌어당겼다.

"내려!"

"왜 이래요!"

해미는 비명을 지르면서도 끝까지 차에 타고 버텼다. 그러자 민수의 아버지가 주머니칼을 꺼내 해미의 목을 겨누었다. 서늘한 날붙이가 살갗에 닿자 해미는 깜짝 놀라 얼어붙었다. 곁에 있던 수아가 최대한 침착하게 그를 설득했다.

"걱정 마세요. 다음 차가 올 거예요."

그러자 민수의 아버지가 고개를 가로저었다. 의외로 그는 냉정했다.

"아니, 다음 차는 없어요. 가용 차량이랑 인원을 몇 번이나 확인했어요. 이게 마지막 차예요. 당신들이 마지막 승객이고."

"그래서 대체 어쩌라는 건데요?"

"둘 중 하나를 포기해요."

"어떻게 그래요? 차라리 제가 내릴게요. 그럼 되잖아요?"

"안 돼요. 애를 돌봐 줄 어른이 있어야죠."

"내 딸을 괴롭힌 사람의 자식을 내가 돌볼 거 같나요?"

"잠깐만 봐 주면 돼요. 아이가 안전한 곳에 도착할 때까지만. 미안합니다. 제 아들을 살리려면 이 방법뿐이에요. 만약 협조하지 않겠다면 지금 당장 이 애를 죽일 겁니다."

남자는 해미의 목에 바싹 칼을 들이댔다. 제정신이 아니었다. 겉으론 차분해 보였지만 실제로 대화를 나눠 보니 전혀 말이 통하지 않았다. 그는 다시 한번 거칠게 해미를 끌어당기며 민수를 차 안으로 밀어 넣으려 했다.

밀쳐졌던 군인이 동료들과 함께 돌아왔다. 군인들이 그에게 총부리를 겨누었다. 다급해진 그는 횡설수설했다. 군인들에게 붙잡히기 직전, 그가 해미의 가슴을 칼로 찔렀다. 아이의 가슴이 서서히 붉은빛으로 물들기 시작했다. 굳어 버린 해미의 몸이 힘없이 밖으로 끌려 나왔다. 그 모습을 지켜본 다미가 입을 막고 비명을 질렀다.

"내 잘못 아니야! 너희가 날 이렇게 만든 거야!"

남자는 군인들에게 잡혀가는 와중에도 민수를 차에 밀어 넣었다. 그는 끝까지 자신의 아이를 데려가라며 소리 질렀다. 그 또한 필사적이었다.

"한 명이 살려면 한 명이 죽어야 해! 모두가 차에 탈 순 없다고!"

삐 소리와 함께 문이 닫혔다. 닫힌 문 아래에 쓰러진 해미는 꿀럭거리며 피가 쏟아지는 상처를 부여잡았다. 차 안에서 가족들이 다급하게 문을 두드렸지만 해미는 고개를 돌려 그들을 바라볼 힘조차 없었다. 눈동자가 빠르게 초점을 잃어 갔다.

괜찮아. 다시 하면 돼.

수아는 자기도 모르게 고개를 돌리며 다이얼을 돌렸다.

35

새로운 녹음_27.m4a

그 사람을 미워하고 싶진 않아. 그 사람도 자신의 아이를 살리기 위해서 할 수 있는 걸 했을 뿐이니까. 아마 같은 입장이었다면 나도 그랬겠지.

물론 다시 과거로 돌아가 그 남자를 막을 수도 있었어. 우리가 조금 더 빨리 역에 도착하도록 변화를 일으킬 수도 있었고. 그랬더라면 모든 일이 깔끔하게 해결됐겠지. 셋이 무사히 기차를 타고 그곳을 탈출할 수 있었을 거야. 근데 그럴 수가 없었어. 그 아이… 민수의 얼굴을 보고 말았으니까.

미안해. 엄만 도저히 그 애가 죽게 내버려 둘 수가 없었어. 그 어떤 누구도 대신 죽게 만들 수는 없었어. 우리 대신 죽은 사람의 유가족들이 무슨 일을 겪게 될지 너무 잘 알았으니까.

아니야, 미안해할 필요 없어.

그게 옳은 일인걸.

왜 그 간단한 사실을 처음부터 생각하지 못했을까. 지하철에 탈 수 있는 사람의 숫자가 정해져 있다는 건 너무나 당연한 사실이었는데. 멍청하게도 마지막 순간까지 우린 아무도 그 생각을 못 했어. 어쩌면 내심으로는 알고 있었는지도 모르겠어. 생각하고 싶지 않아 마음속 깊은 곳에 미뤄 두었던 건지도 모르지.

과거를 바꾼다는 건 결국 그런 거야. 누군가를 치우고 그 자리에 다른 사람을 밀어 넣는 일. 한 사람을 살리기 위해선 다른 한 사람을 희생시키는 수밖에 없어.

그래서 나는 나를 죽이기로 했어. 네 동생이 잠든 틈을 타 나는 또다시 과거로 다이브했어. 숙소로 달려가자마자 너와 몸을 부딪쳐 널 쓰러뜨렸어. 네가 새로운 경로를 택하도록, 다시는 우리가 마주치지 못하도록. 열 번이 넘는 다이브 끝에 결국 나는 네가 지하철역으로 향하게 만들었어. 너는 혼자서도 그 끔찍한 삼거리를 지나 무사히 해운대를 탈출했어.

동시에 나는 과거의 내가 지하철역으로 돌아오지 못하게 막아야 했어. 과거의 내가 다른 곳에서 헤매도록 곳곳에 스티커를 붙이고 장애물을 설치했어. 네 흉내를 내며 날개 모양 재킷을 꾸며 입고 직접 나 자신을 유인하기도 했어. 생존한계선을 넘어 결코 살아남을 수 없는 먼 곳까지 나 자신을 데려갔어.

그렇게 나는 그곳에서 서서히 죽어 갔어. 그렇게 죽고 끝났어야 했어. 그렇게 모든 일이 끝났어야 했는데. 그랬는데….

36

2049 —— 해운대

이대로 돌아가면 나는 어떻게 되는 걸까? 죽어 소멸하게 되는 걸까? 아니면 보호거품이 죽음마저 막아 내고 나를 지켜 줄까.

확인할 방법은 하나뿐이지.

각오를 다진 수아는 다이얼을 돌려 미래로 되돌아갔다.

* * *

다시 눈을 떴을 때, 그녀는 여전히 살아 있었다.

해미가 되살아나지도 않았다. 도대체 무슨 일이 일어나고 있는 것인지 혼란스러웠다. 그녀가 지금껏 이해한 시간여행의 법칙들과 하나도 맞아떨어지지 않았다. 시간이 흐를수록 초조해졌다. 결국 그녀는 다미에게 모든 사실을 털어놓았다.

"그래서 뭘 했다고?"

상황 설명을 마치자마자 다미가 쏘아붙였다.

"네 언니는 분명 살아남았어. 확실해, 지하철을 타고 탈출하는 걸 내가 직접 지켜봤으니까."

"그게 아니라!"

다미는 걱정이 가득 담긴 눈으로 소리쳤다.

"엄마 미쳤어? 진짜 엄마가 죽기라도 했으면 어쩌려고 그랬어?"

"난 괜찮아."

"뭐가 괜찮아! 하나도 안 괜찮거든? 다시는 그런 짓 하지 마, 알겠어?"

수아는 대답하지 않았다. 다미는 잘 들리지 않는 목소리로 투덜거리며 홀로그램 지도를 향해 휠체어를 움직였다. 한참 지도를 노려보던 다미는 짧게 한마디를 덧붙였다.

"…셋이 함께 살아남을 방법이 반드시 있을 거야."

다미는 홀로그램 지도를 새로 업데이트한 다음, 느린 속도로 처음부터 재생하며 바뀐 점이 없는지 꼼꼼하게 살폈다. 시간이 흐를수록 다미의 표정이 점점 어두워졌다.

"이상해."

다미가 손톱을 물어뜯으며 말했다.

"사람들의 움직임이 완전히 달라졌어."

다미는 태블릿을 집어 들고 인터넷으로 CCTV 영상을 확인했다. 그리고 얼마 지나지 않아 이상 현상의 원인을 발견했다.

"원인을 찾았어."

그녀가 화면을 터치하자 홀로그램 지도 위에 커다란 영상이 떠올랐다. 수아는 고개를 들어 화면을 바라보았다.

"저 사람… 설마 해미니?"

"응. 확실해. 언니는 다이버가 됐어."

화면 속에 해미가 서 있었다. 서른을 훌쩍 넘긴 듯한 얼굴이었다. 다미가 태블릿을 조작하자 홀로그램 지도 위에 파란색 실루엣을 한 사람들이 표시되었다. 모두 합해 열 명이 넘었다.

"여기 표시된 사람들이 전부 다 언니야."

"그런데 왜 우리 기록에는 여전히 해미가 죽은 걸로 되어 있지?"

"실제로도 죽은 게 맞아. 숙소에서 언니 시신을 수습한 기록이 있어."

"그럼 저기 살아 있는 건 누군데?"

다미는 입술을 만지작거리며 잠시 고민했다.

"…혹시 시간선이 갈라진 건 아닐까?"

"평행우주는 존재하지 않는다고 우리가 이미 실험으로 충분히 입증했잖아. 그동안 시간선이 갈라진 적은 한 번도 없었어. 미래는 반드시 한 가지로 확정돼."

"나도 그런 줄 알았지. 그런데 우리 눈앞에서 실제로 그 일이 벌어지고 있잖아."

다미는 어깨를 으쓱였다.

"엄마, 우리 쪽 세계에서 언니는 분명 죽었어. 그건 확실해. 두 개의 세계가 동시에 존재한다는 가설 말고는 저 영상 속에 살아 있는 언니의 존재를 설명할 방법이 없어. 언니가 살아남은 또 다른 버전의 우주가 동시에 존재하고 있는 거야. 거기서 언니는 다이버가 됐고."

수아는 머릿속으로 가지 치듯 갈라지는 시간의 줄기를 상상했다. 본래 일직선으로 흘러가던 시간은 그녀가 해미를 되살린 순간 둘로 갈라졌다. 해미가 죽고 자신이 살아남은 세계와, 자신이 죽고 해미가 살아남은 세계로. 2025년의 해운대를 기점으로 두 개의 세계가 동시에 존재하기 시작했다.

상상하면 할수록 머릿속이 복잡해졌다.

"네 말이 맞다고 치자. 그럼 왜 이번에만 시간선이 갈라진 걸까?"

"내 추측으로는 우리가 루프에 빠진 거 같아."

"루프? 닫힌 시간꼴 곡선*을 말하는 거니?"

"응. 맞아."

---

* Closed Timelike Curve. 일반상대성이론의 계산식에 매우 강한 중력이나 우주의 회전, 웜홀 같은 현상을 가정할 경우 입자는 공간뿐만 아니라 시간까지 거슬러 출발한 지점으로 되돌아갈 수 있다. 이처럼 입자가 계속해서 같은 지점으로 되돌아가 동일한 사건을 반복하는 경우 이를 닫힌 시간꼴 곡선이라 부른다.

다미는 손가락을 튕겨 홀로그램 지도를 재생했다.

"언니의 움직임을 봐 봐. 언니는 지금 엄마를 구하려고 하고 있어. 엄마가 언니를 구하면 언니는 다시 엄마를 구하고. 그럼 엄마는 다시 언니를 구하고. 원인은 결과가 되고, 결과는 다시 원인이 돼. 한쪽 세계의 결말이 다른 쪽 세계의 시작이 되는 거야."

다미는 검지로 빙글빙글 원을 그렸다.

"이런 식으로 두 가지 사건이 무한히 순환하는 고리를 형성하게 된 건 아닐까? 앞면과 뒷면이 끝없이 반복되는 뫼비우스의 띠처럼 말이야. 앞면의 세계와 뒷면의 세계가 번갈아 반복되면서 마치 두 가지 가능성이 중첩된 것처럼 착시를 일으키는 건지도 몰라."

"사건의 가능성이 중첩된다니…"

"양자역학의 기본이잖아. 입자는 관측되지 않는 동안 가능성이 중첩된 채 여러 가지 상태를 동시에 지닐 수 있어."

"미시 영역에서야 그렇지. 지금 우리가 이야기하고 있는 건 거시 세계에서 일어난 사건이야."

"다를 게 뭐가 있어. 만약 우주를 관측하는 신이 존재한다면, 신의 눈에 비친 지구는 아주 작은 입자나 다름없을 거야. 지구상에서 벌어지는 사건 따위는 전자의 위치만큼이나 사소한 일일 거라고."

"네 말은 전부 가설일 뿐이야."

"이거 말고 지금 상황을 설명할 수 있는 가설이 있어?"

반박할 수 없었다.

"지금 상황이 오래 지속되진 않을 거라고 생각해. 엄마도 알잖아. 중첩 상태가 얼마나 쉽게 붕괴하는지. 이건 일시적인 현상일 수밖에 없어. 누군가에게 관측되는 순간 한 가지 확정된 미래만 남고 나머지 현실들은 전부 붕괴할 거야. 결국 한 가지 상태로 현실이 고정될 거야."

"그럼 더 서둘러야겠네."

수아는 서둘러 다이브 머신 위로 올라갔다.

"어쩌려고?"

다미가 물었다.

"어쩌긴, 네 언니 막아야지. 신이 우리를 위해 한눈팔고 있는 사이에."

37

새로운 녹음_31.m4a

해미야.

널 살리는 것만이 내 삶의 유일한 이유였단다. 나는 널 반드시 살려야만 했어.

끝없는 반복이었어. 네가 나를 살리면 나는 너를 살렸고, 다시 네가 나를 살리면 나는 또다시 너를 살려 냈어. 우리가 대체 몇 번이나 이 짓을 반복하고 있는 걸까? 이제 나는 횟수를 세는 것도 포기한 지 오래야.

매일같이 시지프 신화를 재현하는 기분이야. 널 산 정상까지 데려다 놓으면 너는 벼랑 끝에서 뛰어내리고, 나는 다시 널 정상으로 끌고 와. 절망한 내가 벼랑 끝에서 뛰어내리면 이번 엔 네가 내 발목을 질질 끌고 다시 산 정상에 데려다 놓지. 몇 번이고. 몇 번이고. 이곳에서 우리가 할 수 있는 일은 오직 자살밖에 없는 것처럼 느껴져. 한쪽이 포기할 때까지 이 짓은 영원히 끝나지 않을 거야.

해미야. 너와 내가 벌인 짓 때문에 우주는 끊임없이 변화하는 이상한 시공간이 되어 버렸어. 우리가 시간여행을 시도하면 시도할수록 점점 더 많은 미래가 생겨나고 있어. 새로운 시간선이 갈라질 때마다 나는 그걸 가지치기하듯 모조리 제거해야 해. 그중에 몇 번이나 제대로 성공했는지 확인할 길도 없이. 이제는 대체 몇 개의 시간선에서 2025년의 해운대로 다이브를 시도 중인지 전부 파악되지도 않아.

다 설명할 수도 없는 많은 일들을 겪었어. 그중엔 우리가 모두 살아남는 경우도 있었고, 우리가 모두 죽는 경우도 있었어. 심지어 네가 패러독스로 소멸하는 것을 지켜봐야 할 때도 있었어. 시간전쟁이 일어나 무수한 다이버가 탐욕스러운 전쟁을 벌이기도 했어. 시간의 틈새에 끼어서 죽을 뻔한 적도 있었고. 심지어 해운대가 통째로 붕괴해 거품이 되어 소멸하는 광경도 몇 번이나 지켜봐야 했어.

…이제는 그마저도 초연해졌어. 사방이 거품으로 붕괴하는 와중에도 차가운 물 한 컵을 찾을 정도로.

역사가 바뀔 때마다 나는 네가 일으킨 영향을 수습해 제자리로 돌려놓았어. 나는 끝끝내 내가 죽고 네가 살아남는 결말을 지켜 냈어. 하지만 너는 포기하질 않더라. 너는 시도할 수 있는 모든 방법을 시도한 끝에 절망했고. 결국 자신을 영원히 소멸시킬 결심을 하고 말았어.

나는 결국 네 앞에 모습을 드러낼 수밖에 없었어.

엄마는 마지막으로 크게 숨을 들이켰다.

알겠니, 해미야? 이제 그만 이 짓을 멈춰야 해.

당신을

죽이기 위한

시간

38

2045 ── 해운대

"우리가 엄마를 구하고 있다고 생각했는데, 실은 엄마가 언니를 구하고 있었던 거였네."

다미가 허탈한 표정으로 말했다.

사방에 적막이 흘렀다. 어느새 해가 떠올라 텐트 아래로 빛이 새어 들고 있었다. 해미는 접이식 의자에 등을 파묻고 눈을 감았다. 그러자 다미가 재촉하듯 물었다.

"언니, 이제 어떡할 거야?"

"뭘 어떡해. 하던 대로 해야지. 엄마 살릴 거야."

"그럼 언니가 죽는다며."

"상관없어."

"상관 있거든?"

"미안한데, 다미야. 난 무조건 엄마를 구해야겠어."

다미는 휴대폰을 던지듯 내려놓고 크게 한숨을 쉬었다.

"이젠 다 지긋지긋해."

"다미야, 전부 원래대로 되돌리는 것뿐이야. 누가 죽는 것도, 사라지는 것도 아니야."

"나도 알아."

다미는 그 말을 끝으로 침묵했다. 그러다 갑자기 질문을 던졌다.

"근데 그 쌍둥이 얘긴 대체 뭐야? 혹시 언니도 알고 있었어? 그 둘이…"

그 순간 스마트스틱에서 벨 소리가 울렸다. 쌍둥이였다.

"타이밍 한번 기가 막히네."

다미가 빈정거렸다. 해미는 스마트스틱을 집어 들고 통화를 수락했다.

— 해미 씨? 휘입니다.

휘의 이름을 듣자마자 다미의 눈썹이 일그러졌다. 해미는 동생의 반응을 애써 무시하며 대답했다.

"네, 말씀하세요."

— 혹시 옆에 민다미 씨도 함께 있나요?

해미는 다미를 힐끔 쳐다보았다. 다미는 더 크게 눈살을 찌푸렸다.

"네, 있어요."

— 밖으로 나오세요. 둘이서만 대화하고 싶습니다.

"왜요? 그냥 여기서 말해요."

다미가 끼어들었다.

— 안 됩니다. 민다미 씨가 곁에 있으면 저는 한마디도 하지 않을 겁니다.

"내가 들으면 안 되는 이유가 뭔데요?"

— 이유를 말하는 것조차 패러독스를 일으킬 수 있어요.

다미는 허탈한 웃음을 뱉으며 머리를 쥐어뜯었다.

"그럼 정말로 너희가 내…"

— 미리 말씀드리지 못해서 죄송해요.

"대체 무슨 생각으로 날 여기로 보낸 거야! 혹시 무슨 일이라도 생기면 어쩌려고 그랬어?"

해미는 황급히 동생을 제지했다.

"다미야, 진정해."

"지금 진정하게 생겼어?"

"머리 좀 식혀. 언니 잠깐 나갔다 올 테니까."

"맘대로 해. 나가든가 말든가."

다미는 짜증 섞인 표정으로 손사래 쳤다. 해미는 스마트스틱을 들고 텐트 밖으로 나왔다. 밖은 거짓말처럼 조용했다. 전투의 흔적도 깨끗이 사라져 있었다.

가까운 계단에 걸터앉은 해미는 휘에게 말을 걸었다.

"이제 말해도 돼."

— 언제부터 제 정체를 알고 계셨죠?

"꽤 됐어."

— 그럼 편하게 말씀드릴게요, 이모. 두 분이 접촉했다는 사실을 확인했어요. 또 다른 시간선의 할머니 말이에요.

"너희는 그쪽하고도 연락이 닿는 거야?"

— 복잡하지만 가능해요. 과거가 아무리 중첩되더라도 최종적으로 확정되는 미래는 하나니까요. 저희는 모든 과거에 이어져 있어요.

"그건 다시 말해 우리가 무슨 짓을 해도 미래는 바뀌지 않는다는 뜻이구나."

— 지금까지는 그랬어요. 현과 제가 무슨 짓을 해도 상황은 달라지지 않았어요. 세 분이 모두 살아남은 경우에도 그건 마찬가지였어요. 저희가 겪은 불행들은 변하지 않았어요.

그래서 시간여행을 계속하고 있는 거니? 너희의 불행을 지우고 싶어서?

그것만은 차마 물을 수 없었다.

"너희는 처음부터 알고 있었지? 세계가 여러 개로 갈라질 수 있다는 거."

— 아주 처음부터는 아니에요.

"그래서, 지금은 무슨 말을 하려는 건데?"

— 임무를 계속해 주세요. 엄마를 위해서.

"내가 왜 그래야 하는데?"

— 할머니는 모든 시간여행을 취소해 최초의 상태로 되돌

리려 하고 있어요. 만약 시간여행 임무 전체가 리셋된다면 저희가 지금까지 위원회에서 확보한 권한도 전부 사라질 거예요. 그렇게 되면 더는 세 분을 도와드릴 수가 없어요.

"상관없어. 다시는 시간여행을 하지 않을 테니까."

— 정말 그럴 수 있다고 확신하세요?

휘가 강한 어조로 되물었다. 그렇다고 답하기가 곤란했다. 확고하다 믿었던 확신은 손쉽게 허물어지고 불안이 빠르게 그 자리를 채웠다. 솔직히 조금 망설여졌다. 이 모든 기회를 포기하고도 내가 정말 후회하지 않을 수 있을까? 결국 그녀는 대답을 회피했다.

"지난번에 임무를 성공했을 땐 전쟁이 일어났어."

그녀는 자신의 손으로 직접 민수를 죽여야 했던 순간을 떠올렸다. 엄마의 개입으로 민수의 죽음은 없었던 사실이 되었지만, 여전히 손바닥엔 그를 살해한 감촉이 선명하게 남아 있었다. 기억은 결코 지워지지 않았다.

"…정말 끔찍한 전쟁이었어."

— 알아요. 저희도 몇 번이나 겪었어요. 그건 제가 어떻게든 막을게요. 이제 원인을 알았으니까.

"민수를 죽일 거니?"

휘는 대답하지 않았다. 해미도 더는 묻지 않았다.

"실은 패러독스를 일으켜 소멸하려고 했어. 나 자신을 지워서 모든 걸 처음으로 되돌리려고. 애초에 거기까지 날 몰아세운 건 너희였어. 그게 너희 계획 아니었니?"

— 그건 현의 계획이었어요. 저는 반대했고요.

"그래? 현이 꽤 안타까워하고 있겠는걸."

— 현은 죽었어요. 전쟁 중에.

"그랬…구나. 미안해. 몰랐어."

해미는 말문이 막혀 버렸다.

— 제발 부탁드려요, 이모. 그냥 이렇게 끝낼 수는 없잖아요. 우리 모두가 행복해질 방법이 분명 있을 거예요. 이대로 현실이 확정되면 엄마는 이모를 죽게 만들었다는 죄책감을 평생 지닌 채 살아가게 돼요. 혹은 할머니를 죽였다고 생각하거나요. 그게 어떤 건지 이모도 잘 아시잖아요. 이모도 엄마가 그런 상처를 안고 살기를 바라시진 않잖아요.

"대체 나더러 어떻게 하라는 거니? 내가 아무리 노력해도 과거는 바뀌지 않을 거야. 엄마가, 네 할머니가 다시 자신을 죽일 테니까. 할머니는 절대 포기하지 않을 거야."

— 괜찮아요. 과거는 바꾸지 않아도 돼요. 중요한 건 과정이니까.

"그게 무슨 소리야?"

— 테스트를 받을 때, 죽은 엄마가 옆방에 살아 계셨던 거 기억하시나요?

"**또 다른 가능성**이라고 했지?"

— 맞아요. 저희는 이모처럼 시간이 많지 않았어요. 한 번

에 하나씩 시험해 볼 여유가 없었죠. 그래서 양자-거품 시공간의 특성을 이용해 모든 경우의 수를 동시에 중첩시켰어요. 각각의 방에는 각각의 다른 가능성을 지닌 이모와 엄마들이 채워졌죠. 이모는 그 수많은 가능성 중 하나였고요. 저희는 동시에 모든 경우의 수를 시뮬레이션해 모두가 행복해지는 결괏값이 존재한다는 걸 확인했어요. 그게 정확히 어떤 방법인지는 모르지만요. 하지만 개별 시나리오를 특정한 경우엔 한 번도 성공에 근접하지 못했어요. 마치 이중 슬릿 실험●에서 간섭무늬가 사라지는 것처럼.

"나는 그런 어려운 말은 몰라."

— 어쩌면 중첩된 상황 자체가 열쇠인지도 몰라요. 엄마가 총에 맞은 상태와 엄마가 살아남은 상태가 동시에 존재했을 경우에만 이모를 설득할 수 있었던 것처럼. 우리가 각자의 시간선에서 발버둥 치며 쌓아 올린 과정에도 분명 의미가 있을 거예요.

"그래서 어쩌라는 거니?"

— 포기하지 말아 주세요. 답을 찾을 때까지.

● 양자역학의 유명한 실험. 빛을 두 개의 작은 구멍에 통과시키면 두 구멍을 통과한 빛의 파장은 물결처럼 서로 간섭을 일으켜 반대편 벽에 독특한 문양을 그린다. 하지만 개별 빛 입자가 어느 쪽 구멍을 통과하는지 측정할 경우에는 간섭이 사라지고 문양은 나타나지 않는다. 이는 가능성의 중첩 상태가 붕괴해 확률적으로 존재하던 입자의 운동 경로가 한 가지로 확정되었기 때문이다.

"대체 무슨 답을 찾는다는 거야?"

휘는 대답이 없었다. 통화는 이미 끊어져 있었다.

39

2025 —— 해운대

"결정했니?"

수아가 물었다. 해미는 옥상 난간에 가슴을 대고 아래를 내려다보았다. 맞은편 옥상에서 내려다보는 삼거리의 풍경은 아까와는 전혀 다른 느낌이었다.

"아직."

"녹음 파일을 들어서 알겠지만 엄만 별로 좋은 사람이 아니야. 오히려 그 반대지. 엄마가 살아난다고 해서 너희가 행복해지는 일은 없을 거야."

그렇지 않아.

해미는 굳이 소리 내어 말하진 않았다.

"엄마는 우울증도 심하게 앓았어. 너무 괴로워서 다미를 임신 중일 때도 한 움큼씩 약을 먹었어. 엄만 그런 사람이야.

나약하고, 겁 많고, 자신부터 챙기는 사람."

아니라는 거 알아.

"엄마, 정말 셋이 함께 살아남을 방법은 없는 거야?"

수아는 고개를 천천히 가로저었다.

"응. 시도할 수 있는 모든 방법을 시도해 봤어. 거의 반년 동안이나. 무슨 짓을 해도 소용이 없더라. 지하철을 타지 않고 해운대를 탈출할 방법은 없어. 누군가 하나는 반드시 죽어야 해. 엄만 그런 죄책감을 안고 살아갈 자신이 없어, 해미야."

나도 없어.

"엄마."

"응."

"할 말 있어."

"뭔데?"

"사과하고 싶어."

수아는 고개를 가로저었다. 무슨 말을 하려는지 이미 알고 있다는 표정이었다.

"괜찮아. 이미 충분히 받았으니까."

"그래도 해야겠어."

해미는 짧게 한 차례 호흡을 가다듬었다.

"미안해. 내가 왜 그랬는지 모르겠어. 그땐 엄마가 너무 미웠어. 엄마처럼 되고 싶지 않아서, 엄마의 모든 걸 부정해야 했어. 내가 너무 철이 없었어."

"해미야…."

"죄송해요, 엄마…. 제가 잘못했어요. 제가…."

해미는 울음을 터뜨리며 수아에게 매달렸다. 수아는 딸의 등을 토닥이며 손가락으로 흐르는 눈물을 닦아 주었다.

"괜찮아, 해미야. 엄마 아무렇지도 않아."

"내 잘못이야. 그날 내가 엄마한테 죽어 버리라고 해서, 그래서 엄마가 죽은 거야. 내가 빨리 사과했어야 했는데… 그러려고 편지도 썼는데… 그랬는데…."

"알아. 천 번도 넘게 읽었는걸."

수아는 딸을 끌어안고 보듬어 주었다. 그대로 몇 분이나 흘렀을까. 따뜻한 체온 덕분인지 조금씩 떨림이 가라앉았다.

해미는 엄마의 품에서 천천히 몸을 떼어 냈다. 이제 진짜 속죄를 해야 할 시간이었다.

"엄마, 내가 어떻게 해 주길 바라?"

* * *

육상선수처럼 출발선상에 자리 잡은 해미는 크게 심호흡하며 휴대용 거품통의 연결을 끊었다. 이제 달리기를 시작할 시간이었다. 그녀는 스마트워치의 타이머를 보았다. 세팅한 시간을 향해 빠르게 숫자가 줄어들고 있었다.

셋. 둘. 하나.

지금이야. 그녀는 전력으로 질주했다. 하늘에서 떨어지는 붉은색 분말소화기를 향해. 소화기가 바닥에 부딪혀 튀어 오르는 순간, 그녀는 재빨리 소화기를 집어 들고 전속력으로 삼거리를 가로질렀다. 그녀가 통과한 직후 옥상에서 발사된 탄환이 허무하게 바닥을 때렸다. 연막은 펼쳐지지 않았다.

작전대로였다.

* * *

"제일 먼저 할 일은 소화기를 치우는 거야."

수아가 말했다.

"삼거리가 연막으로 채워진 덕분에 우리가 시도했던 대부분의 시간여행 작전이 어그러졌어. 그에 따라 파생되었던 무수한 미래들도 일시적으로 소멸한 상태고. 하지만 계속 이 상태로 둘 수는 없어. 삼거리를 지나던 사람들의 생사가 엉망으로 뒤바뀌고 말았으니까."

"연막이 사라지면 또다시 전쟁이 시작될 텐데?"

해미가 반박하듯 되물었다.

"아마 그렇겠지. 시간전쟁의 시작은 위원회가 시간여행 사업을 확대한 데서 비롯됐어. 시간여행이 성공할 때마다 위원회의 권력은 점점 커졌고, 내부의 권력투쟁이 과열되면서 결국 전쟁으로까지 이어지게 돼. 그 결말이 무엇인지는 너도 잘 알 거야."

　모든 것의 붕괴. 해미는 고개를 끄덕였다.

　"연막이 사라지는 즉시 이곳으로 재난복구위원회 유가족들의 다이브가 재개될 거야. 수가 얼마나 될지는 모르겠어. 어쩌면 수백 명이 넘을지도 몰라. 우리 둘이서 그 사람들을 막아야 해."

　"어떻게?"

　"도착 지점에서 미리 기다렸다가 다시 돌려보내는 거야. 민수에게 했던 것처럼."

　"다시 돌아올 거야."

　"그럼 또 돌려보내야지. 몇 번이고. 몇 번이고. 포기할 때까지. 해운대로의 시간여행은 불가능하다고 위원회가 결론 내릴 때까지. 시간여행에는 엄청난 비용이 들어. 실패가 반복되면 위원회는 결국 작전을 취소할 수밖에 없을 거야."

　"그냥 엄마랑 내가 시도했던 다이브를 취소하면 안 돼?"

　"지금 상태에서 과거의 우리를 건드리면 인과가 어떻게 변화할지 엄마도 확신이 없어. 가장 안전한 방법은 모든 다이브를 취소하는 거야. 가장 최근의 사건부터 하나씩 역순으로. 그럼 모든 게 최초의 상태로 리셋될 거야."

* * *

연막이 제거되자 해운대 전역에는 무수히 많은 다이버들이 새롭게 나타났다. 미래에서 그 모습을 확인한 다미는 홀로그램 지도에 그들 모두의 동선을 빠짐없이 체크했다. 기록이 완성되자마자 그녀는 태블릿을 집어 들고 꼼꼼하게 작전을 수립하기 시작했다. 작전이 완성되기까지는 그리 오랜 시간이 걸리지 않았다. 그녀는 계획이 담긴 태블릿을 다이브 머신 위에 올려놓고 표적기의 방아쇠를 당겼다.

* * *

수아는 태블릿이 바닥에 떨어지기도 전에 붙잡아 곧바로 펼쳐 들었다. 지도에 빼곡히 그려진 동선을 빠르게 눈동자로 훑은 그녀는 해미에게 무전기로 지시 사항을 전달했다.

"해미야, 삼거리 장난감 가게 옥상. 10초 뒤."

수아는 쌍안경을 눈에 가져갔다. 렌즈 너머로 해미가 달리는 모습이 포착되었다. 해미는 벽을 차고 뛰어올라 단숨에 옥상에 도착했다. 누군가 공간을 찢고 모습을 드러내려 하고 있었다. 해미는 곧장 손을 뻗어 상대의 벨트를 작동했다. 그는 자신이 도착했다는 것을 인식하기도 전에 미래로 되돌아갔다.

"좋아. 이런 식으로만 하면 돼. 다음은 쇼핑몰 주차빌딩 2층. 남쪽 난간 근처. B-17이라고 적힌 기둥을 찾아. 55초 뒤."

해미는 대답 대신 건물과 건물 사이를 점프로 뛰어넘더니 단숨에 주차빌딩 난간에 매달렸다. 반동으로 몸을 끌어올려 주차장 안으로 모습을 감춘 지 10여 초 후. 무전기에서 목소리가 들려왔다.

— 성공했어. 그다음은?

"다음은⋯."

* * *

이제 열 명째. 눈앞의 다이버를 미래로 돌려보낸 해미는 곧장 무전기의 송신 버튼을 눌렀다.

"성공했어, 다음은?"

— 첫 번째 다이브에서 할 일은 여기까지야. 앞으로도 이렇게만 반복하면 돼. 이제 미래로 돌아가. 돌아갔다 5분 전에 다시 만나.

무전기에서 목소리가 들렸다. 해미는 무전기의 버튼을 눌러 짧게 답했다.

"알겠어."

해미는 벨트의 다이얼을 돌렸다. 미래에 도착하자마자 부웅 몸이 떠올랐다. 그녀는 다이브 머신의 모서리를 붙잡으며 버텼다. 주변이 또다시 검붉은 폭풍에 둘러싸여 패러독스로 붕괴하고 있었다. 거품을 충전할 시간도, 옷을 갈아입을 시간도 없었다. 이제는 운이 따라 주기만을 바랄 수밖에.

"다미야! 바로 돌려보내 줘! 5분 전으로!"

다미는 흔들리는 테이블을 끌어안고 표적기의 방아쇠를 당겼다.

* * *

교리와도 같은 수칙에 따라, 다이버들은 과거에서부터 점차 횟수를 늘려 가며 시간여행을 누적한다. 따라서 역순으로 다이브들을 취소하는 작전은 필연적으로 시간을 거꾸로 거슬러 가는 형태가 되었다. 해미는 엄마의 지시에 따라 점점 과거를 향해 나아갔다.

다이브를 반복할수록 미래는 점차 안정되었다. 이제 폭풍은 잦아들었고, 사방에서 들려오던 총성과 함성도 조금씩 줄어들었다. 느리지만 확실하게, 시간여행의 흔적들이 지워지고 있었다.

시간여행이 지워지면서 모녀가 행했던 다이브들도 하나씩 취소되었다. 해미가 엄마의 다이브를 취소하는 동안, 엄마는 그녀의 다이브를 취소했다. 한 번에 하나씩 두 사람은 서로의 다이브를 지워 나갔다. 그렇게 역사는 차츰 제자리를 찾아 나갔다.

여유를 되찾은 해미는 입고 있던 옷을 벗어 던지고 슈트를 다시 충전했다. 이번이 정말 마지막일까? 이제는 마지막이라고 말하는 것조차 기만처럼 느껴졌다. 앞으로 몇 번이나 더 다이브를 해야 할지 알 수 없었다. 그녀는 더 이상 고민하지 않기로 했다.

다미가 곁으로 다가와 옷을 건넸다. 프리러닝을 할 때 입던 것과 비슷한 스타일의 티셔츠와 레깅스였다.

"최대한 활동하기 편한 옷으로 골랐어."

"고마워."

"계획상으론 이번이 마지막 다이브지?"

다미가 물었다. 해미는 옅게 미소 지었다.

"그러길 바라야지."

"조심해. 엄마는 분명 약속을 어길 거야."

"알아."

엄마가 포기할 리가 없었다. 모든 다이브가 취소되는 마지막 순간이 오면 어떻게든 딸을 살리려고 할 것이 분명했다. 엄마는 그런 사람이니까. 해미는 마음을 다잡으며 운동화 끈을 단단히 묶었다.

"절대 긴장 풀지 마. 무조건 엄마를 살리고 돌아와."

"응."

다미가 몸을 앞으로 내밀어 언니를 끌어안았다. 해미도 동생을 꼭 안아 주었다. 그녀의 품안에서 다미가 작게 속삭였다.

"걱정 마. 외롭진 않을 거야. 언니가 성공하면 나도 함께 소멸할 테니까. 우리가 겪은 모든 일들은 전부 없었던 일이 될 거야. 지금 우리가 느끼는 감정도 전부 사라지고 없을 거야."

"그래, 다미야. 꼭 성공하자."

준비를 마친 해미는 또다시 다이브 머신 위에 올라섰다. 다미는 무거운 표정으로 표적기를 집어 들고 그녀를 겨누었다.

"그럼 안녕."

방아쇠가 당겨졌다. 해미는 또다시 아래로 아래로, 모든 것이 시작된 순간을 향해 추락해 갔다.

* * *

세 번째 지진이 일어나기 10분 전. 도약 가능한 최초의 시점까지 거슬러 올라간 모녀는 마지막 작전을 시작했다.

해미는 수아의 지시에 따라 약속된 위치에 도착했다. 오래된 건물의 옥상이었다.

— 타깃은 30초 뒤에 도착할 거야.

무전기에서 수아의 목소리가 들렸다. 해미는 대답하는 대신 엄마의 위치를 확인했다. 엄마는 멀찌감치 떨어진 타워에서 쌍안경으로 거리를 훑어보고 있었다. 당장 무슨 짓을 저지를 낌새는 느껴지지 않았다. 이제 돌려보내야 할 다이버가 열 명도 채 남지 않았어. 엄마는 대체 뭘 계획하고 있는 거야? 한다면 대체 언제 어디서일까? 역시 마지막 다이버를 돌려보낸 직후가 가장 유력할 거야. 다미 생각도 그랬고….

그런 생각을 하는 사이 타깃이 눈앞에 착지했다. 잠시 딴생각을 하느라 해미는 평소보다 조금 늦게 팔을 뻗었다. 1초도 채 되지 않는 짧은 틈이었지만 상대가 반응하기엔 충분했다.

그가 벨트로 향하던 손을 붙잡았다.

당황한 해미는 손을 빼내려 했지만 꿈쩍도 하지 않았다. 마치 바위를 밀치는 기분이었다.

대체 정체가 뭐야?

타깃은 새카만 방독면 같은 것을 쓰고 있어 얼굴이 보이지 않았다. 그녀는 상대의 팔을 꺾으려 남은 손으로 검정 재킷을 부여잡았다. 옷감 안쪽으로 만져지는 근육에서 단단한 힘이 느껴졌다. 근력으로는 도저히 상대가 되지 않을 것 같았다.

옷깃이 당겨지며 안쪽에 입은 군복의 휘장이 드러났다. 민수가 미래에서 입고 있던 것과 동일한 제복이었다. 그는 군인이었다. 그것도 압도적인 훈련을 거친.

타깃이 거칠게 해미를 밀쳐 넘어뜨렸다. 그녀가 다시 몸을 일으켰을 때 상대는 이미 멀리 달아나고 있었다. 오른손에 권총을 쥐고 있는 모습이 보였다. 그녀는 타깃의 뒤를 쫓아 달리며 무전기를 꺼내 들었다.

"미안해. 타깃을 놓쳤어."

— 뭐?

"민수랑 똑같은 군복을 입고 있었어. 과거의 우리를 암살하려는 걸 거야."

— 어느 쪽?

답할 수 없었다. 엄마와 나 둘 중 대체 누구를 노리는 거지?

"아직 몰라."

해미는 그렇게 대답하며 속도를 높였다. 타깃은 건물 옆에 붙은 비상계단을 통해 아래로 내려가고 있었다. 아직 따라잡을 수 있어. 그녀는 건너편 건물로 뛰어넘으며 상대보다 한 발 앞질러 나아갔다. 건물을 빙 돌아 이동해야 하는 상대보다 그녀가 훨씬 유리했다.

옥상 위를 질주하며 충분히 거리를 벌린 그녀는 우수관을 타고 미끄러지듯 바닥에 착지했다. 쓰레기 더미 사이에 버려진 프라이팬이 보였다. 그녀는 프라이팬을 집어 들고 골목에서 대기했다. 시커먼 형체가 보이자마자 온 힘을 다해 팔을 휘둘렀다. 상대는 크게 휘청거렸지만 넘어지진 않았다.

해미는 다시 한번 프라이팬을 휘두르려 했다. 하지만 그보다 먼저 상대가 그녀를 주먹으로 쳐서 넘어뜨렸다. 해미는 다음 공격을 대비하며 몸을 웅크렸지만, 상대는 해미를 공격할 생각이 없었다. 타깃은 시간에 쫓겨 초조해하고 있었다. 그는 해미를 무시한 채 그녀의 몸을 뛰어넘었다. 그가 점프하는 순간 손에 쥐고 있는 사진이 눈에 들어왔다. 어린 해미였다. 그녀는 무전기를 꺼내 엄마에게 알리려 했다. 하지만,

탕.

상대가 쏜 탄환이 무전기를 망가뜨렸다. 빌어먹을. 그녀는

저린 손목을 문지르며 반만 남은 무전기를 던져 버리고 상대를 뒤쫓았다. 골목을 빠져나오자 인파로 가득한 거리가 눈앞에 펼쳐졌다. 타깃은 사람들을 거칠게 헤집으며 앞으로 나아가고 있었다.

엄마에게 알릴 방법이 없었다. 이제는 서로를 믿을 수밖에.

그 순간, 앞서 달리고 있던 타깃이 무언가에 걸려 넘어졌다. 투명한 실 같은 것이 바닥에 설치되어 있었다. 엄마가 설치한 함정인 모양이었다. 타깃은 아파할 틈도 없이 옆으로 몸을 굴렸다. 방금 전까지 누워 있던 자리에 무거운 간판이 떨어졌다. 그대로 깔렸다면 다리가 부러질 만한 크기였다.

해미는 고개를 들어 위를 보았다. 수아가 그녀를 바라보고 있었다. 짧게 시선을 교환한 그녀는 고개를 끄덕이며 한층 속도를 높였다. 그러는 사이 타깃은 몸을 일으켜 다시 이동을 시작했다. 거리가 상당히 좁혀졌지만 따라잡기엔 역부족이었다. 상대는 그녀보다 빨랐다.

모자를 푹 눌러쓴 사람이 갑자기 타깃을 밀치려 했다. 수아였다. 타깃은 수아의 팔을 붙잡았지만 그보다 한 발 먼저 수아가 다이얼을 돌려 미래로 사라졌다. 수아의 모습이 사라지자마자 이번엔 반대편에서 또 다른 수아가 나타나 타깃을 향해 기다란 몽둥이를 휘둘렀다. 타깃은 피하지도 않고 팔로 몽둥이를 막았다. 수아는 이번에도 곧장 미래로 사라졌다.

수아의 도움 덕분에 해미는 상대와의 거리를 상당히 많이 좁힐 수 있었다. 눈앞의 인파가 점점 빼곡해지고 있었다. 비집고 들어갈 틈이 없었다. 당황한 타깃은 가까이 보이는 건물의 출입문을 걷어차고 안으로 들어갔다. 안쪽에서 계단을 통해 3층까지 올라간 그는 사무실 창문을 향해 권총을 발사했다. 괴물의 아가리처럼 뾰족한 이가 남은 창틀을 밟고 육중한 몸이 뛰어올랐다. 타깃은 맞은편 건물의 창문을 몸으로 부수고 바닥을 굴렀다. 해미는 그의 뒤를 쫓아 점프했다. 착지하려는 순간 무언가 눈앞을 향해 날아왔다.

가까스로 머리를 숙여 골프채를 피했다. 벽을 때린 헤드가 마찰을 일으키며 불꽃이 튀었다. 상대는 망설이지 않고 골프채를 높이 치켜들었다. 해미는 팔이 부러질 각오를 하며 앞으로 뛰어들었다. 그러자 당황한 상대가 움찔하며 휘두르던 속도를 조금 늦췄다. 해미는 팔을 뻗어 골프채를 붙잡았다. 힘 싸움이 시작되자 그녀의 표정이 복잡하게 일그러졌다.

"소용없다. 날 막아도 다른 동지가 결국 널 죽일 테니까."

기괴하게 변조된 목소리가 방독면에서 흘러나왔다.

"그럼 또 막으면 돼."

"아직도 이 짓을 계속하고 싶은가?"

"내가 좀 멍청해서."

해미는 골프채를 끌어당기며 상대의 방독면을 붙잡으려 했다. 그러자 상대는 골프채를 놓고 그녀를 벽으로 밀쳤다. 눈앞에 총구가 보였다. 그녀는 반사적으로 고개를 틀어 탄환을 피했다. 고막이 찢겨 나갈 것 같은 총성이 머릿속을 뒤흔들었다.

상대가 다시 한번 방아쇠를 당기려는 순간, 어디선가 날아온 탄환이 그의 어깨에 맞았다. 엄마가 그를 저격한 모양이었다. 그는 다시 도망치기 시작했다. 그녀는 저린 팔을 주무르며 상대를 쫓아 옥상으로 뛰어 올라갔다.

이제 어린 해미가 있는 장소까지 얼마 남지 않았다. 빌딩 하나만 더 뛰어넘으면 어린 해미가 숙소로 향하는 길목이 보일 터였다. 그녀는 혈흔을 쫓으며 할 수 있는 모든 프리러닝 기술을 동원해 최대한 빠르게 상대와의 거리를 좁혀 나갔다. 왼편에서 한 번, 오른편에서 한 번 엄마가 연사로 총을 갈겼지만 탄환은 타깃의 옷자락만 스칠 뿐이었다. 한 손으로 상처를 부여잡은 타깃은 잠시 망설이더니 건너편 빌딩을 향해 점프했다. 해미는 망설이지 않고 달리던 관성으로 더 멀리 점프했다.

상대와의 거리가 점점 가까워졌다. 그녀는 가까스로 팔을 뻗어 상대의 뒷덜미를 붙잡았다. 전력으로 질주하던 두 사람의 몸이 엉키며 옥상 위를 굴렀다. 정신을 잃을 것 같은 통증을 느끼면서도 그녀는 벨트에서 충격봉을 꺼내 상대의 배에 찔러 넣었다. 그리고 버튼을 눌렀다.

하지만 아무 일도 일어나지 않았다. 충격봉이 작동하지 않았다. 그녀는 몇 번 더 버튼을 눌러 보았지만 반응이 없었다. 지난번에 사용한 뒤로 고장 나 버린 모양이었다.

빌어먹을 불량품! 해미는 손안에 쥔 막대를 던져 버리고 홀스터에서 권총을 꺼내려 했다. 하지만 그보다 한 발 먼저 상대가 그녀의 가슴을 걷어찼다. 그녀는 숨이 멎는 기분을 느끼며 바닥에 웅크려 심장을 움켜쥐었다. 몸이 움직이지 않았다.

그 순간, 수아가 등 뒤에서 달려와 타깃에게 몸을 부딪쳤다. 그가 또다시 뒤로 넘어졌다. 하지만 예순에 가까운 수아의 몸은 상대를 제압하기엔 한참 역부족이었다. 타깃은 아무런 타격도 없이 곧바로 몸을 일으키려 했다. 수아는 깍지 낀 손으로 그의 허리를 붙잡고 놓아주지 않았다. 그러자 그는 수아의 머리채를 붙잡아 떼어 내려 했다. 퍽, 퍽, 옆구리를 때리는 소리가 들렸다. 수아의 얼굴이 고통으로 일그러지며 헛숨을 토했다. 그녀는 온몸을 바둥거리면서도 상대를 붙잡은 두 팔을 끝까지 놓지 않았다.

겨우 몸을 일으킨 해미가 비틀거리며 곁으로 다가와 쓰러지듯 몸을 던졌다. 손끝에 벨트가 닿았다. 이제 그만 돌아가, 이 괴물아. 그녀는 망설이지 않고 다이얼을 돌렸다.

* * *

다행히 엄마의 부상은 심각하지 않았다. 상처를 확인한 해미는 힘겹게 몸을 일으켜 옥상 난간 쪽으로 다가갔다.

실패였다.

방금 전의 남자와 비슷한 방독면을 착용한 다이버들이 사방에서 발견되었다. 하나를 막는 사이에 훨씬 많은 타깃을 놓치고 만 모양이었다. 해운대에 도착한 다이버들의 숫자가 순식간에 불어나 감당할 수 없을 정도가 되고 말았다.

그녀는 반대쪽으로 고개를 돌렸다. 이제 곧 타이밍이었다. 저 멀리 어린 해미가 숙소 쪽으로 달려오는 모습이 보였다. 그녀는 굳게 다짐하며 몸을 돌렸다.

"안 돼, 해미야."

수아가 달려와 그녀의 앞을 가로막았다.

"아직 막을 수 있어. 다시 돌아가서 막으면 돼."

"이 짓을 또 하자고? 딱 한 번 실패했는데 이 꼴이야. 이런 식으론 절대 성공 못 해."

"처음부터 다시 하자. 다시 하면 돼."

해미는 대답 대신 권총을 꺼냈다.

"비켜."

"해미야, 지금 날 쏘는 건 아무런 해결책이 못 돼."

"아닐걸."

해미는 그렇게 말하며 권총의 공이를 뒤로 당겼다. 하지만 수아는 단호했다. 그녀는 권총을 향해 한층 강하게 몸을 밀어붙였다.

"진짜 쏠 거야!"

얼마든지 쏠 수 있었다. 심지어 엄마가 죽게 되더라도 상관없었다. 어차피 자신이 패러독스로 소멸하면 모든 건 없었던 일이 될 테니까.

하지만 망설여졌다.

그녀는 위협하듯 바닥을 쏘았다. 바닥에 불꽃이 튀며 옥상 가득 총성이 울려 퍼졌다. 그러나 수아는 해미의 앞을 비켜서지 않았다. 그 대신 동그랗게 쪼그리고 앉아 눈을 감고 양손으로 귀를 막았다. 해미는 엄마의 행동을 이해할 수 없었다. 미처 그 의미를 깨닫기도 전에 등 뒤에 딱딱한 것이 닿았다. 충격봉이었다. 그녀가 휘둘렀던 것과 똑같은.

등 뒤에 엄마가 서 있었다.

"포기해, 해미야."

"어떻게 뒤에서 나타난 거야?"

"미래로 돌아갔다 다시 왔어."

"그치만 엄마는 아직 내 눈앞에…."

"넌 아직도 시간여행에 대해 이해를 못 했구나."

"그 말, 정말 싫다."

그 순간, 눈앞의 엄마가 벨트에 손을 가져가려 했다. 그제야 해미는 상황을 이해했다. 눈앞에 있는 엄마는 이제 곧 미래로 돌아갈 것이다. 그리고 지금보다 더 과거로 다이브할 것이다. 그녀의 등 뒤에 나타나 충격봉을 들이밀기 위해서. 놓치면 안 돼. 그녀는 질끈 눈을 찡그리며 권총의 방아쇠를 당겼다.

엄마의 허벅지에서 피가 튀었다. 엄마는 비명을 지르면서도 벨트의 다이얼을 돌렸다. 눈앞의 엄마가 미래로 사라졌다.

하지만 상관없었다. 등 뒤의 엄마에게도 똑같은 상처가 생겼을 테니까. 엄마는 상처를 부여잡으며 바닥에 주저앉았다.

해미는 기회를 놓치지 않고 엄마의 손에서 충격봉을 빼앗았다. 그리고 엄마가 미래로 돌아가지 못하도록 벨트를 풀어 멀찌감치 떨어진 바닥에 던져 버렸다.

"미안해, 엄마. 많이 아팠지?"

해미는 벨트에서 붕대를 꺼내 엄마의 허벅지를 세게 압박했다. 엄마는 상처를 부여잡고 비명을 삼켰다. 하얀 붕대가 붉게 물드는 것을 바라보며 그녀는 매듭을 꽉 묶었다.

"괜찮아. 총알은 관통했어."

"해미야, 이러면 안 돼…. 이제 제발 포기해…."

엄마는 필사적으로 그녀의 두 팔을 붙잡으려 했다. 하지만 그녀는 그 손길을 차갑게 뿌리치며 붕대를 감았다.

"내가 엄마 말을 들을 줄 알았어? 흘러간 세월이 벌써 20년이야. 엉망진창으로 엉켜 버린 인생을 견뎌 가며 겨우 여기까지 왔어. 이제 와서 대체 뭘 어쩌길 바라는 건데? 그렇게 멋대로 녹음 파일만 던져 주면 내가 아 그렇구나 납득할 줄 알았어? 다미는 텐트에서 피폭으로 죽어 가고 있고, 내 인생은 한참 전에 완전히 망가졌는데, 이런 삶에 대체 무슨 의미가 있다는 거야?"

그녀는 다시 한번 매듭을 꽉 묶었다. 엄마의 몸이 통증으로 부르르 떨렸다.

"엄마랑 약속했잖니. 전부 원래대로 되돌리기로."

"어차피 엄마도 약속 깰 생각이었잖아. 날 살리려고 했을 거면서."

엄마는 비 오듯 땀을 쏟고 있었다. 그녀는 엄마의 헝클어진 앞머리를 쓸어 넘기고 이마에 짧게 뽀뽀했다.

"안녕, 엄마. 이제 진짜 사죄를 할게."

그녀는 무거운 몸을 일으켰다. 이제 그녀를 막을 수 있는 사람은 없었다. 엄마가 과거에 머무르는 동안 모든 것을 끝낼 생각이었다. 이번엔 확실히 패러독스가 일어날 거야. 엄마도 간섭할 수 없으니까. 엄마는 내가 존재했다는 사실조차 기억하지 못할 거야.

그렇게 속으로 중얼거리며, 그녀는 옥상에서 아래로 뛰어내렸다. 전기가 끊어진 전봇대의 전선을 밧줄처럼 부여잡고 목적지에 착지한 그녀는 단호히 걸음을 옮겼다.

어린 해미가 그녀를 향해 다가오고 있었다. 두려움은 없었다. 그녀는 또다시 거침없이 자신을 향해 나아갔다. 대체 몇 번째인지도 모를 지긋지긋한 고리를 이번에야말로 끊을 셈이었다. 그녀는 어린 자신의 눈앞을 가로막듯 한 걸음 앞으로 발을 뻗었다.

하지만 그 순간,

누군가 그녀의 목에 주사기를 찔렀다.

40

얼마 전

"이게 무슨 맛이라고?"

다미가 물었다. 그러자 남자는 다시 한번 아이스크림을 입으로 가져가며 답했다.

"민트슈가요."

"으, 미래 사람들은 다들 이런 걸 먹어?"

"아뇨. 거기선 인기가 없어서 단종됐어요. 그냥 제가 좋아하는 거예요."

남자는 기어이 한마디를 덧붙였다.

"익숙해지시는 게 좋을 거예요. 당신의 아들도 곧 좋아하게 될 테니까."

다미는 인상을 찡그리며 스푼을 다른 맛으로 가져갔다. 커다란 분홍색 아이스크림 통에는 네 가지 맛이 사등분으로 예쁘게 담겨 있었다.

"원래는 테스트를 거쳐야 하는데, 이젠 그럴 기운도 없네요."

남자는 뭔가 끔찍한 일을 목격하고 돌아온 종군기자 같은
행색이었다. 어쩌면 비슷한 일을 겪은 걸지도 모르지. 자신보
다도 한참 나이가 많아진 아들을 바라보며, 다미는 복잡한 동
정심을 느꼈다.

"속고 속이는 두뇌 게임도 이젠 지쳤어요. 그러니까 그냥
솔직하게 전부 말씀드릴게요. 제 이야기가 끝나면 당신이 선택
해 주세요."

"뭘 말이니?"

"저와 함께하실 건지."

"나도 묻고 싶은 게 있어."

"궁금하신 게 뭔지 알아요. 하지만 먼저 제 얘길 들어 주세
요. 그럼 궁금증도 풀릴 거예요."

다미는 치즈 맛 아이스크림을 입으로 가져가며 고개를 끄
덕였다.

"저는 미래에서 왔어요. 당신이 살고 있는 곳과는 전혀 다
른 과거를 지닌 미래에서요. 일종의 평행우주라고 생각하시면
편할 거예요."

휘는 짧게 숨을 들이켰다. 왜소한 어깨가 잠깐 떠올랐다 내
려갔다.

"그러니까 이건 당신에 대한 이야기가 아니에요. 저희 엄마

에 대한 이야기죠."

휘는 그렇게 말하며 스푼을 내려놓았다.

그가 이야기를 시작했다.

* * *

…결국 엄마는 상실감을 극복하지 못했어요. 할머니 말론 저희를 낳은 뒤로 더 심해졌다고 들었어요. 행동은 점점 날카로워졌고, 아주 사소한 위험조차 참지 못하는 사람이 되었죠. 저희는 열 살이 될 때까지 연필을 한 번도 손에 잡아 보지 못했어요. 눈을 찌를 수 있다는 이유로요. 시간이 갈수록 엄마는 점점 더 예민해졌고, 저희는 점점 더 많은 규칙들을 지켜야했어요.

결국 부모님은 헤어졌어요. 저희는 아빠를 택했고요. 아빠도 딱히 좋은 사람은 아니었지만, 그래도 엄마와 함께하는 것보단 나았어요. 아빤 저희에게 아무 관심이 없었으니까. 차라리 방치를 택할 만큼, 저희는 엄마의 관심에서 벗어나고 싶었어요.

엄마는 포기하지 않았어요. 몇 년이 지나도록 법정에서 다툼이 이어졌다고 들었어요. 결국 엄마가 졌지만요. 대법원에서 마지막 판결이 내려지던 날… 그 일이 일어났어요.

그날 일을 자세히 설명하고 싶진 않아요. 엄마는 생전 처음

보는 표정으로 우리가 살고 있는 집에 찾아왔고, 아빠는 엄마를 막아섰어요. 사방에 피가 튀었고… 현은 비명을 질렀고… 제 얼굴에 있는 흉터도 그때 생겼고요.

엄마는 결국 스스로 목숨을 끊었어요.

아, 당신이 죄책감을 가질 필요는 없어요. 당신이 그런 게 아니니까요. 어쩌면 그런 일은 일어난 적조차 없을 수도 있어요. 솔직히 기억이 확실치가 않아요. 자신의 과거를 반복해서 고쳐 쓰다 보면 기억이 엉망으로 엉켜 버리거든요. 과거를 하도 많이 바꿔서 이젠 뭐가 진짜 과거인지도 잘 모르겠어요. 하지만 적어도 제가 기억하기론 그래요. 그 사건에 대한 기억만은 지워지지 않고 여전히 머릿속에 남아 있어요.

그런데 이상하죠.

시간이 갈수록 엄마가 보고 싶어졌어요. 그렇게나 벗어나고 싶었던 사람인데. 시간관리청에 합류하고 시간여행의 비밀을 알게 될수록 그런 욕망은 점점 더 강해졌어요. 저는 결국 몰래 과거로 돌아갔어요.

처음엔 그저 엄마를 한 번 더 보고 싶었을 뿐이었어요. 그런데 엄마와 이야기를 나누면 나눌수록… 엄마도 저도 이 기술의 가능성에 깊이 빠져들었어요. 우린 뼛속까지 과학자였어요. 엄청난 호기심 앞에서 미운 감정은 기적처럼 녹아 버렸죠. 아마 당신도 그게 어떤 기분인지 이해하실 거예요. 지금도 그런 기분일 테니까.

어느샌가 우리는 고장 난 채 버려진 구형 부품들을 빼돌려 우리만의 시간여행 장치를 만들고 있었어요. 단순히 과거를 관측하는 것뿐만 아니라 현실을 새롭게 덮어씌울 수 있는 기계를요. 얼마 뒤엔 할머니와 현도 합류했어요. 아니다, 이모였나? 모르겠어요. 요즘은 기억이 영 뒤죽박죽이어서….

아무튼 현과 저는 기계에 이름도 새로 붙였어요. M.D.M. 이라고. 복잡한 단어들로 치장하긴 했지만 실은 엄마의 이니셜을 딴 거였죠.

우린 몇 번이나 과거를 바꿔 보려고 했어요. 엄마와 아빠를 화해시켜 보기도 하고, 아빠 대신 엄마를 따라가 본 적도 있었어요. 둘 다 버리고 먼 곳으로 도망친 적도 있고요. 심지어 집에 불을 지르기도 했어요. 엄마가 집으로 찾아오지 못하게 하려고요.

그런데도 소용없었어요. 도중에 아무리 경로를 바꿔도 종착지는 같았으니까. 시기나 방법은 조금씩 다르지만 언제나 엄마가 죽고 모든 것이 끝나요. 왜냐면 엄마의 기억은 훨씬 과거에 못 박혀 있었으니까요. 결국 그날, 그곳으로 돌아가 상처를 치유하는 수밖에 없었어요.

미래에선 시간관리청의 감시를 피해 그곳까지 장치를 옮길 방법이 없었어요. 그 작전은 과거에서 진행해야만 했죠. 결국 저희는 엄마에게 모든 짐을 떠맡길 수밖에 없었어요. 엄마가 자신의 상처를 스스로 치유하도록.

* * *

어느새 녹아내린 아이스크림이 통 안에서 엉망으로 뒤엉켜 있었다. 과거, 현재, 미래. 또 다른 내가 존재하는 무수한 시간선들. 이야기를 들을수록 그녀는 마음이 복잡해졌다.

"그날, 이라고 했지? 그건 대체 언제를 말하는 거니?"

"2025년 8월요. 우리 모두가 알고 있는 바로 그 사고가 있던 날."

"나는 그곳에 간 적이 없어."

"알아요. 당신은 그 일을 겪지 않았어요. 왜냐면 현이, 당신이 잃어버려야 할 것을 빼앗았으니까요."

휘가 답했다.

"현은 이 모든 일이 엄마의 상실감에서 비롯된 거라고 생각했어요. 그래서 엄마가 절대 상실할 수 없는 현실을 만들어 냈죠. 패러독스를 일으켜 상실할 대상을 역사 속에서 지워 버린 거예요. 그게 바로 당신이 살고 있는 세상이에요. 잃어버릴 것을 잃어버린 세계."

"그럼 내가 느끼는 감정은 대체…"

"루프 패러독스는 세계의 오류를 지우고 논리적 빈틈을 메우지만, 이 시스템은 아주 완벽하진 않아요. 밀접한 당사자들은 지워진 사건들 사이의 틈새에서 느껴지는 미세한 모순들을 무의식적으로 감지하게 돼요. 그 감각이 무언가를 상실한 것처럼 착각하게 만들죠. 중요한 것을 잊고 있다고. 잃어버렸다고. 상실감은 결코 사라지지 않아요. 이런 짓을 해 봐야 달라질 건 아무것도 없는데. 아무리 설득해도 현은 제 말을 듣지 않아요."

휘는 더 이상 아무 말도 하지 않았다.

이제 질문을 던질 차례였다.

"말해 줘, 대체 내가 뭘 잃어버린 거니?"

"그건 직접 당신의 눈으로 확인하세요."

휘는 그렇게 말하며 그녀에게 명함을 건넸다.

* * *

영원히 끝나지 않을 것 같던 추락이 끝나고, 다미의 다이브가 시작되었다.

과거에 착지하자마자 그녀는 가까운 빌딩의 옥상으로 향했다. 예상대로 그곳에서 엄마를 만날 수 있었다. 휘가 말한 대로였다.

눈앞의 엄마는 그녀의 엄마와 완벽히 똑같은 얼굴을 하고 있었지만, 그 얼굴로 자아내는 표정은 전혀 달랐다. 가늠할 수 없을 정도로 많은 일들을 보고 겪은 사람만이 표현할 수 있는 감정들. 두 사람은 전혀 다른 삶의 궤적을 걸어온 모양이었다.

엄마는 여전히 팔짱을 풀지 않은 채 경계하듯 그녀에게 질문을 던졌다.

"휘가 널 보냈다고?"

"응."

"그 애가 누군지는 알고?"

"알아."

"또 무슨 얘길 들었니?"

"나에게 소중한 사람이 있다고 했어. 아니, 있었다고. 이곳에 오면 그 사람을 찾을 수 있을 거라고 했어."

다미는 잠시 망설였지만 솔직하게 말하기로 했다.

"그 사람만 생각하면 지금도 눈물이 날 것 같아. 그래서 정말 소중한 사람이었다는 걸 알겠어. 근데 아무리 노력해도 기억이 나질 않아. 어렴풋한 흔적조차 떠올릴 수가 없어."

엄마는 잠시 침묵하더니, 앞장서서 걸음을 옮기기 시작했다.

"따라와."

두 사람은 옥상 가장자리로 향했다. 엄마가 눈짓으로 아래를 가리켰고, 다미는 말없이 그곳을 내려다보았다. 낡은 호텔 앞을 지나는 삼거리였다. 생전 처음 와 본 곳이지만 왠지 익숙한 느낌. 멀리서 누군가 이쪽을 향해 달려오고 있었다.

시선이 닿자마자 한 줄기 눈물이 뺨을 따라 떨어졌다.

"저 사람이야?"

"그래. 네 언니."

"나한테… 언니가 있었어?"

비어 있던 조각이 채워지는 기분이었다.

결심을 마친 다미는 휘에게 전해 들은 내용을 빠짐없이 엄마에게 설명해 주었다. 이야기를 듣는 엄마의 표정이 점점 어두워졌다.

"패러독스가 일어날 거야. 그것 때문에 언니는 소멸하게 될 거고."

"그럼 이제 어떻게 해야 해?"

엄마가 물었다.

"휘는 우리가 결정하는 대로 따르겠다고 했어."

"다미 넌 어떻게 하고 싶은데?"

"당연히 패러독스를 막아야지."

"그게 무슨 뜻인지는 알고 이야기하는 거니?"

"응. 알아. 전부 소멸하겠지. 나도, 내가 살아온 세계도, 내가 기억하는 사람들도 전부."

엄마의 표정에서 망설임이 느껴졌다. 다미는 엄마를 향해 싱긋 웃어 보였다.

"어쩔 수 없지, 뭐."

"하지만…."

엄마가 고개를 푹 숙이고 말없이 손에 쥔 원통만 만지작거렸다. 엄마는 여전히 망설이고 있었다.

"민해미. 그게 언니 이름이지? 아까 얼굴을 보자마자 기억이 떠올랐어."

그 사람의 이름이 한 글자씩 입술에 붙었다 떨어질 때마다 마음 깊은 곳에서 그리움이 솟아올랐다. 어떻게 그 이름을 모르고 수십 년을 살 수 있었을까. 어떻게 그토록 간절한 감정을 잊고도 아무렇지 않게 지낼 수 있었던 걸까. 언니의 이름이 혀끝을 떠나자마자 또 한 방울 눈물이 흘러내렸다.

"그 사람을 구하고 싶어. 그 결과로 내가 소멸하게 되더라도."

다미는 엄마의 손을 꽈악 붙잡았다. 그러자 엄마가 천천히 고개를 들어 그녀의 눈을 바라보았다. 엄마는 아무것도 답하지 않았지만, 눈빛만으로도 뜻을 알 수 있었다.

또 다른 세계의 엄마는 자신이 무엇을 해야 하는지 이미 전부 파악하고 있었다. 다이버가 된 언니가 모든 것을 포기한 얼굴로 어린 자신의 눈앞에 뛰어들기 직전, 엄마는 그 사이에 끼어들어 패러독스를 중단시켰다. 엄마가 어린 해미의 눈을 가리는 순간, 그녀도 손바닥으로 스스로의 눈을 가렸다.

그걸로 전부 끝나리라 생각했다.

하지만 그녀는 소멸하지 않았다. 그녀의 세계도, 미래도 전부 그대로 남아 있었다. 필연적으로 예상할 수 있는 가능성은 하나였다. 패러독스는 아직 끝나지 않았다는 것. 언니와 그녀 사이에도 루프가 형성되고 말았다는 것. 언니는 또다시 자신을 소멸시킬 셈이었다.

이제 남은 방법은 하나뿐이었다.

41

2025 —— 해운대

해미의 목에서 주사기를 뽑은 다미는 기절해 버린 몸을 뒤에서 껴안아 들고 좁은 골목 안쪽까지 데려가 눕혔다. 한 박자 늦게 해미를 뒤쫓아온 수아가 절뚝이는 몸으로 골목에 들어섰다.

"왜 이렇게 늦었어? 조마조마했잖아."

수아가 물었다.

"나도 바빴어. 삼거리에 뭐 좀 갖다 놓고 오느라."

"삼거리?"

"그런 게 있어. 엄만 몰라도 돼."

"해미는?"

"저기."

다미는 엄지손가락으로 뒤쪽을 가리켰다. 해미는 새근새

근 잠이 든 채였다.

"성공했구나."

"응. 엄마 말대로였어."

"해미가 다시 패러독스를 일으키려 하면 네가 돌아올 거라 생각했어. 네 세계는 해미의 패러독스가 만들어 낸 곳이니까."

"뭐, 내 입장에선 사라졌었다는 느낌도 없었지만."

다미는 고개를 살짝 기울이며 어깨를 으쓱였다. 수아는 신음을 뱉으며 비틀거리는 걸음으로 해미의 곁에 다가갔다. 그녀는 벽에 어깨를 기대고 서서 잠든 딸을 내려다보았다.

"또 실패야."

수아가 말했다.

"네가 아직도 사라지지 않은 걸 보면 네 언니는 절대로 포기 안 할 모양이야. 깨어나면 또다시 패러독스를 일으키려고 뛰어들 게 분명해. 같은 일이 몇 번이고 반복될 거야. 루프는 끊어지지 않았어."

"이제 어떡할 거야?"

"할 수 있는 걸 다 해 봤어. 이젠 뭘 더 어떻게 해야 할지 정말 모르겠어."

엄마의 표정이 어두워졌다. 분위기가 더 무거워지게 둘 순 없었다. 다미는 일부러 큰 소리를 내며 양손을 깍지 끼고 기지개를 켰다.

"그럼 이제 내 계획대로 할 차례지? 그렇게 약속했으니까."

다미는 슈트에 장착된 벨트를 풀어 던져 버렸다. 그런 다음 기절한 해미의 몸에서 벨트를 풀어 자신의 허리에 채웠다.

"휘는 이렇게 말했어. 중요한 건 과거를 바꾸는 게 아니라 상처를 치유하는 거라고. 우리가 발버둥 친 시간들은 무의미하지 않아. 그러니까 분명 이게 정답일 거야. 누군가는 이 모든 일을 기억해야 해. 우리가 서로를 위해 노력했다는 걸."

다미가 준비를 마칠 때까지도 수아의 얼굴에선 거북한 표정이 사라지지 않았다. 다미는 미간을 찌푸리며 수아를 재촉했다.

"엄마, 모든 걸 끝내려면 이 방법뿐이야."

"알아. 하지만…."

수아는 여전히 결정을 내리지 못한 채 머뭇거렸다.

"다미야, 정말 괜찮겠니?"

"응. 난 이렇게는 못 살아. 끝을 봐야겠어."

그러자 수아는 말없이 자신의 벨트를 풀어 해미에게 채우기 시작했다.

"엄마! 지금 뭐 하는 거야?"

"나도 같이 끝을 보려고."

다미가 미처 말릴 틈도 없이, 수아는 벨트의 다이얼을 돌렸다. 그러자 해미의 모습이 미래로 사라졌다. 그녀가 속한 세계가 아닌 다른 곳으로. 모든 것이 시작된 최초의 시간선으로.

"안녕, 해미야. 엄마가 해 줄 수 있는 게 이제 이것뿐이네."

수아는 허공을 향해 쓸쓸히 작별 인사를 남기고 일어섰다.

"이제 마무리하자, 다미야."

"응."

수아는 딸을 품에 안았다. 두 사람은 서로를 끌어안고 잠시 그대로 가만히 있었다. 딱히 말은 필요 없었다. 가벼운 인사조차도. 말하지 않아도 알 수 있었으니까.

"이제 정말 가 볼게."

다미가 말했다.

"그래, 전부 끝내 줘."

수아는 가볍게 손을 흔들었다. 금방이라도 다시 만날 사람처럼.

다미는 벨트의 다이얼을 돌렸다. 온몸이 미래 쪽으로 끌어당겨지는 힘을 느끼며 그녀는 해미의 세계로 날아올랐다.

* * *

또 다른 미래. 또 다른 세계.

다이브 머신 위에 착지한 다미는 조심스럽게 주위를 살폈다. 텐트 안의 모습은 그녀가 출발했던 세계와 다르지 않았다. 다만 차이가 있는 것은 홀로그램 시계의 날짜와, 테이블에 엎드린 채 잠든 그녀 자신의 모습뿐이었다.

또 다른 세계의 다미는 다리를 다친 모양인지 휠체어에 앉아 있었다. 열이 오른 이마엔 땀이 맺혀 있었고, 하혈 때문에 담요가 붉게 물들어 있었다. 게다가 인기척을 듣고도 정신을 차리지 못할 정도로 기력이 소진된 상태였다. 방사능에 지나치게 오래 노출된 모양이었다.

그녀는 테이블 위에 놓인 스마트스틱을 조심스럽게 집어 들었다. 그리고 쌍둥이에게 전화를 걸었다. 수화기 너머에서 익숙한 소음이 들려왔다. 그녀는 먼저 인사말을 건넸다.

"민다미예요."

상대는 잠시 말이 없었다.

— 당신, 그쪽 세계에 속한 사람이 아니군요.

"헤헤, 바로 들켰네. 어떻게 알았어?"

— 그 시간선의 엄마는 당신보다 좀 더 까칠하거든요.

"그래? 그건 몰랐어."

— 당장 과거로 돌아가세요. 거긴 당신이 속한 세계가 아니에요.

"그건 너도 마찬가지잖아. 지금 이 시간선의 아이들은 배 속에서 죽어 가고 있어. 너희는 태어나지도 못할 거야."

— 왜 이쪽으로 넘어오셨죠? 계획은 그게 아니었잖아요.

"사과하려고."

— 필요 없어요. 사과해야 할 사람은 당신이 아니니까요.

"많이 힘들었지?"

— 그만해요.

"그래. 솔직히 너희가 무슨 일을 겪었는지 나는 잘 몰라. 내가 아는 너희는 이제 겨우 세 살이니까. 그래도 이 말을 꼭 해 주고 싶었어."

다미는 깊이 숨을 들이마셨다. 꼭 해야 할 말이었다. 물론 자신의 책임은 아니었지만.

"너희를 힘들게 해서 미안해. 내가 대신 사과할게."

— 우린 정말 최선을 다했어요.

수화기 너머에서 휘는 울먹이고 있었다.

— 몇 번이고, 몇 번이고, 가능한 모든 경우의 수를 전부 시도해 봤어요. 하지만 아무리 과거를 바꿔도 엄마가 행복해지는 미래는 없었어요. 우리도… 행복해지지 않았고요.

"그래. 산다는 게 원래 그런 거더라고."

그녀는 최선을 다해 아이를 위로하려 했다.

"많이 힘들었겠구나."

— 이제 포기할래요. 전부 그만두고 싶어요.

"아직은 안 돼."

— 왜죠?

"마지막 기회가 한 번 남았으니까."

— 그게 무슨 말이에요?

"곧 알게 될 거야."

다미는 스마트스틱을 내려놓고 또 다른 자신을 내려다보았다. 불쌍한 아이. 내가 겪지 못한 상실을 너는 겪었겠지. 미안해. 네게 이런 결말을 가져오게 돼서.

— 거기서 패러독스를 일으킬 셈이군요.

스마트스틱에서 목소리가 흘러나왔다.

"이 애가 모든 일의 열쇠야. 이 애가 시간여행을 시작했기 때문에 내가 생겨났어. 그러니까 내가 이 애를 건드리면 패러독스가 완성될 거야. 우리 둘만 소멸하면 모든 시간여행도 함께 없었던 일이 되겠지. 다시 처음으로 돌아가는 거야."

— 안 돼요, 엄마. 그러지 마요.

"걱정 마. 루프는 오직 이 애와 나 사이에만 형성되는 거니까. 원본에게는, 최초의 시간선에 있는 민다미에겐 아무런 영향도 미치지 않을 거야. 최초의 세계는 그 모습 그대로 온전히 남아 있을 거야."

— 하지만 저는 당신이….

다미는 잠든 자신의 머리에 손을 얹었다. 그러나 쓰다듬기도 전에 손이 검붉은 거품으로 변했다. 동시에 그녀를 둘러싼 세계 전체가 함께 거품이 되어 서서히 사라지기 시작했다. 마치 처음부터 존재하지 않았던 것처럼.

다미는 자신의 존재가 검붉은 거품으로 변해 사라져 가는 것을 느끼며 눈을 감았다.

42

2025 ── 해운대

다미가 떠나자마자 바닥에 떨어진 벨트가 검붉은 거품으로 변해 버렸다. 그 모습을 망연히 바라보며 수아는 머릿속으로 생각했다. 저건 대체 누구의 벨트였지? 분명 누군가 여기에 나와 함께 있었어. 한참 동안이나. 그런데 그게… 대체 누구였지?

기억이 나지 않았다.

하지만 한 가지는 분명했다. 아직 해야 할 일이 남아 있다는 것. 이제 곧 세 번째 지진이 일어날 시간이었다. 모든 것을 원래대로 되돌리려면 아직 한 가지 일을 더 마쳐야만 했다. 그녀는 흐르는 눈물을 닦으며 가까운 옥상으로 올라갔다. 어지러웠다. 붕대를 감은 상처에서 흘러나온 피가 바닥에 고스란히 흔적을 남겼다.

해미가 숙소 안으로 들어가는 모습이 보였다. 그녀는 주머니에서 휴대폰을 꺼내 메신저 앱을 실행했다. 그녀가 마지막으로 딸과 대화했던 내용이 그대로 남아 있었다.

>> 그리로 가는 중. 방에 가만히 있어. 괜히 엇갈리면 큰일이니까.
>> 아니다. 그냥 빨리 지하철역으로 와.

수아는 다시 한번 메시지를 작성했다. 딸이 그곳에서 쓸쓸히 죽게 될 것을 알면서도. 입력창에 한 글자 한 글자를 채워 넣을 때마다 손끝이 찢어지는 것만 같았다.

>> 해미야, 기다려. 엄마가 갈게. 무슨 일이 있어도 방에서 나오면 안 돼.

그녀는 전송 버튼을 눌렀다.
그렇게, 모든 역사가 최초의 상태로 되돌아갔다.

43

2049 ── 해운대

다이브 머신이 굉음을 내며 해미를 뱉어 냈다. 해미의 몸이 데구르르 계단을 따라 굴러 떨어졌다. 깜짝 놀란 다미가 휠체어를 움직여 언니를 향해 다가갔다.

"어… 어… 언니? 언니야?"

그토록 그리워했던 얼굴이 눈앞에 있었다. 휠체어에서 내려온 다미는 바닥에 엎드려 언니를 향해 기어갔다. 뚝, 뚝, 눈물이 해미의 얼굴 위로 떨어졌지만, 다미는 아랑곳하지 않고 언니의 얼굴을 꽉 끌어안았다. 숨이 차도록 기뻤다. 숨이 막히도록 슬펐다.

"으응…. 다미…야?"

"이제 절대 안 놓칠 거야…. 절대…."

"응, 다미야. 나도 절대 안 놓을게."

해미는 잠결에 동생의 몸을 끌어안았다. 그녀는 곧 다시 정신을 잃었다.

* * *

다시 눈을 떴을 때, 해미는 야전침대 위에 누워 있었다. 불편한 몸으로 어떻게 그럴 수 있었는지, 동생이 그녀를 침대까지 옮겨 준 모양이었다. 그녀는 천천히 몸을 일으켰다.

"일어났어?"

옆에 앉아 있던 동생이 따뜻한 커피를 내려놓으며 말했다.

"응."

동생은 어딘가 분위기가 달라 보였다. 훨씬 편안하고 포근한 느낌이었다. 마치 엄마처럼. 다미는 흘러내린 담요를 끌어올려 그녀의 배를 덮어 주었다.

"이미 눈치챘겠지만 나는 언니가 알던 동생이 아니야. 여긴 언니의 세계가 아니고."

"그럼 여긴…."

"최초의 시간선이야. 언니가 죽고 없는. 모든 시간여행은 취소됐어."

"그렇구나."

"보고 싶었어, 언니. 하고 싶은 말이 너무 많아."

다미는 그렇게 말하며 곁에 놓아 둔 커피를 그녀에게 내밀었다. 해미는 조심스럽게 잔을 받아 들었다. 외롭지만 따뜻한 향이 코끝에 닿았다. 그녀는 커피를 입에 가져갔다.

"참, 그거 절대 안 놓더라. 찢어질까 봐 그냥 그대로 뒀어."

다미가 그녀의 나머지 한 손을 가리켰다. 구겨진 편지지가 그 손에 쥐여 있었다. 그날, 엄마에게 건네려 했던 바로 그 편지였다. 대체 몇 번이나 읽은 건지, 접힌 부분이 끊어질 것처럼 닳아 있었다.

편지 뒷면에 빼곡히 손 글씨가 채워져 있었다. 엄마의 글씨체였다. 그녀는 커피를 내려놓고 편지를 읽어 내려가기 시작했다. 한 줄 한 줄 읽어 내려갈수록 손이 떨렸다.

"다미야, 엄마 어딨어?"

"엄만 그곳에 남았어. 언니 대신."

"안 돼!"

해미는 몸을 일으키려 했다. 하지만 다미가 그녀를 제지했다.

"어쩌려고?"

"다시 돌아가야지. 돌아가서 엄마 구해야지."

"어떻게?"

"벨트를 돌려주고 내가 대신 거기 남아서…."

"다시 처음부터 이 짓을 반복하자고?"

흥분한 다미가 갑자기 손에 쥐고 있던 표적기를 들어 올렸다. 아니, 다시 보니 다미가 들고 있는 것은 표적기가 아니라 권총이었다. 다미는 어설픈 자세로 양손을 모아 다이브 머신을 겨냥했다. 총성이 울렸다. 몇 번이고. 몇 번이고. 다미는 탄창이 전부 빌 때까지 계속해서 방아쇠를 당겼다. 기계에 잔뜩 구멍이 뚫리며 불꽃이 튀었다. 요란한 진동과 함께 다이브 머신의 전원은 영원히 죽어 버렸다.

연기가 피어오르는 권총을 바닥에 떨어뜨리며, 다미가 말했다.

"언니, 이제 제발 그만하자."

지금,

이곳에서

44

2050 ── 서울

해미에게

이렇게 네가 이 편지를 읽고 있다는 건 아마도 다미의 계획이 성공해서 모든 게 제자리로 돌아갔다는 뜻이겠지. 다행이야.

엄마가 너에게 직접 말로 전해 줄 수 있다면 좋겠지만, 아마도 그럴 시간이 없을 가능성이 높아. 그래서 마지막으로 전하고 싶었던 말들을 이렇게 편지로나마 남겨 두려 해. 서운하더라도 부디 엄마를 용서해 주렴.

미안해. 조금 어려울지도 몰라. 엄마는 과학자여서 이런 식으로밖에 표현을 못 하겠구나.

해미야. 우리가 사는 세계는 실은 엉망진창이야. 실험실에서조차 무엇 하나 제대로 돌아가는 경우가 없어. 매번 결이 어긋나 원치 않는 결과가 튀어나오고, 확실하다 믿었던 수식과 숫자들마저 관측 범위를 한없이 벗어나 버리곤 해. 우리가 아무리 간절하게 노력해 본들, 아주 작은 개입만으로도 가능성은 손쉽게 붕괴해 버려. 우린 지극히 희박한 확률에 모든 시간과 에너지를 쏟아붓고 그저 잘되기를 기대할 뿐이야.

해미야.

우주는 실은, 무한정 넓게 펼쳐진 허무의 공간이란다. 입자에게 우주는 너무나 광활해서 결코 단 하나의 입자와도 서로 마주치는 일이 없지. 서로 닿을 수도, 도달할 수도 없는 텅 빈 세계 속에 입자는 언제나 홀로 존재해. 입자의 내부는 텅 비어 있고, 오직 서로를 밀어내는 힘으로 가득 차 있어. 유일하게 입자가 서로와 닿는 순간은 충돌하는 순간이야. 핵을 망가뜨릴 정도로 강한 자기력에 유도되어 산산이 부딪혀 조각나는 순간에야 비로소 입자는 서로의 내면을 확인할 수 있어. 마치 우리가 그랬던 것처럼.

하지만 동시에 입자엔 확률적으로 모든 가능성이 내포되어 있단다. 단숨에 은하를 가로질러 우주 반대편에 나타날 확률도, 수억 번 하늘로 던진 동전이 모두 앞면이 나올 확률도 수학적으로 0은 아닌 거야. 우리가 무언가를 해낼 확률은 언제나 존재해. 우리가 서로에게 가 닿을 가능성은 언제나 0이 아니야.

하지만 그게 지금은 아닌가 봐. 안타깝지만 해미야, 우리가 다시 만나기에 아직은 너무 이른 것 같아. 지금보다 더 먼 미래에, 우리가 지금보다 안전하게 시간을 다룰 수 있게 된다면. 더는 누구도 촌스러운 권력을 탐하지 않는 그런 미래가 온다면. 인류가 서로를 미워하지도 불쾌해하지도 않는 진정으로 어른스럽고 섬세한 존재가 된다면 그때는 진실을 밝히고 시간을 거슬러 모두를 구할 수 있겠지. 힘들겠지만 그날을 기다려야만 해. 지금은 우리가 떨어져 있어야 할 때야.

안타까워하지 마, 해미야. 우리는 분명 얽혀 있으니까. 한번 영향을 주고받은 입자는 뿌리가 이어진 나무처럼 서로 연결되어 있단다. 이렇게나 서로 깊게 연결되는 것이었구나 싶을 정도로. 아무리 멀리 떨어져도 연결은 절대 끊어지지 않아. 미래를 확정 짓지 않고 가능성을 남겨 두는 한 입자는 언제나 이어져 있을 수 있어.

그러니까 해미야, 하나도 빠짐없이 전부 기록해야 해. 아주 먼 미래까지 기억이 닿을 수 있도록. 그럼 언젠가 우린 다시 만나게 될 거야. 그날, 그곳에서.

해미야, 이제 정말 안녕.

그곳에서 기다릴게.

미래에서, 엄마가

"제가 심혜선 씨에 대해서 기억하고 있는 내용은 여기까지 예요."

다미가 태블릿을 덮으며 말했다. 하지만 테이블 맞은편에 앉은 상대는 말없이 식어 버린 커피 잔을 입으로 가져갈 뿐이었다. 가만히 옆에 앉아 듣고만 있던 해미는 조심스럽게 한마디를 덧붙였다.

"아버님, 혹시 저희가 아픈 기억을 건드린 건 아닌지…."

"아닙니다. 지금이라도 용기 내 주셔서 정말 감사해요. 우리 혜선이가 마지막까지 그렇게 씩씩하게 남들을 구했다니… 이제라도 알게 되어서 다행이에요. 정말 고맙습니다. 진심으로 감사드립니다."

혜선 씨의 아버지는 푹 고개를 숙이며 감사를 표했다. 차분히 창밖을 바라보는 그의 표정에는 쓸쓸함이 가득했다.

해운대에서 돌아온 자매는 모든 것을 기록으로 남기기 시작했다. 그날, 그곳으로 돌아가 직접 두 눈으로 지켜본 순간들. 그리고 작전을 수립하며 확인했던 수많은 일화들을. 남겨진 시신과 CCTV 기록만으로는 알 수 없는 무수한 사연들을 자매는 치밀하게 기억하고 기록했다.

오늘 전달한 혜선 씨의 기록도 그중 하나였다. 혜선 씨의 부모는 여전히 딸을 잊지 못하고 있었다. 25년이 지났는데도.

"실은 이런 것을 계획하고 있어요."

다미는 조용히 종이 한 장을 건넸다. 혜선 씨의 아버지는 한참 동안 종이를 읽어 보더니 복잡한 표정을 지었다. 그 감정이 무엇인지 도저히 가늠할 수가 없었다.

"감사합니다. 저도 꼭 돕겠습니다."

"고맙습니다."

혜선 씨의 아버지는 카페에 조금 더 남아 있겠다고 했다. 해미는 자리에서 일어나 마지막으로 인사한 다음, 다미의 휠체어를 끌었다. 카페 문을 열자마자 추위가 쏟아져 들어왔다. 밖은 눈이 내리고 있었다. 다미는 손바닥을 내밀어 눈송이를 받아 내며 말했다.

"첫눈이네."

"그러네."

얼어붙은 입김이 새하얀 입자로 부서져 흩어졌다. 해미는 천천히 힘을 주어 손잡이를 밀었다. 발걸음을 옮길 때마다 얇게 쌓인 눈 위로 두 줄기 바퀴 자국이 깊게 새겨졌다. 영원히 닿지 않을 것처럼 곧게 뻗은 평행선 사이를 발자국으로 채워 나가며, 해미는 동생에게 말했다.

"어서 집으로 가자."

모든 시간의

흐름

끝에서

45

2025 —— 해운대

메시지 입력을 마치자마자 수아는 힘없이 휴대폰을 떨어 뜨렸다. 긴장이 풀린 몸이 바닥에 무너져 내렸다. 그녀는 옥상 난간에 등을 기대고 양손으로 얼굴을 감싸 쥐었다. 이제 그만 쉬고 싶었다.

이제 정말 끝이구나.

잔압 부족. 잔압 부족. 이어폰에서 날카로운 경고음이 흘러 나오기 시작했다. 정말 길었다. 영겁의 시간 속에 갇혀 몇 번이 나 포기하고 싶었다. 이제 거품이 떨어지면 그 모든 기억도 시 간의 테두리 밖으로 밀려나 사라지겠지. 그런 생각을 하며 그 녀는 이어폰을 뽑아 던져 버렸다. 편안히 몸에서 힘을 빼고 최 후의 순간이 찾아오기를 차분히 기다렸다.

그 순간, 허공에서 무언가 툭 떨어졌다. 그녀는 바닥에 떨어진 물건을 확인했다.

벨트였다.

그녀는 무심코 벨트를 집어 들었다. 벨트에는 사진 한 장이 끼워져 있었다. 열대지방의 어느 섬에서 찍은 듯한, 그녀가 기억하는 것보다 한참 나이가 든 해미와 다미의 모습이 찍혀 있었다. 그리고 휘와 현의 모습도. 사진의 뒷면엔 짧은 편지가 쓰여 있었다.

엄마, 미안해. 엄마랑 약속한 그때까지 도저히 기다릴 수가 없더라고. 그래서 유족들이 다 함께 돈을 모아서 무인도를 하나 샀어.

우리 거기서 만나.

해미 & 다미

편지를 읽은 수아는 울음과 웃음을 동시에 터뜨리며 있는 힘껏 벨트의 다이얼을 돌렸다. 한없이 헝클어진 시간 속을 헤매며, 그토록 오랜 기다림 끝에야 다시 마주하게 된 그리운 가족을 만나러.

이제 다시는 헤어지지 않을 작정이었다.

작가의 말

강력 경고

세상에는 책을 펼치자마자 맨 뒤로 달려와 후기부터 읽어 대는 폭주족 같은 부류의 사람들이 존재한다는 것을 잘 알고 있습니다. 이 페이지에는 강력한 스포일러가 포함되어 있사오니, 부디 흥분된 마음을 가라앉히고 다시 맨 앞으로 돌아가 첫 장부터 읽어 주시기를 부탁드립니다.

작가의 말을 쓰는 일은 정말 어렵습니다. 1년 넘게 붙잡고 있었던 원고와 이별하며, 이제는 세상에 내어놓을 준비가 되었다고 선언하는 마무리 작업이니까요. 여느 직업이 그러하듯 작가의 일도 어느 정도는 엉망진창이고, 매번 계획에서 벗어나며, 온전히 손안에 통제되는 경우는 극히 드뭅니다. 자신의 작업물에 객관적인 확신을 갖기란 거의 불가능해서, 저는 이 시간이 찾아올 때마다 두려움에 떨곤 합니다. 하지만 어쩌겠어요? 이렇게 세상에 내어놓을 순간이 오고야 말았는데.

많은 사람들이 저에게 차갑고 건조한 문장을 써야 한다고, 정적이고 내면 깊은 이야기를 다루어야 한다고 조언하곤 해요. 어쩌면 그게 지금 시대의 유행인지도 모르죠. 하지만 저는 차가운 문장보다는 뜨거운 문장을, 건조한 문장보다는 땀에 젖은 문장을 좋아해요. 화려하게 꾸민 내면의 언어보단 쉼 없이 달리는 몸의 언어를 사랑하는 사람이고요.

그런 언어로 쓰인 《그날, 그곳에서》가 과연 남들에게도 좋은 이야기일지, 충분히 재미있는 소설일지 저는 알지 못합니다. 하지만 한 가지는 분명해요. 이건 저만이 쓸 수 있는 이야기이고, 누구도 이렇게 쓰진 못하리라는 것. 적어도 그런 이야기를 쓰고 싶었습니다.

부디 여러분도 이 이야기를 좋아해 주시면 좋겠네요.

가까운 것들은 서로를 닮는다지요. 이 이야기는 시간여행을 닮아 있습니다. 다시 처음으로 돌아가 반복해서 읽으면 또 다른 재미를 느낄 수 있도록 심혈을 기울여 디자인되었죠. 마치 다이브를 반복하는 다이버처럼요. 언젠가 꼭 다시 돌아와 첫 페이지를 되짚어 주시길 바라며, 여러분의 두 번째 독서가 조금 더 즐거워질 수 있도록 몇 가지 가이드를 제공하려 합니다.

《그날, 그곳에서》는 제가 살고 있는 도시 부산을 배경으로 하고 있어요. 작중의 모든 배경은 실제로 존재하고 직접 방문할 수 있죠. 두 발로 현장을 걸어 보는 것도 가능할 거예요. 스마트폰에 설치된 지도 앱을 이용하면 지금 당장도 가능하죠.

아마 우리의 여행은 해운대 지하철역에서 시작될 거예요. 3번 출구를 통해 지상으로 빠져나와 해변을 향해 걷다 보면 얼마 지나지 않아 왼편에서 카페를 발견할 수 있습니다. 초록색 세이렌 로고가 그려진 프랜차이즈 카페. 그곳에서 해미와 수아가 다툼을 벌였죠.

카페를 지나쳐 조금 더 나아가면 이번엔 햄버거 가게가 보일 거예요. 거기서 왼쪽으로 방향을 꺾어 안으로 들어서면 얼마 지나지 않아 갈색 외벽을 한 커다란 쇼핑몰 건물이 나올 테고요. 쇼핑몰 위로는 호텔이 높게 솟아 있어요. 네. 당신은 지금 해미와 수아가 그토록 어긋났던 삼거리에 서 있습니다.

이번엔 호텔을 등지고 서서 정면에 보이는 골목길로 향해 봅시다. 굽이굽이 이어지는 골목을 지나 오래된 떡집을 통과하면 시장이 나올 거예요. 책을 펼치자마자 등장하는 수산 시장이 바로 이곳이죠. 주의 깊게 잘 찾아보시면 해미와 다미가 캠프를 설치했던 작은 틈새를 발견하게 될지도 모르겠네요.

COVID-19 덕분에 한동안은 쉽지 않겠지만, 언젠가 모든 위험이 사라지고 나면 해운대에 들러 적당한 카페에서 이 책을 펼쳐 보시는 건 어떨까요? 새하얀 블루투스 이어폰을 끼고 거리를 지나는 사람들이 어쩌면 미래에서 온 다이버는 아닐까 상상하면서 말이에요. 그건 무척 즐거운 경험일 거예요.

하지만 조심하세요. 정말로 사고가 일어난다면 그곳은 언제든 지옥으로 바뀔 테니까. 지도에선 지워져 있지만, 사고가 일어난 발전소는 당신이 있는 그곳에서 겨우 20킬로미터밖에 떨어져 있지 않습니다.

맞아요. 겨우 그 정도 거리에 우리는 끔찍한 죽음을 두고 있어요. 오해를 방지하자면, 저는 적극적으로 탈원전을 지지하는 사람은 아니에요. 오히려 미세먼지와 지구온난화를 막기 위해 당분간은 진행파 원자로 같은 차세대 원자력 기술을 활용해야 할지도 모른다고 생각하는 편이죠. 하지만 모두가 분명히 알아야 해요. 누군가의 편의를 위해 또 다른 누군가가 목숨을 걸고 있다는 사실을요. 그리고 그 숫자가 500만이 넘는다는 사실도.

재난은 언제나 조심스러운 주제입니다. 특히 우리에겐 그렇죠. 그래서 저는 이 이야기를 쓰기 전 몇 가지 규칙을 세웠어요. 어떤 현실의 재난 사건도 직접적으로 언급하지 않을 것, 재난에 대한 묘사를 일부러 과장하지 않을 것, 그리고 무엇보다 정부를 무능하게 그리지 않을 것. 보통 이런 장르의 이야기에서 작가들은 비극을 키우고 정부와 관료를 무능하게 그리곤 해요. 극의 재미를 위해 어느 정도 허용될 수 있는 클리셰죠. 하지만 이번만큼은 그러고 싶지 않았어요. 우리는 그동안 많은 일들을 겪었고, 또 많은 일들을 해냈어요. 미래에 비슷한 일이 일어난다면 우리는 지금까지보다 유능한 정부를 가질 자격이 있다고 생각해요. 반드시 그래야만 할 테고요.

어릴 적 저는 어떤 재난을 목격했습니다. 그리고 어른이 되어 또 다른 재난을 목격했죠. 어떤 슬픔은 시간의 바깥에 있습니다. 결코 지워지지 않고 영원히 기억 속에 남지요. 그리고 긴긴 시간의 흐름 속에서 몇 번이고 되풀이되곤 해요. 수아와 아이들은 세대를 거듭하며 비슷한 비극을 반복하게 됩니다. 그렇게 상처는 대물림되고 우리는 계속해서 같은 실수를 이어 가지요.

하지만 나쁜 것만이 이어지는 것은 아닐 거예요. 우리는 분명 좋은 것들도 똑같이 이어받고 있을 테지요. 어쩌면 조금씩, 미세하지만 긍정적인 영향을 쌓아 가며 미래를 바꾸고 있는지도 모릅니다. 그렇게 언젠가 우리는 비극의 고리를 끊게 될 거예요.

이런 상상은 제가 꿈꾸는 '천국'의 이미지에 닿아 있어요. 저는 종교를 갖고 있지 않지만 신을 믿어요. 그리고 천국도 믿죠. 많은 사람들의 오해와는 달리 성경에 묘사되는 천국은 하늘 저편에 있지 않아요. 천국은 신의 왕국이 바로 이 땅에 임하는 일, 선의 의지가 이 땅에 실현되는 것을 뜻합니다. 다시 말해 천국은 바로 우리가 사는 이곳이에요. 먼 미래의 이곳이죠.

그건 다시 말해 천국을 구현하는 일이 우리의 손에 달려 있다는 뜻이기도 해요. 우리가 살고 있는 이 행성을 망가뜨리지 않고, 우리가 서로를 다정하게 대할 때, 비로소 천국이 이곳에 임하겠지요. 그러지 못한다면 지옥이 될 테고요.

어쩌면 먼 미래에 우리는 시간마저 이해하게 될지도 모릅니다. 한없는 시간을 거슬러, 우리가 겪은 모든 불행과 비극을 바로잡을 힘을 얻게 될지도 모르죠. 어쩌면 정말로 죽어 간 이들을 구할 수 있을지도 몰라요. 성경에서도 그날이 오면 육신을 갖고 이 땅에 부활한다 하지 않던가요. 어쩌면 시간여행은 천국이 시작되는 열쇠인지도 몰라요. 수아와 아이들이 무인도에서 다시 서로를 마주하게 되었듯, 비극을 겪은 모든 이들이 머나먼 미래로 옮겨져 슬픔도 우울도 없는 그곳에서 영원한 행복을 누리고 있을지도요.

그런 상상을 해 보곤 해요. 정말로 그런 미래가 오기를 간절히 희망하면서.

그런 의미에서, 다시 한번 이 책을 읽으실 때는 해미와 다미가 아닌 쌍둥이의 입장에서 이 이야기를 바라보신다면 어떨까요? 현재가 아닌 미래의 눈으로 바라본다면 아마 전혀 다른 이야기로 읽힐지도 모릅니다. 이해를 돕기 위해 몇 가지 설명을 보충하려고 해요. 네. 양자 세계에 대해서요.

쌍둥이의 시간여행은 양자역학에서 많은 모티브를 가져왔

어요. 가능성이 중첩되는 양자의 특성이 시공간의 규모로 확장된다면 이렇지 않을까 엉터리 과학을 상상해 보았죠. 테스트가 벌어진 서울의 빌딩은 일종의 양자컴퓨터입니다. 각각의 방은 일종의 큐빗(Qbit)이고요. 모든 방에는 제각각 다른 가능성을 지닌 해미와 다미들이 중첩되어 채워진 상태입니다.

수백 개의 문이 늘어선 복도 앞에 서 있다고 상상해 보세요. 그중 당신이 원하는 방으로 이어지는 문은 단 하나고요. 정답을 찾으려면 어떻게 해야 할까요? 고전적인 컴퓨터는 정답을 찾기 위해 하나씩 문을 열어야 해요. 첫 번째 문을 열고 닫고, 두 번째 문을 열고 닫고, 이런 식이죠. 반면 양자컴퓨터는 여러 개의 문을 동시에 열어 볼 수 있다고 해요. '중첩'이라는 양자의 특성을 이용하기 때문이죠. 극단적으로 말해 고도로 발전된 양자컴퓨터는 모든 경우의 수를 동시에 계산할 수도 있을 거예요. 하지만 단점이 있어요. 동시에 열어 본 문들 중에 어느 것이 정답인지는 알 수 없다는 것. 쌍둥이는 결국 하나씩 문을 골라 열어 보아야만 해요. 그들이 원하는 미래를 확정 짓기 위해.

여러분은 그 무수한 가능성 중 하나를 보았어요. 단지 그뿐이죠. 또 다른 세계의 민해미와 민다미는 전혀 다른 결말을 맞이했을 거예요. 혹시 속으로 바랐던 또 다른 버전의 결말이 있으신가요? 어쩌면 그 결말 또한 무수히 반복되어 온 가능성 속에 존재하고 있을지도 모릅니다. 우리가 만나 보지 못한 또 다른 민다미와 민해미가 그 결말에 도달했으리라 상상한다면 조금은 위로가 되실까요.

혹시 주변에도 이 책을 읽은 분이 계신다면, 마지막에 등장하는 방독면 남자의 정체에 대해 이야기를 나눠 보셔도 재미있을 거예요. 방독면 남자가 무엇을 상징하는지에 대한 생각이 그 사람이 어떤 각도에서 이 작품을 바라보았는지를 고스란히 드러내 줄 테니까요. 마치 심리테스트와 비슷하죠. 우리의 주인공들은 대체 무엇과 싸우고 있는 걸까요? 당신은 무엇을 위해 세계와 대립하고 계신가요? 제가 생각한 의미를 설명해 드리진 않을 거예요. 저는 이 이야기가 여러 층위에서 읽히기를 바라거든요. 실제의 세계가 그러하듯이.

저런, 주변에 이 책을 읽은 사람이 없다고요? 그럼 한번 읽어 보라고 추천해 주시면 어떨까요.(웃음)

한 권의 책이 완성되기까지는 정말 많은 사람들의 협업과 도움이 필요합니다. 이 책 또한 정말 많은 분들의 도움으로 완성되었어요. 언제나 가장 먼저 작품을 읽고 도움 주시는 심너울 작가님과 황모과 작가님, 여성을 주인공으로 이야기를 써 나가는 일에 대해 많은 고민을 함께해 주신 천선란 작가님과 이루카 작가님, 원전 사고에 대해 체크해 주신 남세오 작가님, 시간여행 이야기를 꼼꼼히 살펴봐 주신 〈닥터 후〉 전문가 홍

준영 작가님, 끝까지 지치지 않도록 에너지를 주신 임태운 작가님, 수아의 편지를 읽고 눈물 흘려 주신 이종산 작가님, 육아 장면의 디테일을 더해 주신 오정연 작가님과 송경아 작가님, 쉽지 않은 인터뷰에 흔쾌히 응해 주신 제야 님과 이하진 작가님도 정말 감사합니다. 이 책이 탄생할 수 있도록 처음부터 끝까지 함께 작업해 온 안전가옥 Teo PD님과 Mo PD님, 부족한 원고를 한층 미려한 문장으로 완성해 주신 남은경 편집자님, 세련된 디자인으로 책을 엮어 주신 박연미 디자이너님, 숨 막히게 아름다운 일러스트로 표지를 채워 주신 변영근 작가님, 그리고 안전가옥의 모든 분들도 고맙습니다. 집필 기간 동안 예민한 투정을 받아 준 가족들에게도 감사의 말을 전하고 싶어요.

무엇보다 이 책을 구입해 읽어 주신 여러분.
저를 지탱해 주시는 독자님들께 무한한 감사를 전합니다.
언젠가 미래에서 당신과 마주하게 되기를 고대하며.

2020년, 겨울이 시작되는 곳에서
이경희 올림

프로듀서의 말

《그날, 그곳에서》는 안전가옥 오리지널 라인업 중 최초의 장편 SF입니다. 세부적으로는 타임 트래블, 시간여행 장르의 이야기이기도 합니다. 독자님들께서 이경희 작가님의 《그날, 그곳에서》를 통해 즐거운 시간여행 보내셨는지 무척 궁금합니다.

언제나 이 프로듀서의 말이란 글을 쓸 때면, 작품의 첫 시작이 어떠했는지 저절로 생각이 떠오릅니다. 이경희 작가님을 다른 작품 관련으로 처음 대면했던 날, 그날의 마지막 순간에 의도치 않게 《그날, 그곳에서》라는 이야기를 만나게 되었던 것으로 기억합니다. 저에게는 처음이었지만 작가님께서 오랫동안 고민해 오며 품어 왔던 이야기였지요. 그 고민의 깊이를 마주하는 과정에서 제가 해 드릴 수 있는 건 아주 작은 깊이의 고랑을 더해 주는 정도에 불과했습니다. 작가님께서는 여러 고난의 과정을 언제나 잘 헤쳐 가셨지요. 그 시간의 흐름을 돌이켜 보면 다시금 새롭게 그 의미가 다가옵니다.

제가 방금 표현한 것처럼 우리는 흔히 시간은 흐른다고 말합니다. 시간은 언제나 과거로부터 흘러와 현재에 머물다 미래로 흘러간다고 표현하거나 그렇게 느끼곤 합니다. 또는 연말이 되면 연초에 계획했던 것들이 제대로 되었는지 초조해하며 멈추지 않는 시계를 보면서 속절없는 시간의 흐름에 한탄하기도 합니다. 그러나 어디서 어디까지가 현재일까요. '지금'이라고 말하는 순간에도 시계는 움직입니다. 그렇다면 방금 말한 '지금'은 과거일까요, 여전히 현재일까요. 아니면 자기도 모르는 새 미래로 가 있는 것일까요.

뉴턴 또한 참된 시간을 단순히 시계만으로 나타낼 수 없는 것이라고 확신했습니다. 아무리 정교한 시계라 할지라도 우리 인간 세계가 아니라 '신의 감각'에 속하는 고결한 절대시간을 아주 어슴푸레 반영할 뿐이며 어찌 되었든 우주의 모든 것들이, 한쪽으로 끊임없이 흘러가는 단 하나뿐인 우주적인 시간의 강물에 따라가는 것으로 생각했습니다.

결론적으로 말하면 아인슈타인이 상대성이론을 발표한 이래로 시간은 어떤 절대적인 흐름을 타고 가는 것이 아닌, 공간과 얽혀 시공간으로 휘어지며 헤아릴 수 없는 수많은 시간의 거미줄이 동시에 그리고 상대적으로 존재하는 것이 되었습니다. 이해하기 힘들지만, 우주는 정적이지 않고 동적이기 때문에 시간 또한, 아니 시공간 또한 고정되지 않고 움직일 수 있습니다.

갑자기 시간이 이러쿵저러쿵이라니… 하실 수도 있겠습니다. SF는 기본적으로 허구의 이야기지만 과학 발달과 매우 밀접하게, 상호보완적인 관계를 이어 왔습니다. 그 가운데 앞에서 말씀드린 아인슈타인의 이론은 이론적으로 그리고 과학적으로 시간여행을 허용합니다. 물론 현재는 이론상으로만 가능할 뿐, 현실적으로는 실현 불가능하다고 알려져 있습니다. 다만 실제로 많은 과학자들이 아인슈타인의 방정식을 풀어 이해하기 쉽지 않은 '해'를 구하고, '할아버지 역설'을 비롯한 여러 역설에 또 다른 '해'를 구하고자 애를 쓰고 있는 가운데 SF 작가들은 1895년 발표된 허버트 조지 웰스의 《타임머신》 이후로 수많은 시간여행 이야기를 발표해 오고 있습니다.

아직은 현실로는 불가능하지만, 이야기를 통해 우리는 얼마든지 시간여행을 경험해 볼 수 있습니다. 그리고 아마도 언젠간 그 이야기 속에서 실마리를 얻어 실제로 시간여행을 할수 있는 날이 올지도 모르겠습니다.

앞서 시간은 흐르지 않는다고 말씀드렸는데, 소설은 하루든 일주일이든 반드시 시간을 들여야 하는 예술입니다. 첫 문장부터 시작해서 마지막 문장까지 가 닿아야 비로소 작가가 세상에 내놓은 하나의 작품이 독자에게 무사히 도착할 수 있지요. 그런 소설이 지닌 거대한 진행의 화살표는 기본적으로 앞에서 뒤로 향하고, 작품 속에서 아무리 과거와 미래를 자유자재로 오간다고 해도 소설을 읽는다는 행위는 보이지 않는 거대한 화살표를 따라 한 줄기 선을 더듬어 나가는 일이기도 합니다.

　헤아릴 수도 없는 수많은 시간이 존재하는 가운데 그러한 시간 속에서《그날, 그곳에서》의 해미와 다미, 수아의 시간 속으로 기꺼이 들어와 주신 독자님들께 깊은 감사의 인사를 전합니다.

안전가옥 스토리 PD

윤성훈 드림

―

2045 ── 서울

탕.

총구가 불을 뿜었다. 새하얀 벽면에 붉은 피가 튀었다. 엄마는 마네킹처럼 굳은 몸으로 바닥에 쓰러졌다. 찬 바닥에 부딪힌 몸뚱어리가 둔탁한 소리를 냈다.

방아쇠를 당긴 휘가 털썩 무너져 내렸다. 쥐고 있던 권총이 바닥에 떨어졌다.

"머릴 쏘려던 건 아니었어…. 그냥 죽지 않을 정도로만… 머릴 쏘려던 건…."

건너편 방에 쓰러져 있던 현은 황급히 몸을 일으켜 옆방으로 달려갔다. 휘는 거의 정신을 놓기 직전이었다. 자연스레 그의 시선을 따라 고개가 돌아갔다. 커다란 구멍이 뚫린 엄마의 얼굴을 확인하자마자 시야가 새빨갛게 물들었다. 어지러웠다.

누군가 눈구멍에 손가락을 넣어 두개골을 양쪽에서 잡아 흔드는 것 같았다. 그는 침착을 유지하기 위해 최선을 다해야 했다.

쓰러진 엄마의 곁에 이모가 축 늘어진 자세로 주저앉아 있었다. 상태가 엉망이긴 이모도 마찬가지였다. 일단 이모부터 해결해야 했다. 현은 이모의 뒷덜미를 잡아끌고 옆방으로 데려갔다. 이모를 의자에 도로 앉히고 수갑을 채운 다음, 다시 돌아와 문을 닫았다. 이제 휘와 둘뿐이었다. 그리고 죽은 엄마도.

바닥에 휘의 권총이 떨어져 있었다. 그는 연기가 피어오르는 권총을 집어 들고 자신의 권총을 몰래 내려놓았다. 저도 모르게 순식간에 내린 결정이었다.

현은 휘의 곁으로 다가가 무릎을 꿇었다.

"휘, 정신 차려."

"이모가 달려들지만 않았어도… 엄마를 죽일 생각은…."

휘는 여전히 정신을 차리지 못하고 있었다. 그는 휘의 뺨을 때렸다. 손에 묻은 피 때문에 얼굴에 붉은 줄이 그어졌다.

"정신 똑바로 차리고 내 눈을 봐."

휘는 초점이 반쯤 풀린 눈동자로 그를 올려다보았다. 선명히 아로새겨진 흉터 위로 구슬처럼 투명한 동공이 산산이 부서지기 직전이었다. 빌어먹을. 현은 질끈 눈을 감고 크게 호흡을 가다듬었다. 그리고 결심했다.

그는 휘의 얼굴을 부여잡고 말했다.

"잘 들어. 엄마는 내가 쐈어. 네가 방아쇠를 당기는 것보다 빨리 이모가 네 총을 걷어차 버렸어. 그래서 넌 쏘지 못했어. 방아쇠를 당긴 건 나야. 내가 쐈다고. 알겠어? 넌 엄마를 쏘지 않았어."

현은 휘가 잘 볼 수 있게 바닥에 떨어진 권총을 집어 그에게 건넸다.

"봐, 총알이 그대로잖아."

휘는 부들거리는 손으로 탄창을 확인했다. 탄환이 가득 들어 있었다. 속은 걸까? 긴장이 풀린 어깨가 툭 아래로 떨어졌다. 현은 하나뿐인 형제를 거칠게 끌어안으며 말했다.

"걱정 마. 엄마는 내가 쐈어. 앞으로도 그럴 거고."

쌍둥이는 서로의 체중에 의지해 천천히 몸을 일으켰다. 현은 휘의 얼굴에 묻은 핏자국을 닦아 내며 말했다.

"처음부터 다시 하자. 이번에야말로 엄마를 행복하게 해 드리는 거야."

휘는 고개를 끄덕이며 벨트의 다이얼을 돌렸다. 휘의 모습이 사라졌다.

방 안에 홀로 남은 현은 망연히 엄마의 시신을 바라보았다. 시신은 중요하지 않았다. 무수한 가능성 중 하나일 뿐이니까. 중요한 건 기억이었다. 시간여행으로 자신의 과거를 고쳐 쓰는 짓을 반복하면 다이버의 기억은 누더기가 된다. 어차피 이대로 수백 번 다이브를 계속한다면 휘는 누가 무슨 짓을 저질렀는지 제대로 기억하지도 못할 터였다. 그리고 나 역시도.

휘. 너는 아무 걱정하지 마. 전부 내가 한 거니까. 그렇게 만들 테니까.

현은 마음속으로 그렇게 생각하며 주머니에서 칼을 꺼내 자신의 얼굴에 상처를 새겼다.

〈끝〉

그날,
그곳에서

1판 1쇄 발행 2021년 1월 29일
1판 3쇄 발행 2022년 7월 25일

지은이 이경희

기획 안전가옥
콘텐츠 총괄 이지향
프로듀서 박혜신, 윤성훈,
　　　　고혜원, 김보희, 반소현, 신지민, 이은진,
　　　　임미나, 정지원, 조우리, 황찬주
퍼블리싱 박혜신, 이범학, 임수빈
편집 남다름
표지 그림 변영근
디자인 박연미
경영전략 나현호
서비스 디자인 김보영
비즈니스 이기훈, 임이랑
경영지원 홍연화

펴낸이 김홍익
펴낸곳 안전가옥
출판등록 제2018-000005호
주소 04779 서울특별시 성동구 뚝섬로1나길 5,
　　　헤이그라운드 성수 시작점 201호
대표전화 (02) 461- 0601
전자우편 marketing@safehouse.kr
홈페이지 safehouse.kr

ISBN 979-11-91193-05-3 (03810)